Winter *is* Coming

WINTER *is* COMING

O MUNDO MEDIEVAL DE GAME OF THRONES

Carolyne Larrington

TRADUÇÃO
Marcia Blasques

ubook

Rio de Janeiro – 2018

Título original: *Winter is Coming - The Medieval World of Game of Thrones*

Published by arrangement with I. B. Tauris & Co. Ltd, London.

Publicado mediante acordo com I. B. Tauris & Co. Ltd, Londres. A edição original intitulada *Winter is Coming: The Medieval World of Game of Thrones* foi publicada pela I. B. Tauris & Co. Ltd.

PREPARAÇÃO DE ORIGINAIS
Gabriel Brum

REVISÃO
Carolina Vaz e Igor Soares

EDITORACÃO ELETRÔNICA
DTPhoenix Editorial

CAPA
Equipe UBook com imagem Getty Images (@Don Arnold)

DADOS INTERNACIONAIS DE CATALOGAÇÃO NA PUBLICAÇÃO (CIP)
(CÂMARA BRASILEIRA DO LIVRO, SP, BRASIL)

Larrington, Carolyne
Winter is Coming: o mundo medieval de Game of Thrones / Carolyne Larrington; tradução Marcia Blasques. - 1. ed. - Rio de Janeiro: Ubook Editora, 2018.

Título original: Winter is Coming
ISBN 978-85-9556-018-5

1. Não-ficção inglesa 2. Game of Thrones (Série de televisão) - Personagens 3. Idade Média - História 4. Literatura medieval - História e crítica 5 . Martin, George R. R., 1948- I. Título.

18-19575 CDD-809.02

Índices para catálogo sistemático:
1. Idade Média na literatura: História e crítica 809.02
Iolanda Rodrigues Biode - Bibliotecária - CRB-8/10014

ISBN livro impresso: 978-85-9556-018-5
ISBN digital audiobook: 978-85-9556-019-2
ISBN digital ebook: 978-85-9556-020-8

Direitos desta edição reservados a UBook Editora S. A.
Av. das Américas 500 bloco 12/303 - Barra da Tijuca - Rio de Janeiro - RJ CEP 22640-100
Tel. (21) 3570-8170 - contato@ubook.com - www.ubook.com

“Muito já foi escrito sobre as ressonâncias históricas de *Game of Thrones*, mas nunca deste jeito. Aqui encontramos um profundo conhecimento acadêmico, juntamente com uma compreensão imersiva das singulares e, ao mesmo tempo, estranhamente familiares terras de Westeros e Essos. Carolyne Larrington é a guia perfeita: com uma prosa deliciosa, ela nos conduz pelos Sete Reinos e pelo outro lado do Mar Estreito, explorando em cada passo os ecos e paralelos encontrados em nosso próprio passado medieval. Gracioso, assombroso, instigante, este livro é ao mesmo tempo uma celebração e um enriquecimento do mundo de George R. R. Martin. O que mais um fã pode querer?”

Helen Castor, catedrática do Sidney Sussex College, na Universidade Cambridge, e autora dos best-sellers *Blood and Roses* (2004), *She-Wolves: The Women Who Ruled England before Elizabeth* (2010) e *Joana D’Arc: a surpreendente história da heroína que comandou o exército francês* (2014).

Para John

SUMÁRIO

LISTA DE ILUSTRAÇÕES

LISTA DE ABREVIAÇÕES

LIVROS DA SÉRIE *AS CRÔNICAS DE GELO E FOGO*

(As citações são pelo número da página)*

GT: *A Guerra dos Tronos*
FR: *A Fúria dos Reis*
TE: *A Tormenta de Espadas*
FC: *O Festim dos Corvos*
DD: *A Dança dos Dragões*

PROGRAMA DE TV *GAME OF THRONES*

(Citada por temporada e episódio.
Ex.: (1.1) = 1ª temporada, episódio 1)

1ª TEMPORADA

1. "O inverno está chegando"
2. "A Estrada do Rei"
3. "Lorde Snow"
4. "Aleijados, bastardos e coisas quebradas"
5. "O lobo e o leão"
6. "Uma coroa de ouro"
7. "Você vence ou você morre"
8. "A reta final"
9. "Baelor"
10. "Fogo e sangue"

2ª TEMPORADA

1. "O Norte se lembra"
2. "As terras da noite"
3. "O que está morto não pode morrer"
4. "Jardim de ossos"
5. "O fantasma de Harrenhal"
6. "Os Deuses Antigos e os Novos"
7. "Um homem sem honra"
8. "O príncipe de Winterfell"
9. "Água Negra"
10. "Valar Morghulis"

---

* As páginas se referem às edições brasileiras publicadas pela LeYa Brasil entre 2010 e 2012. [N. da R.]

3ª TEMPORADA

1. "Valar Dohaeris"
2. "Asas escuras, palavras sombrias"
3. "A caminhada da punição"
4. "E agora sua patrulha terminou"
5. "Beijada pelo fogo"
6. "A escalada"
7. "O urso e a bela donzela"
8. "Segundos Filhos"
9. "As chuvas de Castamere"
10. "Mhysa"

4ª TEMPORADA

1. "Duas espadas"
2. "O Leão e a Rosa"
3. "Quebradora de correntes"
4. "Cumpridora de promessas"
5. "Primeiro de seu nome"
6. "As leis dos deuses e dos homens"
7. "Sabiá"
8. "A Montanha e a víbora"
9. "Os Patrulheiros na Muralha"
10. "Os filhos"

5ª TEMPORADA

1. "As guerras que virão"
2. "A Casa do Preto e Branco"
3. "Alto Pardal"
4. "Os filhos da harpia"
5. "Mate o garoto"
6. 'Insubmissos, não curvados, não quebrados"
7. "O presente"
8. "Durolar"
9. "A dança dos dragões"
10. "A misericórdia da Mãe"

PREFÁCIO

Este livro é sobre o que acontece quando uma especialista em literatura e cultura medieval assiste a *Game of Thrones*, na HBO, e lê a série de livros de George R. R. Martin, *As crônicas de gelo e fogo*. A intenção não é verificar as fontes de Martin, ou localizar as influências diretas de David Benioff e Dan Weiss, criadores do programa de TV, mas homenagear a capacidade extraordinária tanto dos livros quanto do programa em construir um mundo (o "Mundo Conhecido", na linguagem dos fãs) que encontra todo o tipo de ressonância nas culturas da Europa e da Ásia medievais. Pode-se dizer que este livro é sobre o que acontece quando fãs medievalistas de *Game of Thrones* se reúnem para discutir o que Westeros e Essos têm em comum tanto com o mundo medieval histórico quanto com seu imaginário, ainda mais enigmático e intenso: paralelos, reminiscências, estruturas e mentalidades compartilhadas.

Winter is Coming presume que o leitor acompanhou o programa de TV pelo menos até a quinta temporada. A divergência entre o programa da HBO e os livros, que não importava muito até recentemente, agora se tornou considerável. Como diriam os que se dedicam à edição de textos medievais, o correto seria falar em duas revisões diferentes. É a mesma história (mais ou menos), mas as divergências são muito maiores do que poderiam ser se fôssemos usar o termo "versão". Na verdade, a cronologia de *Game of Thrones* alcançou o final do livro *A Dança dos Dragões** na quinta temporada, embora algumas histórias tenham se desenvolvido de maneira muito

* Este livro abarca as cinco primeiras temporadas de *Game of Thrones* e os cinco primeiros livros da série. Atualmente, o programa da HBO encontra-se na sétima temporada e já ultrapassou em muito a história que vai até o quinto livro. [N. da. T.]

diferente, e um bom número de situações ficaram para ser resolvidas na sexta temporada. Tentei reduzir ao máximo os spoilers dos livros; e, embora eu não tenha sinalizado toda vez que explico que determinado personagem tem um nome diferente na versão impressa, tentei não falar demais sobre as tramas dos livros quando elas diferem do programa de TV. Então, em comparação ao inestimável site de notícias sobre *Game of Thrones*, "Winter is coming"[*], os Imaculados (aqueles que não leram os livros) não precisam ficar com medo de descobrirem demais.

Os spoilers são indicados pelo desenho de um corvo na margem, com uma cor que mostra a extensão dos mesmos, da seguinte maneira:

Spoiler sério

Spoiler médio

Spoiler sem importância

E aqui vai uma explicação sobre terminologia: o Mundo Conhecido é o que o pessoal que faz "A Wiki of Ice and Fire"[**] chama de planeta no qual a história acontece; o programa e os livros são termos autoexplicativos, mas quando eu me refiro à *série*, falo da narrativa como ela se manifesta – em suas formas distintas – na TV e na versão impressa.

Eu gostaria de agradecer a várias pessoas que encorajaram esse projeto – um trabalho de amor. Elizabeth Archibald estava ao meu lado quando comecei a assistir ao programa durante uma viagem de avião em 2012; ela também sucumbiu à sedução dos livros e contribuiu com muitos *insights* sobre o que se segue. Eleanor Rosamund Barraclough e John Henry Clay compartilham a perspectiva medievalista, ruminada durante o jantar em mais de uma ocasião. Meus alunos – Tim Bourns, Violet Adams, Harry Palmer e

* O site de notícias sobre *Game of Thrones*, Winter is Coming, pode ser acessado em https://winteriscoming.net [N. da. T.]

** Site com conteúdo criado de maneira colaborativa pelos fãs, disponível em https://awoiaf.westeros.org/index.php/Main_Page [N. da. T.]

Scott Oakley – lançaram luz sobre muitas tramas e nuances. Mikayla Hunter e Emma Charatan foram leitoras atentas e engajadas dos primeiros esboços, e devo muito às sugestões delas. Frieder Missfelder me enviou links úteis e começou uma discussão entusiasmada, trazendo uma perspectiva histórica distinta. Meus agradecimentos também a Jesus Hernandez pela permissão para reproduzir a Figura 11. Meus ex-alunos, Christina Cortes, Jon Day, Kelly McAree e Imogen Marcus ficaram felizes em passar nosso último encontro falando de *Game of Thrones*. Minhas afilhadas Eleanor e Cara Sheares empataram com os sites de fãs no conhecimento sobre os livros. Meu colega, Patrick Hayes, teve mais influência no meu pensamento do que se poderia esperar de um simples modernista. Alex Wrigth, da I.B.Tauris, me persuadiu a escrever este livro depois de uma discussão apaixonada sobre o medievalismo no programa de TV durante um almoço, e sou muito grata a ele pelas horas felizes que passei relendo os livros e assistindo ao programa mais uma vez para cumprir essa tarefa – ainda que ver pela segunda vez o Casamento Vermelho tenha sido ainda mais traumático do que na primeira. Obrigada também a todos do site "Winter is Coming", e pela legião de fãs que fazem dos sites "A Wiki of Ice and Fire" e "Game of Thrones Wiki"* um recurso tão valioso para escritores como eu.

* Disponível em http://gameofthrones.wikia.com/wiki/Game_of_Thrones_Wiki [N. da. T.]

INTRODUÇÃO

Tyrion: "Este mundo está cheio desses contos loucos.
Gramequins e snarks, fantasmas e vampiros, sereias, gnomos,
cavalos alados, porcos alados... leões alados."
Griff: "Reinos estão em perigo aqui. Nossa vida, nosso nome, nossa honra.
Isto não é um jogo que estamos jogando para seu divertimento."
Claro que é, *pensou Tyrion.* O jogo dos tronos. *(DD, 110)*

"Gramequins e snarks" e reinos em perigo: *Game of Thrones/As crônicas de gelo e fogo* engloba tanto a alta fantasia, com seus dragões e manticoras, com seus White Walkers e magia de sangue, quanto questões muito reais sobre a política da realeza, a fé religiosa e a organização social. Como a Terra Média de Tolkien, *Game of Thrones/As crônicas de gelo e fogo* constrói sua fantasia com blocos muito familiares: quer dizer, familiares para nós, pesquisadores da Idade Média. Esses blocos são cinzelados a partir do passado medieval histórico e imaginário: do norte medieval, com seus desertos de gelo, seus monstros e lobos; do oeste medieval, com as reconhecidas instituições sociais da cavalaria, da realeza, suas convenções de herança e masculinidade; do mediterrâneo medieval, com sua miscelânea de portos comerciais, piratas, traficantes de escravos e civilizações antigas; e das fantasias medievais do exótico leste, onde os cavaleiros mongóis percorriam cidades fabulosas de riquezas inimagináveis, e onde costumes bizarros dominavam tribos estranhas nas fronteiras do mundo conhecido – e até além.

Os códigos que regem a realeza Baratheon, o sistema de clã dos dothraki, a irmandade da Patrulha da Noite e as responsabilidades do Protetor do Norte: tudo isso está de acordo com os tipos de organizações social e cultural que encontramos na Europa e na Ásia Central na Idade Média. O mundo de George R. R. Martin baseia-se fundamentalmente na história medieval europeia (as revoltas civis inglesas do século XV, conhecidas como Guerra das Rosas, com frequência são citadas como grandes inspirações), mas também faz uso dos costumes de culturas guerreiras mais antigas (os celtas, anglo-saxões e vikings), da história dos mongóis (cuja coragem e ambição criaram o maior império terrestre que o mundo já conheceu) e do folclore e crenças amplamente difundidos na Europa medieval. Das culturas da Alta Idade Média europeia, Martin recolhe e adapta conceitos essenciais como os da Igreja Católica e da cavalaria; de uma mistura de culturas mais distantes, como os mongóis e algumas sociedades nativo-americanas, surgem os dothraki.

Até que ponto a história recente dos Sete Reinos é uma reformulação da Guerra das Rosas do século XV? Martin já declarou que a luta pelo poder entre os descendentes de Eduardo III foi uma inspiração para a política de Westeros, e que a comparação entre Stark e York, Lannister e Lancaster é sugestiva. Mesmo assim, filtrados pela imaginação poderosa de Martin e pela visão épica dos criadores do programa de TV, David Benioff e Dan Weiss, os fatos da história são transmutados em algo mais rico, mais estranho, mais arquetípico. Vejamos o caso dos Príncipes na Torre, Eduardo e Ricardo, filhos do rei Eduardo IV, de York. Depois que o pai morreu repentinamente, no início de 1483, o tio paterno dos meninos, Ricardo, Duque de Gloucester, ficou a cargo de ambos, na época com doze e nove anos. Eles foram alojados na Torre de Londres, para a preparação da coroação de Eduardo, que se tornaria Eduardo V. Então, misteriosamente, os dois desapareceram, e o tio Ricardo assumiu o trono.

Bran e Rickon nunca estiveram na linha de sucessão do Trono de Ferro, é claro (embora Bran tenha se tornado herdeiro de Winterfell), mas o motivo da suposta morte de duas crianças inocentes é refletido mais de uma vez nas séries: nos filhos de Elia Martell, assim como nos filhos mais jovens de Catelyn. Da mesma forma, Cersei tem sido comparada com a rainha Margarida de Anjou (1430-1482), consorte de Henrique VI, de Lancaster. Mas, embora tenha investido tudo em seu filho, dada a incapacidade do marido,

Margarida foi muito menos capaz de impor sua vontade pessoal ao equivalente do Pequeno Conselho.

E Cersei pode ser comparada - e tem sido - com um bom número de outras rainhas medievais problemáticas e decididas: Leonor de Aquitânia (1122-1204), Isabella (1295-1358), rainha de Eduardo II, a rainha merovíngia Brunilda (do final do século VI, início do VII), da região que agora é o norte da França; a lista é extensa. Cersei tem qualidades muito humanas (o vício na bebida, o ciúme demente que sente por Margaery), mas seu nome é uma reminiscência da feiticeira dos mitos: Circe, que transformava homens em animais, mas que foi enganada por Odisseu. Cersei, nossa "leoa de olhos verdes", também lança um tipo de magia sobre os homens que a cercam. E sua relação incestuosa com Jaime aponta para uma dimensão mítica: os gêmeos dourados divinos, duas metades de uma única alma - pelo menos é o que Cersei afirma para Ned:

1. Os Príncipes na Torre.

> Jaime e eu somos mais que irmão e irmã. Somos uma pessoa em dois corpos. Partilhamos um ventre. Nosso velho meistre dizia que ele chegou ao mundo agarrado ao meu pé. Quando está em mim, sinto-me... completa. (*GT*, 344)

A alta política então é infundida com elementos dos mitos e dos contos folclóricos; a disputa pelo controle de Sansa, como herdeira de Winterfell, na qual estão envolvidos Lorde Baelish, os Bolton e a própria Sansa, se desenvolve na quinta temporada. Quem quer que tenha Sansa sob seu domínio pode reivindicar o título de Protetor do Norte. Além disso, enquanto está nas garras de Ramsay e de Roose, ela também é a princesa em perigo dos contos de fadas, aprisionada em uma torre, rezando para ser resgatada por... quem? Nem Theon/Fedor nem Brienne e Pod são exatamente o sonho de uma donzela - nem mesmo de uma que já deixou de sê-lo.

Assim como o que parece histórico e real está em diálogo com o tradicional e o folclórico, o sobrenatural nas séries fala igualmente sobre preocupações do mundo real. Dragões são criaturas maravilhosas, "fogo feito carne", mas também são fatores perigosamente desestabilizadores na geopolítica do Mundo Conhecido. Daenerys não é realmente capaz de controlá-los, e já lemos e vimos muito sobre os danos que eles podem causar: desde as terríveis ruínas de Harrenhal até os desertos das Terras Disputadas. Westeros realmente pode ser conquistado com o equivalente de uma arma nuclear tática? Nesse caso, o que sobraria para ser governado? Em termos mais humanos, o debate sobre a logística da futura conquista de Westeros - através do terror causado pelos dragões, através da força concentrada dos Imaculados, através de uma batalha por corações e mentes, sobre a qual Jorah, por exemplo, é cético - atravessa as séries. "As Casas antigas vão se unir à nossa rainha quando ela cruzar o Mar Estreito", afirma Barristan Selmy. "As Casas antigas vão se unir a qualquer lado que achem que vencerá, como sempre fizeram", argumenta Jorah enquanto o grupo Targaryen debate começar a invasão após a morte de Joffrey (4.5). E provavelmente Jorah está certo.

Também os White Walkers/Outros, a força mais estranha, horripilante e implacável no Mundo Conhecido, falam das mudanças de condições no extremo norte, dos movimentos em massa de pessoas incapazes de viver

2. *Rainha Margarida de Anjou*, detalhe.

com as consequências das mudanças do clima em suas terras natais tradicionais. Essas não são preocupações contemporâneas apenas a nós: o povo medieval que vivia em sociedades marginais - como os colonos escandinavos no sul da Groelândia no século XV - descobriu que até mesmo a menor mudança na temperatura média significava a extinção de todo um modo de vida. De vez em quando, a história de Westeros e a política contemporânea se misturam de maneiras desconfortáveis. "Você está lutando para derrubar um rei, e mesmo assim não tem planos para o que vem depois?", Talisa pergunta para Robb Stark quando está tentando entender a perspectiva dele sobre a Guerra dos Cinco Reis (2.4). É melhor, como Barristan adverte para Daenerys, responder às injustiças com misericórdia e não crucificar os 163 Mestres de Meereen? Ou, como Dany responde, responder à injustiça com justiça - mas justiça de quem? (4.4). "De repente a Coroa parou de precisar do ouro, das tropas e do trigo que minha Casa proporciona?", Olenna Tyrell pergunta, mordaz, em sua conversa com Cersei sobre a prisão de Loras (5.5); que recursos permanecem disponíveis para grandes populações urbanas sob circunstâncias políticas e climáticas variáveis, e que tipos de compromissos serão necessários para obtê-los? Essas são todas questões reais, não menos verdadeiras por serem colocadas em um espaço ficcional. Muitas das respostas envolvem fatores econômicos familiares: o esgotamento das fontes de metais preciosos (as minas de Rochedo Casterly), as dificuldades financeiras resultantes da recusa de crédito (como o Banco de Ferro lida com a inadimplência), os efeitos da legislação local no comércio global (irradiando-se da Baía dos Escravos até Volantis); todas essas restrições reais e contemporâneas também operam no Mundo Conhecido, desde o oeste de Westeros até os confins mais distantes de Essos.

Tanto os livros quanto o programa de TV estruturam suas narrativas através de pontos de vista variáveis: as tramas intrincadas seguem a perspectiva de personagens particulares, mostrando ou narrando o que acontece com eles e, nos livros, contando-nos o que estão pensando e sentindo. No programa, esses processos psicológicos interiores se tornam claros através das expressões dos atores e dos diálogos; os personagens precisam de alguém com quem conversar a fim de dar voz aos seus sentimentos. A posição de Daenerys como *khaleesi*, rainha e Mãe de Dragões faz com que ela seja, em geral, consciente de sua dignidade; mesmo com Sor Jorah e Sor Barristan, ela tem dificuldade em abrir seu coração. Os personagens que têm posição de "ponto de vista" são, com frequência – e isso não é coincidência –, compreensivos e amáveis; de fato, provavelmente teríamos calafrios ao ver o mundo pelos olhos e mente de Joffrey. O que nunca nos é mostrado, no entanto, é como o mundo parece para os personagens que não são de Westeros: nem ouvimos suas reflexões sobre suas próprias culturas, nem compartilhamos de suas opiniões sobre Westeros, consideradas com um olhar crítico de um estrangeiro (a única exceção é discutida no Capítulo 5). De tempos em tempos, Lorde Varys, Mestre dos Sussurros, nos oferece com seu tom de voz sedoso a perspectiva de alguém de fora, já que nasceu escravo em Lys. Mas, com frequência, Varys está fazendo jogos duplos insondáveis, gerando desconfiança de suas palavras e pontos de vista. E assim, quer estejamos nas Cidades Livres, entre os dothraki, ou nas cidades da Baía dos Escravos, como Daenerys, os leitores e a audiência estão restritos às perspectivas dos westerosi sobre as pessoas de Essos que encontramos.

Essa atitude de ver o inescrutável oriente como exótico não é restrita ao pensamento ocidental moderno ou mesmo da era colonial. Suas raízes remontam há muito tempo, até os primeiros contos sobre Alexandre, o Grande, e sua campanha de conquista na Ásia; as primeiras versões gregas datam do terceiro século d.C. *As maravilhas do Oriente* é o título dado por editores para um texto em prosa em inglês antigo, encontrado no mesmo manuscrito que o grande poema *Beowulf*, datado de cerca de 1000 d.C., em que ouvimos falar (logo após uma discussão sobre Donestre, uma raça canibal) de:

> um lugar onde as pessoas nascem com quatro metros e meio de altura e três de largura. Elas têm cabeças grandes e orelhas grandes como abanadores. Estendem uma orelha sob o corpo à noite, e enrolam-se com a outra. Suas orelhas são muito leves e seus corpos são brancos como leite. E se eles veem ou percebem alguém em suas terras, pegam as orelhas nas mãos e fogem tão rápido que parecem voar.[1]

Pelo que sabemos, esse povo (tradicionalmente chamado panoto) pode viver no pouco explorado continente de Sothoros, juntamente com Amazonas, Blemmyae (homens como rostos no peito), unípedes e outras figuras monstruosas, ainda que humanas. E eu, por exemplo, gostaria muito de ver um deles.

Em algum ponto no final da década de 1350, início de 1360, um autor (ou melhor, um autor fictício) que afirmava ser Sir Jean de Mandeville, cavaleiro de St. Albans, escreveu um relato de suas viagens em uma obra conhecida como *Viagens de Jean de Mandeville.* Muito influente, traduzido em todos os principais idiomas europeus (e em um bom número de idiomas menores), preservado em quase trezentos manuscritos, o livro chega a acompanhar Cristóvão Colombo em sua viagem às Índias (ocidentais, não orientais, como acabou sendo). "Para muitos homens, há um grande prazer e desejo em ouvir falar sobre coisas novas", Mandeville opina – e não está errado.[2]

"Jean de Mandeville" relata como viajou do sul da Inglaterra até Jerusalém, depois para o Oriente Médio e, na sequência, para Índia, Ásia Oriental, Java, China, e por todo o caminho até os Portões do Paraíso Terrestre e a Fonte da Juventude, antes de voltar para casa. Na verdade, *Viagens de Jean de Mandeville* foi a obra de um escritor que provavelmente não seguiu muito além da biblioteca mais próxima, onde encontrou as fontes para seu diário de viagem. Ele juntou guias de peregrinos da época – o que ver em

3. Um casal panoto, relevo do século XIII, na Basílica de Vézelay, França.

Jerusalém e as rotas alternativas para chegar até lá; relatos recentes de frades franciscanos em viagem pela Ásia central, até a corte do Grande Khan; conhecimento tradicional retirado de enciclopédias comuns; contos antigos como os de Heródoto; e as então moderníssimas narrativas do missionário Odorico de Pordenone sobre suas viagens para a Índia e a China. Lendas urbanas e fatos antropológicos, o fabuloso e o bem observado se misturam no texto de Mandeville. Unidas, suas leituras díspares produziram uma obra que, através do conhecimento e da imaginação do compilador, deu vida à geografia medieval para milhares de leitores, e explicou o mundo - ou *um* mundo - para eles.

E esta é a intenção deste livro: tentar explicar o Mundo Conhecido, seus costumes, habitantes, jogos de poder, religiões e culturas através de lentes medievalistas. Como Mandeville, faremos um longa, perigosa e exaustiva jornada, desde os desertos gelados ao norte da Muralha e o poderoso castelo de Winterfell até a sombria cidade oriental de Asshai, da modernidade da cidade livre mercantil de Bravos até as antigas ruínas da perdida Valíria. E, ainda assim, não precisamos desligar a TV, deixar de lado nossos livros nem nos despedirmos com dor dos nossos entes queridos, pois, como na exploração de Mandeville, nossa jornada nos levará apenas pelo mundo da imaginação.

Antes de partirmos, no entanto, algumas orientações são necessárias. As culturas do Mundo Conhecido, em geral, mas não exclusivamente, enquadradas pelas normas de Westeros, compartilham um bom número de profundas crenças culturais: sobre classes sociais e gêneros, sobre honra e prestígio, hospitalidade, justiça, armas e os hábitos dos dragões. O Capítulo 1 delineia como esses conceitos centrais operam. No Capítulo 2, entramos em Westeros, onde a série se passa: em Winterfell, "o coração do Norte"; vamos nos situar dos dois lados da Muralha para explorar este terreno distinto e perigoso. O Capítulo 3 nos leva pela Estrada do Rei até Porto Real, para as complexas e mutantes alianças na corte e a relação difícil com a Fé, depois para as terras sorridentes da Campina, para o deserto de Dorne e para o trono de Stannis, imponente e cercado pelo mar, em Pedra do Dragão. No Capítulo 4, navegamos pelo Mar Estreito, para visitar as várias Cidades Livres que ficam ao longo da costa de Essos, e ouvirmos a pregação persuasiva do Senhor da Luz. E, no Capítulo 5, seguimos a cavalo para leste, pelo Mar Dothraki, até a Baía dos Escravos e suas cidades, para a misteriosa Qarth e as Terras das Sombras. E, então, finalmente voltamos para casa. No Epílogo - que não deve ser lido pelos Imaculados -, deixo o Mundo Conhecido e o que sabemos sobre ele para trás e olho para o futuro. Como na profecia de Maggy, a Rã, o que eu vejo pode - ou não - se tornar realidade. E, como Cersei, você é livre para acreditar ou rejeitar minha visão.

4. *Mappamundi* (mapa-múndi), na Catedral de Hereford.

5. *O Trono de Ferro.*

CAPÍTULO 1

O CENTRO

Goiva: "Esses são todos os livros que existem?"
Sam: "Dizem que a Cidadela tem a maior biblioteca do mundo [...], em Vilavelha."
Goiva: "Sinto muito por não saber das coisas." (5.5)

A Cidadela, sede da Ordem dos Meistres em Vilavelha, tem a maior biblioteca do Mundo Conhecido, registrando conhecimento crucial em manuscritos e pergaminhos cuidadosamente preservados. Este capítulo oferece um curso intensivo sobre algumas das coisas mais importantes que Sam sabe e Goiva não sabe sobre o mundo ao sul da Muralha. Introduz alguns dos conceitos centrais, das visões de mundo e das regras sociais no Mundo Conhecido: informações que vamos precisar antes de embarcar na nossa longa jornada por Westeros e Essos nos próximos capítulos. A maioria dos povos em Westeros e Essos adere a essas crenças e opera de acordo com esses códigos sociais. No entanto, há momentos – muitos deles – em que tais crenças são desafiadas, e os códigos questionados. Aqueles que levantam questões incômodas com frequência são, em certo sentido, pessoas de fora: Varys, Petyr Baelish ou Jorah Mormont e, em especial, Daenerys. Na primeira parte, vamos investigar os princípios antigos e bem estabelecidos que afetam particularmente os indivíduos: genealogia, Casas, honra e prestígio, tradição oral e atos de fala, e as visões amplamente patriarcais de amor, gênero e política sexual. Na segunda parte, examinaremos as estruturas sociais mais amplas: hospitalidade, justiça e vingança, guerras e armas – e, por fim, aquele poderoso ser capaz de mudar o rumo do jogo: os dragões e o conhecimento sobre eles. Onde houver paralelos notáveis com a cultura medieval, eu chamarei a atenção para eles. Isso nos permitirá investigar com mais profundidade esses importantes elementos constitutivos do mundo no qual nossos personagens vivem.

Posição social, nascimento e honra

Quem uma pessoa é, tanto no mundo medieval quanto no mundo de *Game of Thrones*, depende completamente de quem foram seus pais e seus avós. Para personagens de classes mais baixas, a mobilidade social não é algo fácil; a surpreendente ascensão social de Varys – bebê nascido escravo em Lys, que passou pela juventude como mendigo, castrado e prostituto em Myr, até se tornar membro do Pequeno Conselho dos Sete Reinos – é bastante estonteante. Suas atividades meio criminosas (receptando mercadorias roubadas em Pentos, criando uma rede de informantes por toda Essos) levaram sua reputação como Mestre dos Sussurros até o outro lado do Mar Estreito. Lorde Varys não tem terras, não pertence a nenhuma Casa e seu título é totalmente honorífico. Poucos personagens principais têm uma ascensão tão meteórica; até Lorde Baelish herdou terras e título, embora a Casa Baelish seja recente, e Mindinho (seu apelido irônico) está sempre ciente de sua inferioridade social tanto em relação aos Tully, com quem foi criado, quanto em relação aos Stark. O modo como Lorde Baelish explorou sua inteligência e habilidades para conquistar a posição de Mestre da Moeda – de certa forma comparável à posição que, no século XIV, o poeta Geoffrey Chaucer conquistou no serviço público nos reinados de Eduardo III e Ricardo II – é bem interessante, e nos aprofundaremos nisso no Capítulo 3.

Para os artesãos, mercenários, fazendeiros, marinheiros e prostitutas dos principais reinos e cidades de Westeros e Essos, o parentesco serve apenas para confirmar o papel social. Bronn é a exceção óbvia. Entre outras subculturas, ao se identificar como filho de seu pai, um homem torna evidente sua linhagem e oferece um bom motivo pelo qual deve ser respeitado: Shagga, dos Corvos de Pedra, sente que é imperativo deixar claro em toda ocasião possível que é filho de Dolf. Assim também, quando fala formalmente, Drogo lembra que é filho de Bharbo (um nome que resume o barbarismo que os ândalos atribuem aos senhores dos cavalos). Antes do aparecimento dos sobrenomes, tradição ainda presente na Islândia moderna, usar o patronímico era a única maneira de distinguir pessoas que tinham o mesmo nome. O narrador de *Beowulf*, por exemplo, no poema em inglês antigo que leva o nome do protagonista, tem o costume de mencionar o pai de Beowulf, Ecgtheow. A referência não só distingue o herói de outros Beowulfs, mas lembra ao público original do poema - e aos personagens dentro do poema - as histórias sobre o pai dele. Quando o patronímico de Beowulf é revelado para o rei Hrothgar da Dinamarca, o monarca é capaz imediatamente de identificá-lo: ao perceber que está diante do filho de um homem a quem ajudara na juventude, é mais fácil para o sitiado rei dinamarquês aceitar a ajuda do jovem Beowulf contra o monstro Grendel.

A linhagem é tudo para os membros das Grandes Casas, e sua posição relativa é determinada pela duração de sua história. Os Stark foram Reis ou Protetores do Norte por mais de oito mil anos, desde a época de Brandon, o Construtor, que não só construiu Winterfell, mas, mais impressionante ainda, também a Muralha. Outras Grandes Casas podem relacionar seus ancestrais até a época das invasões ândalas, ou, no caso dos Targaryen, desde antes da Condenação de Valíria. Como a aristocracia medieval, os membros das Grandes Casas acreditam que seu privilégio, sua autoridade e o conhecimento ideológico de si mesmos como "nobres" é transmitido pelo sangue. Essa crença não é restrita a Westeros; não é à toa que os dothrakis usam a frase "sangue do meu sangue" entre eles. Nem a noção de poder do sangue é apenas metafórica, pois o sangue dos reis tem uma eficácia particular aos olhos de Melisandre, e talvez para o culto ao Deus Vermelho, ao qual ela serve. Sanguessugas contendo o sangue de Gendry, filho bastardo de Robert Baratheon, são jogadas em um braseiro por Stannis, enquanto amaldiçoa seus rivais: Robb Stark, Balon Greyjoy e Joffrey, seu sobrinho aparente. Isso sela o destino deles? Melisandre pode afirmar que sim, mas podemos identificar causas mais próximas para suas mortes. Mesmo assim, a magia de sangue é poderosa e, por esse motivo, em geral é tabu; seus resultados - como o estado vegetativo de Drogo, a eclosão dos dragões, a profecia da *maegi* para Cersei, o assassinato de Renly - são incertos e perigosos.

A legitimidade é crucial, saber qual é a família de alguém é essencial. Desta forma, bastardos e aqueles cuja ascendência é oculta ou obscurecida são os que precisam ser observados. O bastardo tem muito, talvez tudo, para provar. O nascimento ilegítimo de Jon Snow molda completamente seu destino; está por trás de sua decisão de se juntar à Patrulha da Noite e sua posterior sucessão ao comando da irmandade. Em parte, sua decisão de se juntar à Patrulha é alimentada pela idolatria de herói que tem pelo tio Benjen Stark, mas é principalmente guiada pela percepção de que não há lugar para ele em Winterfell. Jon não pode esperar herdar alguma coisa nem encontrar uma posição dentro do castelo que seja compatível com a de seus irmãos. O bastardo vil de Roose Bolton, Ramsay, também é Snow até ser adotado formalmente pelo pai como seu filho e herdeiro. Os esforços de Ramsay para se tornar digno de ostentar o nome paterno muitas vezes colidem com seus instintos sádicos, mas a cena na qual Roose o legitima (4.8) sugere muito fortemente quanto Ramsay ansiava pela aceitação do pai. Da mesma forma, as implicações da ilegitimidade de Joffrey e Tommen os impedem de ocupar legitimamente o Trono de Ferro. Não é a origem incestuosa de ambos que é problemática, mas o fato de que – ao contrário do irmão mais velho, de cabelos negros, que morreu de uma febre na infância (lembrado por Cersei em *A Estrada do Rei*, 1.2) – eles não têm sangue Baratheon. Embora os muitos bastardos que Robert gerou entre as classes mais baixas de Porto Real não representem grande ameaça ao trono, Joffrey – como o rei Herodes, ou, de fato, o rei Artur, no relato que Sir Thomas Malory fez no século XV sobre sua vida, *A morte de Artur* – decide que é mais seguro eliminar todos os rivais em potencial.

De acordo com Malory, Merlin profetiza que o filho de Artur gerado no incesto e nascido em maio causará a queda do reino. Artur é frustrado em sua tentativa de eliminar Mordred, pois o navio que leva o bebê de Orkney (onde a meia-irmã de Artur deu à luz) para Londres naufraga no caminho; o bebê é resgatado e criado por um pescador. Artur coloca os outros meninos nascidos em maio em um barco e os deixa à deriva, matando todos. Mesmo assim, a profecia de Merlin não pode ser contornada, pois Mordred sobrevive e desempenha o papel que lhe fora destinado. Da mesma forma, Cersei acredita que todos os filhos de Robert estão mortos, mas Gendry sobreviveu, apesar dos esforços em contrário de Melisandre. No programa de TV, ele é substituído por Edric Storm, outro dos bastardos de Robert, e escapa de Pedra do Dragão com a ajuda de Davos. Nos livros, Gendry trabalha como ferreiro na estalagem do entroncamento, onde muitos encontros fatídicos acontecem, e seu destino eventual ainda é assunto de especulações. Ser o único filho sobrevivente, legítimo ou não, da Casa Baratheon lhe confere uma aura particular. Ned Stark viu algo especial em Gendry e ofereceu-se para treiná-lo pessoalmente: "Se chegar o dia em que aquele garoto preferir empunhar uma espada em vez de forjá-la, você pode mandá-lo para mim" (1.4). Também no romance medieval de vez em quando acontece de um cavaleiro experiente perceber que um jovem que finge ser alguém normal tem um nascimento melhor do que afirma. No "Conto de Sir Gareth", de Malory, Gareth, filho do rei de Orkney, decide esconder sua identidade quando chega a Camelot e, por vontade própria, consegue permissão para trabalhar nas cozinhas por um ano antes de pedir para ser designado para uma aventura. Gareth quer dissociar-se de seus irmãos e de seu pai e ser honrado por suas habilidades e caráter, não por sua linhagem. Sir Lancelot se torna seu mentor e, embora tenha certeza de que Gareth é de nascimento nobre, educadamente segue com o subterfúgio e assume a responsabilidade de consagrar Gareth cavaleiro ao final de um ano. Em outro conto de Malory, o filho de um criador de vacas, fascinado pela cavalaria – e que é um trabalhador do campo sem esperança –, é revelado por Merlin como sendo o filho ilegítimo do rei Pellinore. Artur consagra o jovem Tor cavaleiro, e ele se torna um membro efetivo e valoroso da Távola Redonda.[1] É difícil prever se tal promoção social aguarda Gendry; no programa de TV, não temos ideia de para onde ele foi depois que Davos o libertou das masmorras.

Ser nobre, então, é ser uma pessoa melhor do que os plebeus. A aristocracia – pelo menos como os nobres gostam de acreditar – se comporta melhor, mantém suas promessas, é corajosa, inflexível e generosa quando pode ser. No caso dos homens, habilidades militares são cruciais, seja como cavaleiros, seja como guerreiros íntegros como Ned e Robb Stark. As mulheres da nobreza levam vidas mais restritas, como peças na criação de alianças por meio do casamento ou como mães, mas também como conselheiras e estrategistas (em especial dentro do ambiente doméstico). Espera-se que sejam bonitas e inteligentes, mas também obedientes e modestas. O que Westeros difere do modelo medieval, no entanto, é que parece não haver apelo aos deuses para decretar ou endossar o *status quo*. Pensadores medievais argumentavam que Deus criara os diferentes papéis – aqueles que lutavam (a nobreza), aqueles que oravam (a Igreja) e aqueles que trabalhavam (o campesinato). Sem dúvida Deus aprovava os emergentes grupos burgueses de artesãos, comerciantes, mercadores e servidores públicos que não eram exatamente classificáveis dentro do antigo modelo, embora quanto dessa aprovação tenha se estendido ao então chamado "quarto papel", o da mulher, é questionável. Uma clara sustentação religiosa para o sistema de classes de Westeros está ausente; a relativa insatisfação da maioria dos personagens com a religião será discutida em maiores detalhes nos Capítulos 2 e 3. No sul dos Sete Reinos, onde a Fé nos Sete prevalece, a nobreza está fortemente ligada ao conceito de cavalaria, concebida em termos quase idênticos aos da compreensão medieval de cavalheirismo. A cavalaria e suas implicações serão discutidas em maiores detalhes no Capítulo 3.

Ser membro de uma linhagem dá aos nobres o que talvez seja o elemento mais importante dos personagens individuais: seu senso de honra pessoal. Honra – particularmente para um homem – gira em torno de manter sua palavra, de não permitir que outros o insultem e de recordar a história de sua Casa. Se a pessoa é um bastardo, já começa em desvantagem; se não tem sobrenome, por exemplo, suas chances de conquistar honra são de fato muito limitadas. Theon é excluído de algumas das responsabilidades que pertencem à Casa Stark por seu status ambíguo, que é revelado gradualmente nos episódios iniciais da primeira temporada. Sua posição como refém compromete seu senso de honra, em particular diante da visão inflexível de seu pai do que constitui a honra Greyjoy, com terríveis consequências políticas e pessoais.

A individualidade tem menos a ver com a identidade central irredutível e essencial que nós, seres modernos, acreditamos possuir. Assim como no período medieval (antes da revolução do pensamento do século XX, algumas vezes caracterizada como "o nascimento do indivíduo"), o pertencimento a grupos sociais forma a identidade da pessoa no Mundo Conhecido. Quem alguém é depende primeiro do gênero e depois da posição social; de quem são seus pais, grupo de parentesco e Casa, que deuses venera, se é cavaleiro ou não, onde vive e que candidato considera ser o ocupante legítimo do Trono de Ferro. Mas se o caráter de um homem tem um núcleo irredutível, ele está provavelmente na estimativa de sua própria honra.

A honra está intimamente relacionada aos ideais de verdade e moralidade, de fazer o que acham que é certo. Não está claro, dadas as diferentes religiões que dominam os dois continentes, que a moralidade esteja necessariamente muito ligada às crenças religiosas – embora tenhamos algumas exceções abaixo. A honra é mutável, negociável e pode ser perdida, conquistada, sacrificada ou eliminada pelos desafios enfrentados na turbulência dos Sete Reinos. Do outro lado do mar, em Essos, Sor Barristan Selmy reflete que "no poço de serpentes que era Meereen, a honra parecia tão tola quanto a roupa colorida de um bobo" (*DD*, 620). De fato, um dos pontos de contraste mais forte entre as culturas orientais e ocidentais, discutido em detalhes no Capítulo 5, é a noção ocidental de responsabilidade social; uma culpa ética (que não depende particularmente da noção de que os deuses, antigos ou novos, estão nos observando) e um forte senso de vergonha em relação aos códigos sociais da nobreza. No leste, a ética é situacional; as pessoas falam para Daenerys o que acham que ela quer ouvir e dissimulam para atingir seus objetivos. O provável envolvimento de Hizdahr zo Loraq com os Filhos da Harpia é um caso exemplar; Daario Naharis tem total certeza disso e recomenda matá-lo, juntamente com todos os outros mestres. O senso de honra de Daenerys proíbe a execução sem provas. Não que Essos tenha o monopólio da falsidade: a violação das normas éticas que Walder Frey e Roose Bolton cometem no Casamento Vermelho prejudica suas reputações de maneira irremediável; Robb sente uma culpa terrível por quebrar sua promessa de se casar com uma das filhas de Frey. Hizdahr, por outro lado, não joga de acordo com as regras de honra westerosi, e tem pouco escrúpulo em mentir para a rainha. A Graça Verde, alta sacerdotisa da antiga religião ghiscari praticada em Meereen que aconselha Daenerys a partir de uma perspectiva local, não aparece no programa de TV, deixando a *khaleesi* dependente dos conselhos de outros aldeões, ou de moradores locais com seus próprios interesses.

O senso de honra de Ned Stark, manifestado em seu comprometimento em revelar a verdade sobre os filhos de Cersei, leva-o ao sofrimento. Ao receber uma visita de Varys na cela em que está preso, Ned tem a chance de salvar sua vida negando a verdade; terá a permissão de vestir o negro e se retirar para a Muralha. O patriarca da Casa Stark rejeita a oferta com raiva: "Você acha que minha vida é uma coisa preciosa, que eu trocaria minha honra por mais alguns anos de... de quê?... Aprendi a morrer há muito tempo" (1.9). Para Ned, no entanto, as vidas de suas filhas acabam sendo mais importantes do que sua honra, e ele faz uma confissão pública e desonrosa de sua traição – tudo em vão.

A ideia de prestígio é parte integral da honra: respeitar a posição social de outro homem e esperar que, da mesma forma, ele ofereça respeito a você.

Se um homem deixa de responder a um insulto, ele perde prestígio e, com isso, autoridade. A autoridade de Khal Drogo sobre seu *khalasar* depende crucialmente do prestígio; ele é rápido em sua ira e não aceita desafios às suas ordens. A influência de Daenerys enfraquece sua posição aos olhos de seus homens. Embora eles acatem a bravata de Drogo de que vão cruzar o Mar Estreito, a intervenção de Daenerys para salvar Mirri Maz Duur e seu desembaraço, valendo-se de seu relacionamento com o khal para reforçar seu poder, para dar ordens contra as quais o *khalasar* se ressente, finalmente causam a derrocada de Drogo. Embora ele vença a luta com Mago, o ferimento ulcerado significa que ele não pode mais ficar sobre seu cavalo – "Um khal que não pode cavalgar não é um khal" (1.9) – e sua autoridade desaparece. Os guerreiros do *khalasar* não demoram em abandonar o líder moribundo e sua *khaleesi*.

Ao longo do casamento com Daenerys, Drogo aprende a ser paciente; ele atura Viserys por mais tempo que seria esperado. Mas a exigência final de Viserys de que Drogo mantenha sua palavra e seu comportamento embriagado ao violar o tabu de não portar armas em Vaes Dothrak não podem ser ignorados. A punição que Drogo dá ao petulante cunhado, dando-lhe a coroa de ouro que ele tanto deseja, é um toque irônico na obsessão de Viserys, mas também mostra sua crueldade e engenhosidade. Viserys contava com a proibição de derramar sangue em Vaes Dothraki para poder insultar o khal com impunidade, mas Drogo imediatamente vê como contornar a proibição e responder a Viserys de uma vez por todas. Ao garantir uma morte terrível a Viserys, Drogo ganha prestígio não só com seu *khalasar*, mas com a própria Daenerys.

Os reis têm reações mais variadas do que os meros mortais quando sofrem desrespeito; Robert aceita provocações de Ned, mas se mantém firme em sua dignidade com os demais. Joffrey, por outro lado, não tem senso de humor, e sua insegurança fundamental no trono se manifesta antes mesmo da coroação. O menestrel Marillion, que encontramos pela primeira vez na estalagem onde os caminhos de Catelyn e Tyrion se cruzam, é punido de maneira horrível por Joffrey ao compor uma balada obscena sobre Robert, o javali e o "leão na cama do rei". A letra da canção de Marillion, de fato, vai direto ao ponto, indicando que o segredo de Cersei agora é assunto em toda a cidade. A crueldade e o sadismo de Joffrey se unem, e ele faz Ilyn Payne arrancar a língua do menestrel.

TRADIÇÃO ORAL

As Casas de Westeros têm seus lemas, que sintetizam a imagem que a Casa tem de si mesma. "Um Lannister sempre paga suas dívidas" não é, de fato, o lema da Casa Lannister - que é "Ouça-me rugir!" -, mas é a frase ouvida com mais frequência, seja dos lábios dos Lannister, seja quando alguém fala sobre eles. "O inverno está chegando", lema da Casa Stark, é o mais ressoante dos lemas das Casas; "Nós não semeamos" resume a recusa implacável dos Greyjoy em apoiar qualquer outra forma de vida que não seja a pilhagem, uma ideologia desafiada por Asha em sua tentativa de conquistar o trono do pai. O anódino "Crescendo fortes" da Casa Tyrell traz uma advertência que Cersei pode ouvir claramente: as ambições da Casa de Margaery aumentam conforme as fortunas das Casas Stark, Baratheon e Tully minguam. Cada Casa também tem um brasão, um emblema que simboliza seus valores. A narrativa começa com o brasão da Casa Stark virando realidade: as crianças Stark ganham seus próprios filhotes de lobo gigante, cada um deles ligados poderosamente ao destino dos donos. O leão, a lula gigante, o veado e o horrendo homem esfolado incorporam a identidade das Casas que representam. Os brasões também são vitais para o reconhecimento em uma sociedade em grande parte pré-letrada, cumprindo a mesma função da heráldica medieval: a rosa Tudor, os diferentes leões da Inglaterra e da Escócia, a flor de lis francesa. Dessa forma, o Montanha tenta representar o destino dos Tully deixando um saco de peixes sangrentos na cena de sua depredação quando assola as Terras Fluviais; o homem das Terras Fluviais que leva suas reclamações até Ned, então Mão do Rei, não entende a palavra "brasão", mas consegue interpretar com confiança os símbolos deixados como uma assinatura.

6. Escudos mostrando brasões heráldicos.

Nas sociedades em que não há escrita, ou há quantidades muito limitadas dela, como na Europa da Idade Média, a palavra de um homem era extremamente importante. Atos de fala - votos, promessas ou juramentos – ganham uma importância em particular quando acordos não estão ligados a contratos escritos, e com frequência são reforçados pela presença de testemunhas ou pela invocação de Deus. Quando chega o momento de cumprir a promessa ou manter o juramento, as testemunhas, sejam humanas ou divinas, estão prontas para lembrar a palavra dada. Por isso, Khal Drogo invoca "a Mãe das Montanhas" quando jura dar a seu filho o Trono de Ferro e, por fim, cumprir sua promessa para Viserys e Daenerys:

> Levarei meu *khalasar* para o oeste, até onde o mundo termina, e cavalgarei nos cavalos de madeira através da negra água salgada [...]. Matarei os homens com trajes de ferro e derrubarei suas casas de pedra [...]. Juro diante da Mãe das Montanhas, tendo as estrelas como testemunhas. (1.7).

A performance dramática de Drogo, gritando e batendo no peito, levantando os braços e chamando deuses e homens para testemunhar, torna impossível para ele renegar sua promessa; só a morte pode impedi-lo de cumprir seu juramento de fazer o que nenhum dothraki fizera antes: levar o *khalasar* em navios pelas "águas envenenadas" para atacar Westeros.

No poema em inglês antigo *Beowulf* há uma cena na qual o herói Beowulf jura, diante de seus homens e dos dinamarqueses na corte do rei Hrothgar, que matará o monstro Grendel que devasta o salão real, ou morrerá tentando. "Eu realizarei bravos feitos de guerreiros / ou esperarei pelo meu dia final neste salão do hidromel!", jura ele. E, antes de se deitar para descansar, Beowulf aumenta a tensão vangloriando-se de não usar espada ou outras armas contra o monstro, desafiando Grendel a usar sua força física contra o herói humano. Durante a luta, quando Grendel e Beowulf se engalfinham, e o guerreiro agarra a mão do monstro, ele consegue o ímpeto final de adrenalina necessário para arrancar o braço direito do inimigo, lembrando-se de seu æfenspræce, o discurso feito no início daquela noite. E, para o monstro, "um ferimento aberto aparece em seu ombro / tendões se separam, a articulação se rompeu". Grendel está condenado.[2]

O juramento da Patrulha da Noite, com tudo o que isso implica, não deve ser feito levianamente. A primeira temporada começa com os eventos terríveis que fazem com que Will (Gared, nos livros), o irmão da Patrulha da Noite, fuja para o sul da Muralha. As consequências de sua fuga são claras: desertores e perjuros devem morrer, e Ned Stark encarrega-se pessoalmente da execução. Quando recebe a notícia de que Robb convocou seus vassalos e está marchando para o sul, Jon Snow fica prestes a desconsiderar seu juramento – "Eu devia estar lá [...]. Eu devia estar com ele" (1.9) –, apesar das sábias palavras do Meistre Aemon. Jon atravessa os portões do Castelo Negro e já está na floresta quando seus amigos e companheiros de juramento, Grenn, Pypar e Sam, vão atrás dele. Quando eles recitam o juramento para Jon, lembrando-o de que assumiu aquele compromisso na presença dos Deuses Antigos, ele percebe a seriedade daquela promessa. Embora mais tarde acabe violando uma determinada parte do juramento, Jon finalmente entende a verdade do argumento que Jeor Mormont, Meistre Aemon e seus amigos estão usando: a Irmandade da Patrulha da Noite agora é sua família. O perjuro é levado muito a sério: Jaime nunca se livra do apelido de "Regicida". Não pode negar a verdade nem desfazer os acontecimentos que levaram àquilo, por mais justificável que o assassinato do Rei Louco possa ser diante das atrocidades que Aerys cometeu.

Irmandades juramentadas eram instituições importantes na Europa medieval. Originaram-se em áreas germânicas, e há uma quantidade considerável de evidências que apontam para vários tipos de grupos de guerreiros jurando lealdade até a morte no campo de batalha. Na Inglaterra medieval, os homens faziam pactos de irmandade, substituindo ou aumentando seus laços familiares com amigos e companheiros livremente escolhidos. Eles faziam esse tipo de pacto participando da Eucaristia juntos, jurando amor mútuo e obrigação de vingar o irmão se este fosse morto. Em 1421, dois escudeiros do exército de Henrique V, Nicholas Molyneux e John Winter, fizeram um pacto na Igreja de St. Martin, em Harfleur, França. O juramento deles aumentava *l'amour et fraternité* (o amor e a irmandade) que já existiam entre ambos, tornando-os *frères d'armes* (irmãos de armas). Molyneux e Winter concordaram em conseguir resgate um para o outro se um deles fosse capturado, permanecer refém para o outro e juntar seus ganhos na guerra para que pudessem investi-los posteriormente em Londres.

Quão formal é a promessa feita entre Robb e Theon quando o Grande-Jon propõe que Robb seja proclamado Rei do Norte? Theon pergunta se ele é irmão de Robb, "agora e sempre", e Robb responde "agora e sempre" (1.10), frase que Theon repete.[3] Theon se deixa levar pelo drama do momento;. não para para pensar se pode levar sua Casa (e seu pai irascível) consigo, mas aproveita a oportunidade para mudar sua posição diante dos outros membros da Casa Stark. Meistre Luwin e o próprio Robb algumas vezes lembraram a Theon que ele é essencialmente um refém em Winterfell, mantido como garantia da lealdade da Casa Greyjoy ao trono, e Theon se magoa com sua exclusão do grupo de irmãos. A tragédia de Theon decorre em parte de seu fracasso em manter tudo o que essa promessa significava, mas o fato de ter feito esse juramento e de ter acreditado no que jurou está por trás de sua decisão de abandonar a perseguição a Bran e Rickon quando assume o controle de Winterfell.

Promessas feitas no romance medieval com frequência são lamentadas. As "promessas cegas", como o tema é chamado, com frequência são feitas sem a total ciência das consequências. Assim, em um conto galês, o Primeiro Ramo do *Mabinogi*, Lorde Pwyll concede um benefício incondicional a um peticionário em seu banquete de casamento – e o homem imediatamente pede a noiva e o banquete! Pwyll não pode negar, embora sua esposa seja esperta o bastante para pensar em algumas condições que no fim acabam salvando o dia... e o prestígio do marido. E assim a pobre Shireen promete a Stannis que fará *qualquer* coisa que ele pedir se for para ajudá-lo na campanha contra Winterfell: uma promessa com consequências que a adorável filha jamais poderia prever.

PRIMOGENITURA

O princípio que o filho mais velho é o herdeiro é uma convenção estabelecida em todo Westeros. Dorne é a única exceção: quando Arys Oakheart argumenta pela primazia de Tommen sobre Myrcella, Arianne Martell rebate: "*Por quê?* Porque deus fez as coisas assim? Sou herdeira do meu pai. Devo abdicar dos meus direitos em favor de meus irmãos?" (*FC*, 170). Antes disso, na batalha pelo Trono de Ferro, o fato de Robert não ser o pai dos filhos de Cersei significa que Stannis, o irmão seguinte na linha sucessória, deve ser o herdeiro verdadeiro. Como muitos irmãos caçulas medievais, Renly fica bem pouco impressionado pela convenção de que o trono deva passar para o irmão mais velho. Loras Tyrell, que brinca de Lady Macbeth com as ambições dúbias de Renly, declara que "Stannis tem a personalidade de uma lagosta!", e lança um ataque vigoroso contra o princípio da primogenitura (1.5). Renly tem ideias mais progressistas sobre o papel do rei do que seus irmãos e afirma que governaria com mais gentileza; uma afirmação que nunca será colocada em teste. A primogenitura é tão crucial no modo de pensar westerosi que Daenerys presume que o conceito também se estende aos dothraki; e fica horrorizada ao saber por Jorah que seu filho não terá posição alguma entre o *khalasar* se Drogo morrer. Em vez disso, Jorah adverte, o novo khal matará a criança como um rival em potencial.

A ideia de que o filho mais velho devia herdar o trono ou, se não fosse da realeza, devia herdar os títulos e propriedades, deixando os irmãos mais novos sem nada, era a norma legal na Europa do século XI. Antes disso, pelo menos na Inglaterra, os reis eram escolhidos pelo conselho real entre os homens elegíveis na dinastia; se um irmão mais velho fosse considerado inadequado como governante, um mais novo podia ser escolhido em seu lugar. As propriedades da família eram divididas entre os filhos, enquanto as filhas recebiam dotes ao se casar. Esse tipo de sistema de herança, conhecido como "herança divisível", tinha a vantagem de garantir a sobrevivência de todos os filhos, mas com o passar das gerações tendia a enfraquecer a posição familiar dividindo e subdividindo terras e outras propriedades, de modo que todos os indivíduos tinham direito a uma parte bem pequena. A introdução da primogenitura pretendia resolver esse problema ao dar tudo para o mais velho, tornando necessário para os filhos mais jovens buscar a própria fortuna, fosse indo para as Cruzadas, entrando na Igreja ou encontrando uma herdeira disponível para casar. A versão estrita da primogenitura não durou muito na França; o destino algumas vezes infeliz dos irmãos mais novos levou à modificação da norma no século XII. Filhos mais jovens agora podiam receber castelos, casas de campo ou propriedades, que mesmo assim eram mantidas pelos mais velhos, em vez de pertencerem aos mais novos sem restrições. Essa prática serviu em certa medida para manter a propriedade em sua totalidade.

A Peste Negra que assolou a Europa nos anos após 1348 reduziu a população estimada em cerca de 40%. Essa catástrofe diminuiu consideravelmente a pressão pela terra; na Inglaterra, muitas famílias, desde os membros mais ricos até as classes camponesas, descobriram que eram capazes de obter terras e casas para se estabelecerem com os filhos sobreviventes, de modo que todos podiam se casar. Na ficção medieval, particularmente no romance de cavalaria, o irmão mais novo com frequência é retratado aceitando seu papel – afinal, ele sabe desde os primeiros anos de vida que, salvo acidentes com o irmão mais velho, não pode esperar muito do pai – e partindo mundo afora para fazer fortuna, deixando as rivalidades fraternas para trás. Há um romance de cavalaria inglês, no entanto, o *Conto de Gamelyn*, escrito no final do século XIV, no qual os irmãos disputam a herança tanto quanto Stannis e Renly. O problema é causado pelo pai de Gamelyn, que, contra todos os conselhos de seus barões, decide deixar para o filho caçula uma parte três vezes maior do que destinou para os irmãos mais velhos. O irmão do meio, Ote, é leal ao jovem Gamelyn, mas John, o mais velho, conspira para que ele seja banido e toma posse de sua herança. Oto serve de garantia para que o irmão apareça perante a corte; e fica prestes a ser enforcado por John porque Gamelyn não aparece. É quando o irmão caçula irrompe no recinto, jurando que é John e não Ote que será enforcado. E, de fato, Gamelyn enforca John; a inimizade e o ciúmes causados pela disposição excêntrica do pai em relação ao patrimônio são incapazes de proporcionar uma solução pacífica.[4]

MULHERES, HONRA, SEXO E CASAMENTO

Oberyn: "Nós não machucamos garotinhas em Dorne."
Cersei: "Garotinhas são machucadas em todas as partes do mundo." (5.4)

As mulheres de Westeros e Essos estão, como suas irmãs medievais, sujeitas ao domínio do patriarcado. O valor das mulheres da nobreza está, principalmente, em sua função para unir famílias distintas, e seu destino, em geral, é ser casada de forma estratégica pelos parentes a fim de formar alianças e cumprir promessas. Essa falta de controle sobre a própria vida era típica dos padrões de casamentos aristocráticos no período medieval. Garotas nobres eram prometidas ainda jovens e com frequência se casavam assim que atingiam a puberdade ("floresciam", em termos westerosi). Dessa forma, Catelyn se casa com Ned após a morte de Brandon (irmão mais velho de Ned); o amor cresce gradualmente no casamento deles. Daenerys é negociada com Drogo em troca da promessa de apoio militar para a tentativa de Viserys de recuperar o Trono de Ferro; surpreendentemente, no livro Drogo demonstra ternura em relação à esposa na noite de núpcias, ainda que não no programa de TV. Sansa, peça-chave nos jogos matrimoniais, torna-se noiva de Joffrey, casa-se com Tyrion (um casamento dissolvido por falta de consumação), só para ser oferecida (no programa de TV) por Mindinho a Ramsay. O estupro de Sansa na noite de núpcias deve ter sido a sina de muitas noivas medievais; uma virgem teria pouca ideia do que a esperava no leito nupcial. Na Europa medieval, a violência sexual era endêmica, assim como em Westeros; só a proteção masculina garantia a segurança de uma mulher fora de casa. Como o próprio Martin observa:

> Estupro e violência sexual fazem parte de todas as guerras já travadas, desde os antigos sumérios até os dias de hoje. Omitir isso de uma narrativa centrada na guerra e no poder teria sido fundamentalmente falso e desonesto, e teria minado um dos temas dos livros: que os verdadeiros horrores da história humana não derivam dos orcs e dos Senhores das Trevas, mas de nós mesmos.[5]

Margery Kempe, de quem ouviremos falar mais no Capítulo 5, deixou-nos o que provavelmente é o primeiro relato autobiográfico de uma mulher na Inglaterra, escrito na primeira metade do século XV. Ela relata uma agressão sexual que sofreu, cometida pelo administrador de Leicester; em suas muitas viagens pela Europa, Margery tinha um medo constante e justificado de ser estuprada por desconhecidos. Sua fé religiosa a deixou indisposta a ter relações sexuais com o marido depois do nascimento de seu primeiro filho. Mesmo assim, a visão de casamento da época legitimava que o marido a obrigasse a ter relações; mais treze crianças resultaram disso. No final, Margery recorreu à ajuda de Jesus para negociar com o marido e conseguiu estrategicamente se livrar das relações maritais indesejadas pagando as dívidas do esposo antes de partir para Jerusalém.[6]

Pelo menos na Inglaterra, considerava-se que as viúvas não estavam mais sob a autoridade paterna ou do irmão, em especial se tivessem filhos, e para elas era mais fácil evitar um segundo casamento indesejado. Nas cidades italianas no final da Idade Média, no entanto, onde as mulheres tendiam a se casar com homens muito mais velhos, a viuvez era frequente. Nessas circunstâncias, os irmãos da viúva reivindicariam a irmã e seu dote a fim de arranjar outro casamento estratégico para ela. E era muito comum que a família do primeiro marido ficasse com o filho do casamento; dessa forma, a mulher aflita perdia o filho e o marido de uma só vez. Não é de surpreender, então, que, como viúva e rainha-mãe, Cersei não consiga enfrentar o pai quando ele ordena que ela se case com Loras Tyrell para fortalecer os laços entre os Lannister e a Casa mais poderosa da Campina, pois o hábito de obedecer ao pai é difícil de morrer. Durante o período medieval, em particular quando a Igreja começou a enfatizar a importância do consentimento da mulher quando um casamento era combinado, o entendimento de que o respeito e o afeto mútuos tornavam os casamentos mais fortes e mais felizes para os dois participantes começou a crescer. Maridos que partiam para as Cruzadas durante uma década precisavam ter certeza de que suas esposas poderiam gerenciar os negócios com competência; a influência não oficial e a sabedoria das esposas e das mães poderiam mudar o destino de nações.

Leonor de Aquitânia, uma das rainhas mais formidáveis que a Inglaterra já teve, aliou-se aos filhos quando eles se revoltaram contra o pai, Henrique II. Margarida de Anjou, rainha de Henrique VI, teve que enfrentar uma longa demora até produzir um herdeiro, o colapso físico e mental do marido e o poder e a ambição crescentes da Casa de York: fatores que provocaram a Guerra das Rosas. Comparada com frequência com Cersei, Margarida não podia governar o reino: o Duque de York foi escolhido como Regente durante a doença do rei. As críticas do Duque sobre como o grupo do rei, apoiado pela rainha, conduzia os assuntos do reino tanto internamente quanto nas guerras com a França tornou o conflito aberto inevitável. As vitórias dos partidários de York, culminando com a coroação de Eduardo IV em 1461, representaram muitos anos de campanhas diplomáticas para Margarida, na esperança de recuperar o trono para o marido ou para o filho. Levaria dez anos para ela conseguir apoio francês para a oferta do Conde de Warwick ("o Fazedor de Reis") de restaurar o governo lancastriano; parece provável que as esperanças dela estavam na aceitação de seu filho como rei efetivo. A restauração teve vida curta: exércitos dos York e dos Lancaster se encontraram na Batalha de Tewkesbury em 4 de maio de 1471. Eduardo, filho de Margarida, foi morto, e Henrique VI morreu na prisão: as esperanças de Margarida estavam acabadas. Ela passou os cinco anos seguintes sob custódia de Alice de la Pole, duquesa viúva de Suffolk e neta do poeta Geoffrey Chaucer. Alice tinha sido amiga e apoiadora de Margarida na juventude; talvez isso tenha tornado as condições mais suportáveis. Depois do pagamento de um resgate considerável e da renúncia de todas as suas propriedades na Inglaterra, Margarida retornou para sua terra natal, a França, em 1475, onde morreu sete anos depois. Sua história é particularmente dramática, mas seus elementos ecoam nos destinos de muitas rainhas medievais.[7]

A honra feminina é conceituada de forma bem diferente da honra masculina em Westeros. O insulto "prostituta" é muito difundido, e tanto mulheres quanto homens se ofendem com ele. Ned quase estrangula Petyr Baelish quando ele afirma, com veracidade, que a esposa de Ned está em seu bordel. Petyr levou Cat para lá a fim de manter sua chegada em Porto Real em segredo, mas Ned interpreta isso como um insulto terrível para ela e para a honra dele. A pureza sexual é chave para determinar a honra feminina nobre, enquanto a liberdade sexual é prerrogativa dos homens e das mulheres selvagens. Osha diz que já teve homens que comeriam Theon e usariam seus ossos para limpar os dentes; Ygritte é absolutamente insistente em dizer que tem o direito de escolher até mesmo o "corvo" Jon Snow como amante. Nenhuma vergonha parece estar ligada à promiscuidade masculina, embora Cersei se ofenda com o comportamento de Robert e Catelyn ache impossível aceitar a aparente infidelidade de Ned, que trouxe Jon Snow para dentro da família dela. Só Tywin Lannister sente que manter uma amante é um comportamento indigno para Tyrion enquanto este representa o pai como Mão do Rei. A hipocrisia de Tywin a esse respeito – ao tomar Shae como sua própria amante – é um fator importante em sua morte.

Assim como nas cidades europeias medievais, os bordéis são parte essencial da vida westerosi. O bispo de Winchester era dono das terras onde

7. Cena que mostra uma casa de banho
que também serve como bordel.

ficavam os bordéis mais conhecidos da Londres medieval, em Southwark, e lucrava consideravelmente com o aluguel que lhe pagavam; prostitutas locais eram chamadas às vezes de "gansas de Winchester". Há um bordel nos portões de Winterfell, onde encontramos Tyrion pela primeira vez desfrutando de uma cerveja e de um boquete; a riqueza de Mindinho é mantida por seus bordéis em Porto Real: casas que atendem a todos os gostos sexuais, ele se vangloria para Varys. Os estabelecimentos de Mindinho apresentam uma fachada exterior discreta, mas por dentro são luxuosos, com almofadas bordadas e fofas, cortinas transparentes, drapeados grossos, arcos no teto, além de oferecerem a perspectiva de espaços isolados em um estilo convidativamente mediterrâneo. Baelish orienta seus empregados na arte de agradar seus clientes, mas, aparentemente, apenas de modo verbal. Quando Ros e sua amiga o convidam a se juntar a elas, ele se recusa, pois seu coração pertence à outra pessoa, diz. Os bordéis em Vila Toupeira, perto da Muralha, mantêm os irmãos da Patrulha da Noite satisfeitos; afinal, eles juraram não tomar esposa, e não praticar a castidade completa.

Casas medievais de má reputação com frequência ofereciam instalações para banho; a oportunidade para alguém tirar as roupas, entrar em uma bela banheira com água morna com a mulher da sua escolha e depois passar do banho para a cama e de volta para a água mais uma vez compunha o prazer que tais lugares ofereciam. Bordéis que atendiam as classes mais baixas, como os estabelecimentos de Vila Toupeira, eram mais sujos, dependendo do negócio regular e de um giro rápido de clientes. O bordel de Winterfell está em algum lugar entre esses dois extremos: não é tão elegante quanto uma das casas de Baelish, mas a hospitalidade parece ser suficiente para agradar Tyrion.

Vamos agora dar uma olhada mais de perto na mulher que desafia de maneira mais flagrante os estereótipos misóginos de Westeros (e os da Europa medieval): Brienne. Ela é uma guerreira impressionante – seja contra Jaime Lannister, seja (no programa de TV) contra o Cão de Caça. Ela é assombrada pelo fracasso de impedir o assassinato de seu amado Renly, embora seja difícil imaginar que qualquer homem pudesse ter se saído melhor contra o assassino-sombra sobrenatural. Brienne tem correspondências surpreendentes no romance medieval e do início da era moderna: Britomart, a mulher-cavaleiro virgem de *A rainha das fadas* (década de 1590), de Spenser, e sua precursora, Bradamante, nos romances épicos italianos *Or-*

8. Xilogravura de Bradamante.

lando Innamorato (1495) e *Orlando Furioso* (1516). As duas mulheres eram guerreiras eficientes; elas vagam pelos mundos dos romances de cavalaria em batalhas. Mas ambas são extremamente bonitas e estão apaixonadas por um nobre cavaleiro: Bradamante ama o sarraceno Ruggiero, com quem se casa depois que ele se converte ao cristianismo, e Britomart é apaixonada por Artegall, o cavaleiro que simboliza a Justiça no poema. Artegall (igual a Artur) é enfeitiçado e aprisionado por uma feiticeira chamada Radigund. Só Britomart pode resgatá-lo, e ela o faz, derrotando e matando Radigund sem remorso. Merlin profetiza que Britomart e seu amado serão os ancestrais de uma longa linhagem de reis e rainhas britânicos e há toda a expectativa para que isso aconteça, embora o poema esteja inacabado.

Nenhuma solução tão heterossexual e tradicional parece provável na história de Brienne. Ela é forte e nada atraente, mas também é grande e ameaçadora. Seu amor intenso por Renly deixou pouco espaço para outro romance em seu coração; ela cria laços de respeito e afeto com Jaime e Pod, mas a maioria dos outros homens a trata com desprezo descarado ou mal disfarçado. O traiçoeiro Sor Shadrich, que Brienne encontra enquanto viaja com dois cavaleiros galantes, embora sejam cavaleiros andantes desesperados, dirige-se a ela com extrema rudeza: "É uma garota forte e saudável, parece". Brienne percebe o insulto, mas deixa passar; mais tarde, Shadrich a chama de "mulher", e ela reflete: "mulher era marginalmente melhor que garota" (*FC*, 63). "Garota" [*wench*, no original] é um termo marcadamente usado para mulheres das classes baixas em inglês medieval; May, em "O conto do mercador", de Chaucer, fica indignada quando seu marido velho e cego tenta suborná-la para que permaneça fiel a ele: "Sou uma mulher educada, e não uma garota", ela protesta. Brienne tem sua oportunidade para vingar Renly quando se depara com Stannis, depois da Batalha de Winterfell, um momento no qual pode dar um fim à culpa que sente por ter falhado com o amado.[8]

Na segunda metade deste capítulo, vamos nos voltar para as estruturas sociais maiores embutidas nas culturas dos dois continentes principais. Vamos começar com a obrigação quase universal de hospitalidade, depois examinaremos a lei e sua relação com vingança e justiça. Então, analisaremos as guerras e suas regras, e o relacionamento de um homem com suas armas. Por fim, vamos falar sobre as armas fatais, os vetores de destruição em massa do universo de *Game of Thrones*: os dragões que Daenerys fez eclodir e criou, e os quais ama como se fossem seus filhos.

Direito de hóspede

Nas sociedades do mundo real, a hospitalidade é uma obrigação central nas interações humanas. Se alguém entra na sua casa, você assume a responsabilidade pelo bem-estar dessa pessoa. Você a alimenta e lhe fornece abrigo, conversa com ela e, quando ela parte, com frequência são oferecidos presentes de despedida. Em troca, os convidados aceitam o que é oferecido, conforme os costumes da casa, vão embora no devido tempo e com agradecimentos sinceros. No entanto, raramente a hospitalidade é tão simples, seja no Mundo Conhecido ou nas narrativas medievais. A palavra em latim *hospes* (um anfitrião ou um hóspede) está intimamente relacionada a *hostis* (um exército); anfitrião, hóspede e hospitalidade, mas também hostilidade, estão, desta forma, alinhados uns com os outros. Quando hóspedes chegam sob seu teto, eles podem trazer complicações inesperadas, inimizades pré-existentes, das quais um bom anfitrião terá que se defender, ou – como na visita de Robert e seus parentes a Winterfell – os anfitriões podem descobrir coisas sobre seus convidados que devem ser mantidas em segredo. O hóspede é vulnerável; ele ou ela deve confiar na boa vontade do anfitrião e esperar estar em segurança. Com frequência o romance medieval usa o tópos do "anfitrião soberbo": um homem rude e perigoso que age de maneira grosseira com seus convidados. Em um conto envolvendo o cavaleiro arturiano Sir Gawain, ele e seu grupo chegam a um castelo, esperando abrigo para a noite. Em geral, aqueles que se hospedam com o monstruoso gigante, Carl de Carlisle, têm sorte se escapar com vida. No entanto, Gawain desarma Carl com sua cortesia, enquanto seus dois companheiros, o bispo Baldwin e o irmão adotivo do rei, Sir Kay, agem com rudeza e ofendem o anfitrião. A perfeita obediência de Gawain permite que ele desencante Carl, que na verdade é um cavaleiro enfeitiçado, e ele é recompensado com a mão da bela filha de Carl em casamento. Aqueles que fracassaram no teste de obediência, Carl revela, teriam sido executados por ele, mas agora que foi trazido de volta ao cavalheirismo e à humanidade, ele construirá uma capela para rezar pelas almas daqueles a quem matou.[9]

Tanto em Westeros quanto em Essos, as normas da hospitalidade são violadas de maneira dramática por anfitriões e convidados. Em Qarth, os dragões de Daenerys são roubados, e membros de seu *khalasar* assassinados. Em Winterfell, Catelyn fica ainda mais indignada quando acredita, erroneamente, que Tyrion era responsável por enviar um assassino para matar Bran porque ele entrara em sua casa como hóspede. A acusação pública dela, de que Tyrion conspirara para matar seu filho, tem o efeito de reunir vários vassalos que deviam fidelidade aos Tully quando ela e Sor Rodrik acidentalmente cruzam com Tyrion na hospedagem na Estrada do Rei. Piores ainda – infames, na verdade – são os terríveis acontecimentos do casamento de Edmure Tully e Roslin Frey:

> Chamam de Casamento Vermelho. Walder Frey cometeu sacrilégio naquele dia. Ele partilhou o pão e o sal com os Stark. Ele ofereceu-lhes o direito de hóspede. Os deuses terão sua vingança [...] Frey queimará nos sete infernos pelo que fez (4.3).

Assim comenta um fazendeiro das Terras Fluviais que conversa com Arya e o Cão de Caça, ao falar da horrenda exação de vingança pelo fracasso de Robb em manter seu juramento de se casar com uma das filhas de Frey. A posição estratégica de Walder nos Sete Reinos, por ser possuidor das Gêmeas, dois fortes que controlam a única ponte pelo rio Tridente em centenas de quilômetros, deu a ele uma crença inabalável em sua própria importância. Quando o amor por Talisa (no programa de TV – nos livros, seu casamento com Jeyne Westerling acontece de maneira diferente) faz com que Robb quebre a promessa feita por Catelyn em nome do filho, o orgulho do velho é ferido. Assim, Walder cai direto nas mãos dos Bolton, que já tinham sido subornados pelos Lannister, apesar do fato de sua Casa ser juramentada aos Stark. Só o líder da Casa cujo símbolo é o horrível Homem Esfolado seria cruel o bastante para transformar a ocasião feliz de um casamento em um massacre: Catelyn, Robb, sua esposa grávida Talisa, vários soldados nortenhos e até mesmo Vento Cinzento, o lobo gigante de Robb, são massacrados, e os corpos dos Stark são profanados. A cabeça de Vento Cinzento é cortada e costurada no tronco de Robb; o cadáver de Catelyn é jogado sem cerimônia alguma no rio.

É difícil pensar em um paralelo na vida real ou mesmo na ficção para o horror do Casamento Vermelho. Em "O conto do escrivão", de Chaucer, o sultão da Síria se converte ao cristianismo para se casar com a adorável Constância, filha do imperador de Roma. A sultana, mãe do sultão, fica enfurecida com a apostasia do filho. Fingindo que também vai se converter, a mulher, "a velha amaldiçoada", como o narrador a chama, organiza um banquete para o casal de noivos e então conspira com o conselho para que "o sultão e todos os cristãos / sejam feitos em pedaços e esfaqueados na mesa". Constância é colocada em um barco sem leme e deixada à deriva no mar. O imperador romano prepara uma vingança terrível contra os sírios: seu exército "queima, mata e traz desgraça" para a sultana e seus aliados. No fim do conto, o imperador e a filha, o novo marido dela e seu filho se reencontram depois de outras desventuras.[10] De um período posterior, podemos também pensar no infame Massacre de Glencoe, em 1692, no qual um grupo de soldados, muitos deles associados ao clã Campbell, aceitou a

9. *O jantar negro*, ilustração do início do século XX.

hospitalidade, segundo as tradições das Terras Altas, dos MacDonald. Na manhã seguinte, os hóspedes assassinaram 38 de seus anfitriões, debaixo do teto do chefe do clã, e mais amplamente em Glencoe. As casas MacDonald foram queimadas e mais de 40 mulheres e crianças do clã foram mortas pelo frio. O Massacre de Glencoe foi infame não só pelo número de vítimas de um único clã, nem pelo subterfúgio envolvido, mas principalmente porque os assassinatos ocorreram sob a lei escocesa da "morte sob confiança": uma categoria particular de assassinato que acreditava-se ser mais hedionda do que o assassinato comum. A investigação subsequente teve que exonerar o rei Guilherme, que havia assinado a ordem para o massacre, e fazia pouco sentido que os perpetradores fossem levados à justiça. O massacre proporcionou uma propaganda poderosa para as revoltas jacobitas de 1715 e 1745. Martin também invocou o Jantar Negro de 1440, episódio no qual o jovem 6º conde de Douglas e seu irmão mais novo foram convidados para um banquete no Castelo de Edimburgo pelo rei Jaime II da Escócia, então com dez anos de idade. No final do jantar, a cabeça de um touro negro, simbolizando o ancestral dos rapazes, o famoso Black Douglas, foi jogado na mesa; os dois irmãos foram arrastados para fora do castelo, submetidos a um julgamento simulado por traição e rapidamente decapitados; o anfitrião ostensivo, o jovem rei, era um fantoche para as ambições políticas de Sir William Crichton, Lorde Chanceler da Escócia, que, como Tywin, a Mão do Rei, percebia no poder dos Douglas uma ameaça significativa contra a monarquia e a estabilidade do reino.

Não faz sentido, seja no programa de TV ou nos livros, que o velho, cínico e impiedoso Walder Frey encare a ignomínia generalizada ou qualquer tipo de justiça por sua traição. As Casas Stark e Tully estão em completa desordem, e os Lannister permanecem em ascensão. Por mais escândalo que a traição de Walder tenha causado, nenhum poder executivo pode chegar ao cerne do comportamento hediondo dele. Além disso, até os personagens que a narrativa nos encoraja a apoiar são tentados a quebrar as leis do direito de hóspede. Jon Snow consegue entrar na tenda de Mance Rayder, aparentemente para conversar, mas com um plano secreto mal planejado de matar o Rei-Além-da-Muralha, mesmo que ao custo da própria vida – um tipo de ataque suicida. Jon não é insidioso o suficiente para disfarçar suas intenções diante de Mance; ele olha para a faca com a qual estão comendo, e Mance percebe o que está em sua mente. Posto à prova pela imoralidade de quebrar as regras da hospitalidade, Jon cai em si, mas antes que possa decidir como sair do impasse, o exército de Stannis aparece. A difícil decisão de Jon de cometer uma violação séria do direito de hóspede, como a que matou sua família, é parte de seu treinamento ético. Desde seus primeiros dias na Muralha, o aprendizado de Jon é um dos grandes temas da série: rápido demais em se sentir ofendido e para pensar em quebrar seus votos, embora corajoso, engenhoso e, por fim, um estadista no trato com os selvagens.

Justiça e vingança

Códigos legais tendem a estar entre os primeiros textos criados quando uma sociedade ganha a tecnologia da escrita. Mesmo antes do letramento chegar na Islândia pré-cristã, as leis eram codificadas, e um terço delas era recitada pelo legislador todos os anos na Assembleia (o *Althing*), para que pudessem ser lembradas, discutidas e, se necessário, modificadas. A Islândia medieval era conhecida no resto da Europa como a terra sem rei; quem, então, os senhores europeus se perguntavam, poderia fazer justiça? Os islandeses conduziam processos, puniam criminosos, negociavam compensações e pagamentos de multas por crimes ou violações das leis civis na Assembleia anual. Era claro, no entanto, tanto nas sagas quanto na história medieval, que era difícil garantir os direitos de alguém contra o próprio líder, se esse alguém não conseguisse formar uma aliança de apoiadores poderosos. Em todas as partes da Europa, a lei era a lei do rei, e seus oficiais a garantiam pelo território. Casos importantes podiam ser ouvidos na presença do rei, testemunhas serem chamadas e o julgamento feito, para ser garantido pela autoridade do rei. Por isso, em Porto Real, o rei – ou sua Mão – ouve os casos e recebe representantes de súditos aflitos. O acusado tem permissão para chamar testemunhas, embora isso valha pouco para Tyrion em seu julgamento pelo assassinato de Joffrey. As probabilidades estão claramente contra ele, graças a seu pai e sua irmã, ainda em luto pela morte do filho. Embora Jaime e Tywin façam um acordo por meio do qual Tyrion poderia se juntar à Patrulha da Noite, Cersei usa Shae como testemunha hostil. A amante de Tyrion afirma que Sansa convenceu Tyrion a matar Joffrey. Com o consequente discurso de Tyrion contra a corte e sua família, e a ingratidão de todos eles por sua conduta heroica na Batalha da Água Negra, todas as chances de misericórdia desaparecem.

Em seu julgamento prévio no Ninho da Águia, Tyrion reivindica o direito de julgamento por combate; suas esperanças de que Bronn, o mercenário que o salvou naquela ocasião, lute por ele novamente são frustradas quando Bronn revela que foi comprado com um casamento com a nobreza: "Gosto de você. [...] Mas gosto ainda mais de mim mesmo", ironiza ele (4.7). Oberyn Martell luta por Tyrion na esperança de conseguir vingança para sua irmã Elia, estuprada e morta pelo Montanha, Gregor Clegane, no auge da Rebelião de Robert. O Montanha é o campeão de Cersei no julgamento por combate; apesar de lutar com elegância e, de fato, quase vencer, Oberyn presume cedo demais que é o vitorioso, e o Montanha, recuperando-se de um golpe aparentemente debilitante, acaba com ele, afundando seus olhos, em uma cena memorável.

Os julgamentos por combate eram um costume medieval genuíno, que provavelmente se originou em áreas germânicas. Os dois lados em disputa, ou seus representantes, lutavam em combate singular; o vencedor do duelo era premiado com o ganho da causa. As falhas óbvias no procedimento fizeram com que o costume caísse em desuso na Inglaterra no século XV e na França em meados do século XIV.

Os duelos judiciais eram um marco nas narrativas dos romances de cavalaria; no romance francês do final do século XII, *Yvain* ou *O cavaleiro do leão*, Sir Yvain e Sir Gawain lutam para definir os direitos de duas irmãs em um caso envolvendo a herança do pai. A irmã mais velha reivindica toda a propriedade, baseada nas novas leis da primogenitura, que acabavam de ser criadas na França naquele momento; a irmã mais nova é deixada sem provisão para um dote. O rei finalmente arbitra por uma divisão mais justa da propriedade.[11] Em *Morte de Artur*, de Malory, Sir Lancelot luta dois combates judiciais em prol da rainha Guinevere. Na primeira ocasião, ela foi falsamente acusada de envenenar o jantar de um convidado; apesar de só chegar no último momento da luta, Lancelot derrota o acusador e a verdadeira identidade do envenenador é revelada. Na segunda ocasião, Guinevere é acusada de ter cometido adultério com um ou mais de dez cavaleiros feridos, que estão se recuperando de seus machucados na antecâmara da rainha. O acusador dela, Sir Meleagant, encontrou sangue espalhado pela cama da rainha e chegou à conclusão óbvia. Mas, na verdade, o sangue veio das mãos laceradas de Lancelot; ele quebrou as grades da janela da rainha para ficar com sua amada. Deliberadamente,

10. Julgamento por combate, em manuscrito alemão.

Lancelot manipula Meleagant para formular a acusação especificamente sobre os dez cavaleiros feridos, e o derrota com facilidade em combate, graças a essa tecnicalidade.[12]

Portanto, não é de estranhar que, quando os sobrinhos de Artur fazem uma acusação formal de adultério diante do rei, Artur decida não permitir uma acusação pública do casal, pois Lancelot lutará em defesa da rainha e inevitavelmente vencerá. Em vez disso, a rainha e seu cavaleiro são pegos em posição comprometedora; Guinevere é presa e condenada à morte na fogueira, destino do qual Lancelot a resgata, desafiando o rei e suas leis. Meleagant declarara para Lancelot que "Deus dará um golpe em todas as batalhas", e, de fato, no romance arturiano, a validade ética do julgamento por combate depende apenas de os cavaleiros pegarem em armas para defender a verdade. Uma vez que a moralidade cavalheiresca de Lancelot é corrompida, seu duelo com Meleagant demonstra que o sistema de justiça de Artur está irremediavelmente comprometido, uma critica que se reflete de maneira negativa em seu reinado.

Assim também acontece nos dois julgamentos envolvendo Tyrion. Os Cavaleiros do Vale estão desesperados para agradar sua senhora viúva e, como os pretendentes de Penélope na *Odisseia*, esperam substituir Jon Arryn. "Esperando e acenando nas escadas como urubus, esperando para por as garras em mim", como diz a ingrata Lysa (5.5), eles estão ansiosos o bastante para lutar em favor de sua senhora contra o anão. Bronn acaba com seu oponente com relativa facilidade, desviando e avançando, fingindo e recuando. Mas enquanto Cersei puder ter o Montanha como seu campeão, nenhum direito pode prevalecer contra sua crença obsessiva sobre a morte de seu filho. Nessa sociedade, o julgamento por combate tem menos a ver com a atuação de Deus (ou dos Sete) para garantir que a justiça prevaleça nos assuntos humanos. Em geral, espera-se que o campeão passe a noite antes da luta em vigília religiosa, mas é difícil imaginar o Montanha invocando a proteção dos Sete, e tais sutilezas são dispensadas na luta de Bronn no Ninho da Águia. Em vez disso, o julgamento por combate pede um homem que possua força física, habilidades de luta e coragem – ou que tenha capital social: posição social, ouro ou carisma para comandar o maior campeão. Como rainha-mãe, Cersei tem dois de três; Tyrion tem apenas seu charme, o que não é suficiente. Felizmente para ele – pelo menos na situação imediata –, a antiga disputa de sangue que existe entre Oberyn, o Montanha e outros membros de sua família lhe garante um campeão.

A necessidade de vingança quando um membro da família é morto é endêmica em sociedades baseadas na honra, como em Westeros, uma cultura que se recorda das situações vividas por meio das histórias passadas de geração em geração. Histórias mantidas vivas em baladas como "As chuvas de Castamere", praticamente um hino sobre a ascendência Lannister, com frequência invocada nos livros e cantada de maneira memorável como sinal para começar o massacre no Casamento Vermelho. A honra requer que se busque vingança por tais perdas, ainda mais quando as vítimas iniciais foram mortas de maneira tão desonrosa. As Casas que sofreram danos colaterais nas fases finais da Rebelião de Robert procuram vingança, com destaque para os Martell. Arya também tem uma longa lista mental que reúne aqueles dos quais vai se vingar mais cedo ou mais tarde; seu recital noturno aponta a importância das listas e da memorização em uma cultura em grande parte oral. Os nomes na lista de Arya variam: Cersei e Ilyn Payne são os primeiros a integrá-la. Nos livros, Arya relembra suas experiências traumáticas em Harrenhal nomeando os principais torturadores comandados pelo Montanha: Cócegas, Polliver (que rouba Agulha dela) e Raff, o Querido, entre vários outros. Polliver foi o primeiro a ser morto pela própria Arya; nos livros, ela mata Cócegas na mesma luta.

A vingança é o principal pano de fundo da história que liga as mortes de Elia e Oberyn Martell; os dorneses – em particular, é claro, as Serpentes de Areia – são obcecados pela vingança contra os Lannister e a Coroa, e não fica claro o que Doran Martell está tramando quando manda Trystane (nos livros Nymeria Sand) assumir o assento dornês no Pequeno Conselho. Um ato de vingança modela o arco narrativo, formando um círculo: a vingança de Robert Baratheon pelo sequestro de Lyanna Stark por Rhaegar Targaryen. Essa ação catalisa a resistência contra o governo Targaryen e precipita o início do que ficou conhecido como Rebelião de Robert. Robert acreditava que sua noiva tinha sido raptada e estuprada pelo príncipe Targaryen, então casado, e se lembra com orgulho do dia em que matou Rhaegar na Batalha do Tridente: "Nos meus sonhos mato-o todas as noites. Mil mortes ainda serão menos do que ele merece" (*GT*, 36). Como Helena de Troia, Lyanna pode ter sido mais cúmplice do rapto do que seu futuro marido e seus parentes foram levados a crer. Lyanna e Rhaegar passam a guerra na Torre da Alegria nas Montanhas Vermelhas de Dorne, o que lembra o Castelo da Guarda Alegre, para onde Lancelot leva Guinevere após resgatá-la da fogueira. Embora o nome possa ser irônico, também sugere que Rhaegar e Lyanna amaram um ao outro de verdade – uma possibilidade endossada pelo relato que Barristan Selmy faz de Rhaegar (5.4). Quando Ned finalmente chega para resgatar Lyanna, depois da morte de Rhaegar pelas mãos de Robert, sua irmã está morrendo. A promessa que ela extrai de Ned o assombra até o dia de sua morte. Embora Rhaegar, Lyanna, seu irmão Ned e Robert, o vingador, estejam todos mortos no final do primeiro livro e da primeira temporada, as implicações finais da vingança de Robert ainda não são plenamente conhecidas. O sequestro de Lyanna alimentou a rebelião – embora, já que a loucura de Aerys tornava-se cada vez mais aparente, sua derrubada poderia ser apenas questão de tempo. Mesmo assim, a mudança de dinastia, com a ascensão de Robert ao trono e sua aliança fatídica com os Lannister, moldou fundamentalmente os Sete Reinos nos quais a história se desenrola; o segredo do que aconteceu entre Ned e Lyanna nos momentos finais dela pode ser revelado no final da série.

Vingança gera vingança, como Ellaria Sand (em contradição com seu papel como arquiteta principal da desforra no programa de TV) aponta para a mais velha das Serpentes de Areia depois da morte do pai delas:

> "Oberyn queria vingança por Elia. Agora vocês três querem vingança por ele. [...] Se vocês morrerem, Ela e Obella [filhas de Ellaria] devem buscar vingança por vocês? [...] E isso seguirá assim, para sempre? Pergunto novamente, *onde isso termina*? (*DD*, 435).

Nas primeiras sociedades da Europa ocidental, as disputas de sangue eram comuns. Mesmo onde a lei romana prevalecia, ou onde o cristianismo tomou conta, era difícil convencer os homens a recorrer à lei em vez de matar para se vingar de suas perdas. Muitas das mais famosas sagas islandesas giram em torno de disputas de sangue, mortes recíprocas, casos legais associados e o eventual acordo (com frequência quando a maioria dos participantes originais da disputa está morta). *Njáls saga*, provavelmente composta no século XIII, revela um relato quase forense de como e por que o patriarca Njal, sua esposa, filhos e netos vieram a ser queimados vivos em sua fazenda, ainda que Njal nunca tenha erguido uma espada contra ninguém. As causas da disputa remontam há mais de cinquenta anos do ocorrido, e Kari, genro de Njal, leva alguns bons anos para conseguir sua vingança por Njal e as demais vítimas. No entanto, no final da saga, quando o acerto de contas e a selvageria já se desenrolaram, Kari se casa com Hildigunn, sobrinha do líder dos Incendiários e a mulher que, pode-se dizer, colocou em ação o ato final quando acusou o tio pela vingança da morte de seu marido.[13] Para os islandeses que ouviram ou leram a saga, as minúcias de quem matou quem, quão justificável determinada morte era, qual seria a compensação necessária e se a disputa poderia acabar ou teria que reivindicar mais vítimas, forneciam um vislumbre intenso e desapaixonado das vidas de seus ancestrais. E para o leitor atual, o drama e a tragédia das sagas – seja *Njás saga* ou outras sagas nórdicas clássicas, tais como *Laxdœla saga*, *Gísla saga* ou *Grettis saga* (pois todas têm disputas de sangue em seus cernes) – permanecem profundamente comoventes e muito chocantes.

Disputas e vinganças são centrais nos maiores contos medievais, pois essas histórias sintetizam as tensões entre a honra individual, a lealdade familiar, o lugar de um grupo familiar na hierarquia social, e o apoio que podem reunir. Tais histórias também têm um fundo moral: elas tratam da ética da agressão. A quem é lícito matar? Quem é um alvo honroso de vingança? A vingança nem sempre está na esfera de ação dos homens (como veremos no Capítulo 3). No primeiro movimento de *Njáls saga*, o herói, Gunnar, enfrentando dificuldades impossíveis, está lutando contra os homens que atacam seu lar. Mesmo assim, ele está vencendo – até que a corda de seu arco se parte. Virando-se para a esposa, ele pede dois cachos dos cabelos dela para reparar a arma. "Você tem alguma coisa importante em jogo?", pergunta ela, indiferente. "Minha vida", responde Gunnar. "Então", diz Hallgerd, "devo lembrá-lo do tapa que me deu, e não me importo por quanto tempo você terá que se defender". E embora lute com coragem, Gunnar não consegue superar a diferença de forças, nem o rancor de sua esposa.

Cersei pressiona muito para se vingar do então chamado Casamento Púrpura, embora persiga os convidados errados – Tyrion e a ausente Sansa. Os Lannister parecem longe de suspeitar do papel desempenhado por Olenna Tyrell ou da trama de Mindinho. Mas, dado o esgotamento de recursos dos Lannister e a escassez que faz com que Porto Real seja dependente dos suprimentos vindos das terras dos Tyrell, é conveniente para Tywin não perguntar *cui bono?* – quem mais se beneficiaria da morte de Joffrey? Pois a resposta é, certamente, Margaery. A vingança pelo Casamento Vermelho parece estar muito distante. Arya está do outro lado do Mar Estreito, Bran está atrás de suas próprias aventuras místicas e Edmure Tully, o único membro masculino adulto da Casa Tully, é refém de Walder Frey – e agora ligado a ele pelas obrigações de genro. Não é incomum que um genro ataque o sogro: a história de Ingeld, cujo casamento com a filha do rei Hrothgar pretendia trazer a paz, é mencionada em *Beowulf*. Embora a noiva possa ser bela, como o próprio Beowulf diz secamente, as antigas rivalidades entre a tribo de Ingeld e os dinamarqueses irromperão novamente, a guerra será declarada e o grande salão de Heorot será completamente queimado.[14] Vingança é um prato que deve ser servido frio, dizem; é difícil prever se punição ou reconciliação espera aqueles que participaram do massacre do Casamento Vermelho.

Guerra e armas

Desde a execução de Ned Stark, a guerra vem se alastrando em uma ou outra parte dos Sete Reinos. Houve algumas batalhas campais: os confrontos entre Stark e Lannister, que resultaram na captura de Jaime, e, é claro, a grande batalha naval da Água Negra. Em geral, no entanto, a guerra vem se dando por meio de ataques sucessivos. Embora mulheres e crianças não sejam consideradas combatentes, com frequência as mulheres são estupradas e mortas, crianças massacradas e prisioneiros torturados em um círculo infinito de crueldade. No início do século XII, quando o trono inglês foi contestado por Stephen e sua prima Matilda, parecia, nas palavras de um cronista da época descrevendo os "dezenove longos invernos" de anarquia, que "Deus e seus anjos estavam dormindo". Assim também ocorre em Westeros: táticas de terra arrasada – com fazendas queimadas, gado massacrado, suprimentos saqueados, estupro, assassinato e pilhagem – são endêmicas nas campanhas. Em geral, os nobres são pouco afetados pelas batalhas, a menos que, como Jaime, comandem de maneira ativa as tropas em campo e sejam capturados. As convenções medievais teriam deplorado o tratamento que os Stark deram a Jaime; um prisioneiro nobre em geral era mantido em condições de razoável conforto, enquanto seu resgate era negociado, não em uma jaula sem nada, ao ar livre. Em geral, a aristocracia se trancava em seus castelos e aguardava a guerra em seus portões. "Um comandante inteligente não abandona a vantagem defensiva", Roose adverte Ramsay, que planeja uma investida contra o exército de Stannis, acampado perto de Winterfell (5.8). Mas, embora o programa de construção de castelos normandos na Inglaterra e no País de Gales tenha funcionado muito bem para a nova aristocracia após 1066, em Westeros a tática de se retirar para detrás dos muros do castelo tem o risco de afastar o povo comum que sofre com a brutalidade e a violência dos invasores, como Robert aponta para sua esposa.

Nessas culturas guerreiras, seja no norte, nas terras do sul ou do outro lado do mar, em Essos, a relação de um homem com sua arma é crucial. Enquanto os dothraki empunham seus *arakhs* ["para um homem sobre um cavalo, uma lâmina curva é uma boa coisa, mais fácil para manusear", explica Jorah (1.3)], em Westeros a espada é a arma principal. As melhores são forjadas de aço valiriano, uma matéria-prima rara, com boas qualidades em particular: mantém o fio como nenhum outro metal e tem um padrão ondulado único. O segredo de como forjar aço valiriano novo, usando fogo de dragão, morreu com a Condenação de Valíria, mas o metal que sobreviveu pode ser reforjado sem perder suas virtudes: "Só um metal podia ter se tornado tão fino e manter força suficiente para a batalha, e não era possível confundir aquelas ondulações, os sinais de um aço que havia sido dobrado sobre si próprio muitas milhares de vezes" (*TE*, 332). Dessa mesma forma, no início da Inglaterra anglo-saxã (séculos V a VI), as antigas espadas trazidas das terras do continente eram consideradas superiores. Levou tempo para que os ferreiros, transpostos para uma nova paisagem, descobrissem suprimentos de minério de ferro e localizassem o carvão que precisavam para elevar a forja à temperatura alta o bastante para fazer aço forte e flexível, que não fosse nem quebradiço nem entortasse. A poesia em inglês antigo com frequência menciona o padrão em serpentina nas espadas de melhor qualidade; isso era produzido pelo tipo de soldagem que torcia e dobrava barras individuais de aço, forjando e reforjando para garantir flexibilidade e força, exatamente a técnica que pereceu com os ferreiros de Valíria.

Em *Beowulf*, as espadas mais valiosas são as antigas; essas armas carregam consigo a *mana*, a aura daqueles que foram mortos com elas em batalhas passadas; são impregnadas com as batalhas ganhas. Quando um inimigo é derrotado, o vitorioso pega sua espada e faz daquela derrota parte da história da arma. Beowulf pega emprestada a famosa espada Hrunting para sua batalha contra a mãe de Grendel, embora nenhum metal possa perfurar sua pele, exceto sua própria espada ancestral, exibida nas paredes de seu covil. Pela primeira vez, o poeta observa, Hrunting falha. A espada do próprio Beowulf, Nægling, também se mostra incapaz de derrotar o dragão que é inimigo do herói, e se estilhaça no crânio do monstro.[15]

Com frequência, as espadas medievais têm nomes, representando um relacionamento que é mais próximo do que as relações entre humanos e animais e entre humanos e objetos inanimados. Arya pode ter que mandar sua amada loba gigante Nymeria embora, mas fica com Agulha o máximo que pode, e recuperar a arma ao matar Polliver significa uma virada importante em sua sorte. A grande espada de Ned, Gelo, também de aço valiriano, marca o primeiro e o último momento do personagem na história. Vemos quando Ned tira a espada da bainha de pele de veado para executar Will por desertar da Patrulha da Noite, e Ilyn Payne a usa para decapitá-lo por ordem de Joffrey. Gelo é tão poderosa que Tywin manda um ferreiro de

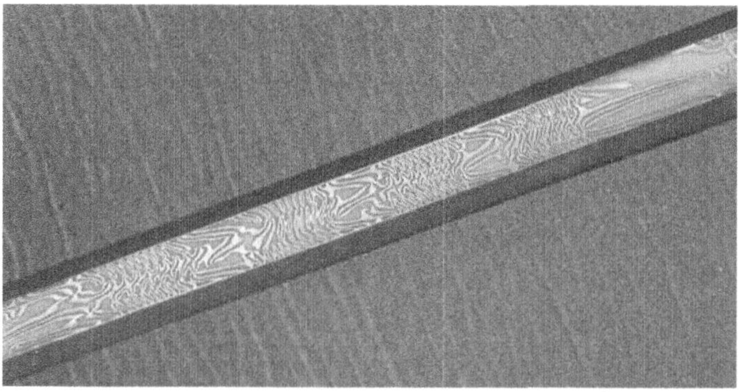

11. Espada moderna forjada em padrão ondulado, com estilo viking, feita por Jesus Hernandez.

Volantis – um dos três que ainda sabem como trabalhar com aço valiriano – reforjá-la em duas novas espadas. A primeira, caracteristicamente chamada de "Lamento de Viúva" pelo novo proprietário, é dada a Joffrey como presente de casamento. A segunda é dada a Jaime, que por sua vez a entrega para Brienne levar em sua busca por Sansa. Brienne nomeia a lâmina de "Cumpridora de Promessas", em homenagem ao juramento feito a Catelyn. E Garralonga, a espada valiriana da Casa Mormont, dada por Lorde Jeor, Comandante da Patrulha da Noite, para seu filho Jorah, é recuperada pelo pai quando Jorah foge de Westeros. Garralonga é equipada com um novo pomo, ornamentado com o lobo gigante da Casa Stark no lugar do urso dos Mormont, e presenteada a Jon Snow. Este é um momento comovente tanto para quem dá a espada quanto para quem a recebe; Jeor perdeu as esperanças de ver o filho novamente, pois a desonra de Jorah – vendendo caçadores ilegais para servirem de escravos – não pode ser facilmente expurgada. Ao dar a espada para Jon Snow, Jeor na verdade sinaliza que o jovem devia ser seu sucessor, assim como Sam previra, e ele se torna um segundo pai para o rapaz. Espadas são carregadas com poderes emocionais que vão muito além de sua função na guerra.

DRAGÕES

Por mais eficaz que o aço valiriano possa ser – as mãos de Catelyn são cortadas até o osso quando ela toma a lâmina do assassino enviado para matar Bran –, não está claro se pode suportar o fogo de dragão sem derreter. Pois os dragões, que por muito tempo foram considerados extintos, são a arma estratégica máxima do Mundo Conhecido. Os dragões diminuíram de tamanho gradualmente, enquanto seguiam rumo à extinção: os grandes dragões que trouxeram os Targaryen de Valíria declinaram a ponto de se tornarem criaturas patéticas, quase do tamanho de um cavalo. Os ovos de dragão, dados a Daenerys por Illyrio Mopatis como presente de casamento, no início parecem ser meras curiosidades, mas Daenerys é poderosamente atraída por eles; enquanto Viserys os vê apenas como moeda de troca para conseguir navios e homens, sua irmã está tentando aquecê-los. Mas só o fogo não é suficiente para eclodir um ovo de dragão; as circunstâncias nas quais Daenerys consegue trazer seus "filhos" ao mundo são sombrias e aterrorizantes. Fogo intenso, produzido pela pira funerária de Drogo, e magia de sangue – a morte de Mirri Maz Duur, queimada viva na fogueira –, combinados com a determinação férrea da própria Daenerys trouxeram os dragões ao mundo, e novamente sob o controle Targaryen.

As vantagens dos dragões são muito claras: eles dão a quem os controla a capacidade de travar uma guerra aérea e de implantar um poder de fogo análogo ao de uma bomba nuclear. O que os dragões de Aegon fizeram em Harrenhal, destruindo o maior castelo dos Sete Reinos e torrando seus habitantes na Torre da Pira do Rei, é poderosamente visível, tanto nas cenas que se passam ali quanto na memória coletiva dos westerosi. Dragões aparecem nos sonhos do velho e cego Meistre Aemon, nascido Targaryen: "Vejo suas sombras na neve, ouço o estalar de asas de couro, sinto seu bafo quente. Meus irmãos também sonhavam com dragões, e os sonhos mataram todos eles." (*FC*, 331). Mas dragões são difíceis de treinar e ainda mais difíceis de criar. Rhaegal, Viserion e Drogon, cujos nomes relembram os homens que tiveram mais significado na vida de Daenerys, não são bem-sucedidos no começo, pois precisam descobrir suas capacidades de produzir fogo para cozinhar a carne. Conforme crescem, precisam de presas cada vez maiores: ovelhas, gado e – infelizmente, pois eles não discriminam – crianças. Em certo ponto, Daenerys aprende como controlá-los, falando com eles em alto valiriano (*Dracarys!* – o comando para soltar chamas – aponta para o fato de que as raízes das palavras compreendidas pelas criaturas vêm de idiomas da Europa ocidental, por ser derivado do latim *draco*). A capacidade de pescar das criaturas, submergindo na água e jogando as presas no ar antes de grelhá-las, é impressionante, pois a água tende a extinguir as chamas de dragão. Com o tempo, Daenerys tem que encarar os danos que eles causam se forem deixados para voar livremente. Drogon escapa da indignidade do confinamento do fosso subterrâneo em Meereen, mas seus infelizes irmãos são aprisionados ali depois que Daenerys toma ciência das depredações que causaram a morte de crianças. Nos livros, a sensação de que Daenerys perdeu o controle sobre seus dragões tem consequências políticas importantes: Ben Mulato Plumm, capitão dos mercenários Segundos Filhos, passa para o lado de Yunkai, enfraquecendo ainda mais a influência de Daenerys em Meereen.

Assim que nasceram, os dragões eram criaturinhas encantadoras, soltando grasnidos e agarrando-se lealmente à "Mãe dos Dragões". "Já ouviu bebês dragões cantarem? É difícil ser cínico depois disso", Jorah diz para

12. Um dragão de um bestiário medieval.

Tyrion (5.6). Na tradição germânica e no folclore britânico, é comum o caso de um pequeno réptil adorável que cresce até se tornar um incômodo perigoso. Na *Saga de Ragnar Calças Peludas*, a jovem princesa Thora ganha um filhote de dragão de seu pai. Para o animal crescer e prosperar, é necessário colocar uma moeda de ouro embaixo dele todos os dias. Quando Thora chega na idade de casar, seu dragão está sentado sobre um tesouro considerável e, além disso, come um boi inteiro por dia. O animal parece bem adorável para ela, pois circunda seus aposentos, mas está claro para seu pai, e talvez até para a própria Thora, que o dragão não pode continuar ali. A mão de Thora é oferecida em casamento como recompensa para quem puder matar o dragão, e o corajoso viking Ragnar, filho do rei dinamarquês, chega para tentar a sorte. O dragão lança veneno em vez de chamas, então Ragnar veste uma calça especial feita para ele, que é coberta de piche, e uma lança com ponta destacável. Usando as roupas cobertas de piche, ele rola na areia antes de avançar até o dragão, perfurando-o duas vezes com a lança. Enquanto a criatura morre, uma imensa onda de sangue venenoso atinge Ragnar entre os ombros, mas suas roupas o protegem. Ele volta para reivindicar o crédito pela morte do dragão, pois deixa a ponta da lança que se ajusta à sua arma presa no corpo do animal, e exige sua princesa.[16]

Outros dragões germânicos provaram gostar de ouro; o dragão em *Beowulf* conhece (como Smaug, de Tolkien) até o último item de seu tesouro, e quando uma taça é roubada, o animal voa na noite e provoca uma vingança de fogo, queimando o salão de Beowulf e destruindo sua fortaleza. Essa criatura (a origem de Smaug) é um lançador de fogo, como os dragões de Valíria; também tem o hálito envenenado, e exige dois poderosos heróis, Beowulf e seu jovem companheiro Wiglaf, para derrotá-la. Os dragões de Tolkien e de Beowulf têm um ponto vulnerável que o herói consegue identificar, mas os dragões do Mundo Conhecido têm blindagem mais forte e mais ampla, como Tyrion bem sabe:

> *Dragões não são tão fáceis de matar. Façam cócegas nele com isso* [com as bestas], *e só o deixarão irritado.* Os olhos eram a parte mais vulnerável de um dragão. Os olhos, e o cérebro atrás deles. Não a barriga, como certos contos antigos diziam. [*DD*, 643]

Dragões são difíceis de criar, e suspeito que os dragões serão difíceis de serem implementados como transporte aéreo ou armas de guerra. Na tradição medieval, os homens não montam nas costas dos dragões, mas há uma referência intrigante à prática em um texto norueguês do século XIII conhecido como *Konungs skuggsjá* (O espelho do rei). Nele, um pai e um filho estão discutindo sobre várias maravilhas. O pai argumenta que a maravilha é relativa: os homens da Noruega habitualmente usam esquis para se locomover, mas isso seria maravilhoso para pessoas de outras terras. O filho acrescenta que ouviu dizer que na Índia os homens montam em dragões. O pai fica em dúvida: dragões são desagradáveis feras venenosas, ele objeta, embora admita que seja possível domar animais selvagens sob certas circunstâncias.[17] Os cavaleiros de dragões indianos são mencionados em uma das versões da famosa *Carta de Preste João*, do século XII. Este era um documento que supostamente teria sido enviado pelo legendário rei cristão Preste João, que acreditava-se viver na Índia. Na carta (na realidade uma falsificação de monges), Preste João escreve que ouviu falar do sofrimento dos cruzados cristãos lutando contra forças islâmicas no Oriente Próximo e se oferece para ajudá-los. "Dragões são fogo feito de carne. E fogo é poder", diz Quaithe, a umbromante (2.5). Nosso último vislumbre de Daenerys com Drogon revela que ela está bem distante de Meereen, no meio da vasta planície de relva conhecida como Mar Dothraki. Ela aprendeu a montar em seu bebê, mas como usará os dragões cujo sague também corre em suas próprias veias é um dos desafios que ainda está para ser resolvido.

Era inevitável que este capítulo se concentrasse principalmente nos costumes, histórias e tradições de Westeros, pois é o continente que está no centro dos livros: o Trono de Ferro de Westeros é o pilar do grande jogo no qual, como Cersei diz, "você vence ou você morre". Westeros é mais densamente imaginada do que Essos, como veremos, muito representada em termos do que vemos na sociedade europeia medieval, e os personagens de ponto de vista, cujas experiências vocalizam a narrativa, estão imersos nessa cultura. Para o westerosi, as cidades e os povos de Essos são estranhos, exóticos e até mesmo bárbaros; o idioma deles é obscuro, seus costumes incompreensíveis. As regiões de Westeros, o norte e o sul, são muito mais conhecidas, e alguns aspectos são quase familiares para nós. Embora no início dê a impressão de ser uma confederação consolidada de reinos, o sul é dividido pelas rivalidades, ameaças invisíveis, tramas e perigos: isso tudo está nas mentes e nos corações humanos, em vez de externado em "gramequins e snarks", na frase de Tyrion, que vivem além da Muralha. E o norte, sempre desconfortável em tentar manter o equilíbrio entre a política ao sul da Muralha e os seres estranhos ao norte, é como seu Protetor: austero, implacável, masculino e selvagem. E é ali, no poderoso castelo de Winterfell, que nossa jornada pelas terras de Gelo e Fogo começa.

13. Jon Snow e Fantasma.

CAPÍTULO 2

O NORTE

Tyrion: "Não acredito que gigantes, fantasmas e White Walkers estejam à espreita além da Muralha."
Benjen: "Você nunca esteve ao norte da Muralha, então não me diga o que há por lá." (1.3)

WINTERFELL

Começamos nossa jornada épica pelo norte de Westeros, mas não na Muralha, onde a série começa com uma pequena tropa de Patrulheiros saindo do Castelo Negro. Em vez disso, vamos iniciar em Winterfell, lar e centro do poder dos Stark, os Protetores do Norte. É um castelo comunitário ativo e próspero quando o vemos pela primeira vez, com fortes muralhas de pedra cinzenta cobertas de hera, algumas torres em ruínas na muralha externa e um imenso salão comunal onde a família se reúne para banquetes e para ouvir o conselho. Dentro das muralhas estão a forja do ferreiro, um espaço para a prática de lutas de espada e arco e flecha. Do lado de fora de seus portões, aparentemente, há um bordel, no qual encontramos Tyrion pela primeira vez, bebendo cerveja e obtendo prazer com a ruiva Ros. Além das muralhas do castelo fica o Bosque Sagrado, com suas estranhas árvores de troncos branco-prateados e folhas vermelho-sangue, e a lagoa de água escura que reflete o pensamento daqueles que vão até ali comungar com os deuses, "uma ilha de paz no mar de caos em que

Winterfell tinha se transformado" (*GT*, 405). Em outras partes do castelo há fontes de águas termais que aquecem as estufas de Winterfell; isso garante o suprimento de comida durante o inverno. Winterfell é enorme - embora não tão grande quanto Harrenhal - e suas fortificações sugerem para os que vivem ali que é uma fortaleza inexpugnável: a fileira dupla de muralhas com um fosso entre elas deveria ser o suficiente para repelir os atacantes. Theon só consegue controlar Winterfell com um pequeno grupo de nascidos no ferro por causa de seu conhecimento íntimo do castelo e porque a guarnição dos Stark está em outro lugar, lidando com um ataque falso na Praça de Torrhen. A arquitetura de Winterfell é uma reminiscência dos grandes castelos concêntricos normandos construídos por Eduardo I, principalmente no País de Gales: Caernarfon, Beaumaris, Conwy e Harlech. É muito diferente da Fortaleza Vermelha em Porto Real, no meio da cidade. Um castelo quadrado como a Torre de Londres e com a Fortaleza de Maegor no centro, a Fortaleza Vermelha possui vários salões, torres (tais como a Torre da Mão e a Torre da Espada Branca, quartel-general da Guarda Real), masmorras, passagens secretas, um bosque sagrado e um septo.

A organização social no norte é muito distinta da que vemos em Porto Real. O norte mantém os costumes antigos, não só no que diz respeito à religião (falaremos mais sobre isso em breve), mas no jeito como Lorde Eddard Stark governa seu povo. Ned é um lorde, não um rei, e seu domínio sobre seu castelo, família e terras é muito mais próximo daquele exercido por um

14. Castelo de Caernarfon, Gwynedd, noroeste do País de Gales.

conde anglo-saxão do que do modelo medieval de realeza que prevalece em Porto Real. Os companheiros mais próximos de Ned vivem em seu castelo, mas ele também pode convocar seus vassalos, uma confederação ampla de lordes que lhe devem aliança e que virão quando chamados para a batalha. Ned tem Meistre Luwin (mais sobre a Ordem dos Meistres no Capítulo 3) ao seu lado para lhe aconselhar, mas não há burocracia nem funcionários públicos para percorrer o território em seu nome. Mas como o mestre de armas, Sor Rodrik Cassel, observa para Catelyn quando traz notícias de Will (Gared, nos livros), o desertor da Patrulha da Noite, "lei é lei, minha senhora": um tipo diferente de lei prevalece por ali. Ned diz para Bran: "O homem que dá a sentença deve brandir a espada", e encarrega-se pessoalmente da execução de Will (1.1). Não há carrasco e, aparentemente, nenhum aparato legal; a execução sumária é simplesmente realizada em nome do rei.

O norte é um lugar para guerreiros, não para cavaleiros: quando Jaime sugere, cortês, mas com clareza, que deveria haver um torneio para celebrar a nomeação da nova Mão do Rei, Ned rejeita bruscamente o convite para participar. Pode bem ser verdade, como Ned explica, que não é uma boa estratégia deixar os inimigos verem sua técnica de batalha antes da batalha real, mas também é o caso de que os homens do norte têm pouco tempo para os rituais da cavalaria. A graça e a ostentação de Sor Loras, o Cavaleiro das Flores, deslumbra Sansa quando ela assiste ao seu primeiro torneio como prometida do príncipe Joffrey, mas ela se esquiva do desnecessário derramamento de sangue – e seu pai nem se dá ao trabalho de comparecer. Sor Rodrik é uma exceção por possuir o título de cavaleiro, mas há vantagem em ter um combatente que conheça o jeito da cavalaria assim como as técnicas das batalhas corpo a corpo como mestre de armas, o oficial que treina os jovens para se tornarem guerreiros.

Combatentes do norte usam o estilo mais antigo da cota de malha interligada, uma forma de armadura flexível e confortável, em vez da pesada e limitadora armadura de placas dos cavaleiros do sul, ou então podem usar placas peitorais de couro. Ned empunha a mais famosa espada de Westeros: Gelo. Feita de aço valiriano, a espada é tão grande que só pode ser usada com as duas mãos, e isso impede o uso de escudo para defesa. Por isso, Gelo é mais uma espada cerimonial do que de batalhas, usada quando nenhuma resistência é esperada ou oferecida. As espadas anglo-saxãs são consideravelmente menores do que a espada pouco prática associada a Ned; com frequência apresentando padrões ondulados (como discutido no Capítulo 1), tais armas eram o atributo mais importante e simbólico da nobreza anglo-saxã. Com cerca de noventa centímetros a um metro de comprimento, as espadas eram usadas para cortar e retalhar – muito parecido com o que vemos na luta de Ned com Jaime. Elas não se prestam ao trabalho mais rápido de estocar e desviar que Arya aprende com Syrio Forel. Agulha, seu florete ao estilo bravosi, muito mais esguio, como Jon Snow observa, pode não arrancar a cabeça de um homem, mas enquanto Arya os acertar com a ponta afiada, será uma arma suficientemente eficaz.

Lobos gigantes

"Não é visto nenhum lobo gigante ao sul da Muralha há duzentos anos." (GT, 18)

O símbolo da Casa Stark é um lobo gigante em um campo branco; como Theon observa, em geral esses animais rondam ao norte da Muralha. Quando os garotos Stark encontram uma fêmea de lobo gigante morta e seus filhotes vivos ao voltarem da execução de Will, os adultos ficam inquietos. O animal morto parece ser um sinal – mas de quê? Que o inverno está chegando? Que a Casa Stark vai encarar a extinção? E como devemos interpretar o chifre, a arma do veado, símbolo da Casa Baratheon, espetado em sua garganta? No final da primeira temporada de *Game of Thrones*, fica claro que o lobo gigante realmente prenunciava o desastre.

O animal era de fato um extinto lobo pré-histórico, uma criatura da era do Pleistoceno, o *canis dirus*, que certa vez vagou pelas planícies da Dakota do Norte. Essas feras eram consideravelmente maiores do que os lobos atuais, mas não chegavam ao tamanho extraordinário do lobo gigante westerosi. O lobo, gigante ou não, é um símbolo de terror permanente na imaginação dos europeus ocidentais. O uivo do lobo na floresta escura, o caminhar silencioso da criatura ao redor das casas no inverno, até mesmo o lobo mau dos contos de fadas, tudo isso nos remete ao antigo medo do que nos aguarda na natureza. O lobo tem associações particularmente assustadoras na mitologia nórdica, pois lobos cósmicos correm pelo céu em uma perseguição eterna ao sol e à lua. E um dia – o dia do Ragnarök, o fim do mundo – eles engolirão sua presa. O poderoso e monstruoso lobo Fenrir foi amarrado com grilhões mágicos pelos deuses nórdicos até o Ragnarök.[1] Suas imensas mandíbulas são mantidas abertas com uma espada, para que ele não possa morder, e de sua boca escorre um rio de baba e cuspe. Mesmo assim, os lobos gigantes, essas criaturas temíveis, cujo nome evoca maus presságios, são os companheiros devotados dos jovens Stark e de Jon Snow. A taxa de mortalidade é bem alta: Vento Cinzento, fera de Robb, morre com ele; Lady, de Sansa, é executada injustamente no lugar de Nymeria, mas Verão, de Bran, Cão Felpudo, de Rickon, e Fantasma, de Jon Snow, ainda estão vivos. E a própria Nymeria, o lobo gigante de Arya, que foi mandada embora a fim de salvar sua vida, ainda está liderando uma grande matilha na região de Correrrio. Arya mantém uma conexão subconsciente com ela. Mesmo na distante Bravos, Arya tem sonhos de lobo, e pode entrar no corpo de Nymeria; é assim que ela descobre o corpo de Catelyn boiando no Tridente e o arrasta para fora do rio.

O conceito de *warg* (como é chamado no programa de TV) ou de troca-peles (nos livros) é inerentemente relacionado ao laço sobrenatural entre humanos e lobos. A própria palavra vem, via J. R. R. Tolkien, do termo *vargr* em nórdico antigo – que significa tanto lobo quanto criminoso – e está relacionado à palavra em inglês antigo *wearh*, "fora da lei", que ainda retém associação com o lobo. Os *wargs* de Tolkien são lobos monstruosos, montados por orcs, um conceito que Tolkien pega da tradição nórdica, pois na poesia nórdica o lobo pode ser metaforicamente descrito como "o corcel da troll fêmea". Lobos eram considerados extremamente antagônicos às pessoas, vivendo próximos às comunidades humanas em alcateias e espreitando seus rebanhos e, de fato, depois das batalhas, os corpos dos mortos. Tanto em nórdico quanto em inglês antigo, os lobos pertencem (como os corvos e as águias) às Feras de Batalha, animais que sabem prescientemente quando uma carnificina está próxima. Lambendo os beiços em antecipação, lobos seguem para a carnificina, a fim de se banquetearem. Um corajoso e efetivo líder de guerra é caracterizado em nórdico como "aquele que dá o desjejum para o lobo", alguém que garante corpos suficientes para a criatura devorar.

O banimento era uma punição efetiva nas primeiras sociedades medievais; o homem culpado era mandado para longe das habitações humanas sob pena de ser morto à vista de seus inimigos. Menos drástico do que a execução ou a mutilação, o banimento permitia que um homem pensasse sobre seus crimes e, esperava-se, pudesse com o tempo ser readmitido em sociedade, tendo visto os erros de seu comportamento prévio. O banimento era perigoso e desconfortável, em especial na Islândia, onde os fora da lei eram banidos até o centro desolado da ilha ou para as ilhas desertas ao longo de sua costa. Encontrar comida era difícil; roubar a ovelha do fazendeiro local era um jeito de sobreviver, embora isso inevitavelmente levasse a atritos com a população estabelecida. Embora não existissem lobos na Islândia, os fora da lei eram considerados lobos metafóricos, predadores de ovelha do povo cumpridor da lei, e não é difícil ver como a conexão entre lobos e homens maus surgiu nos dois idiomas. Os fora da lei na antiga Inglaterra costumavam ir para os pântanos e charcos onde, como os cranogmanos do Gargalo, podiam se esconder daqueles que desejavam persegui-los.

A crença nórdica também inclui ideias sobre mudanças de formas e transformação animal. Assim como com os Stark, a capacidade de assumir uma identidade lupina percorria a família; o avô do poeta e combatente islandês Egil Skalla-Grimsson era chamado de Kveldulf (Lobo da Noite). Kveldulf não adotava a forma de lobo, segundo a saga sobre seu neto; ele simplesmente tornava-se mais mal-humorado e retraído com o passar do dia. O filho de Kveldulf, Grim, de vez em quando era possuído por uma raiva lupina; em um desses ataques, ele quase matou o próprio filho.[2] Em outras sagas, os espíritos dos homens aparecem em sonhos na forma de lobo, ou na forma de outros animais, e na *Saga dos Volsungos*, do século XIII, o herói Sigmund e seu filho Sinfjotli, fora da lei vivendo na floresta, deparam-se com uma cabana onde dois homens estão dormindo e peles de lobos estão penduradas nas paredes. O pai e o filho vestem as peles e se tornam lobos, lobisomens na verdade, matando animais e homens. Por fim, eles lutam um contra o outro na forma de lobos, até que Sigmund mata Sinfjotli com uma mordida na garganta. Felizmente, um par de doninhas, que também luta entre si até a morte, mostra a Sigmund as qualidades de certa folha que revive os mortos, e ele traz o filho de volta à vida. As peles só podem ser tiradas em certos dias de cada mês, e então os dois lobos esperam o tempo restante, saem debaixo das peles e as queimam para que não possam causar dano a mais ninguém.[3]

Sigmund e Sinfjotli se tornam lobos de fato assim que colocam as peles. Eles entendem a conversa em forma de uivo um do outro e retêm alguma parte de sua consciência humana. Ao mesmo tempo libertam seus instintos lupinos e avançam pela floresta matando homens. Já que estão escondidos

15. Uma gárgula lobisomem,
Catedral de Moulins, França.

na floresta de seus inimigos, matá-los pode ser tão gratificante para um homem quanto para um lobo; é certo que Sigmund é tomado por uma tristeza e um remorso muito humanos quando mata o filho. Em outras histórias medievais de lobisomens, da Bretanha e da Inglaterra, por exemplo, o lobisomem pode assumir a forma humana se encontrar suas roupas de humano. Enquanto está na forma de lobo, ele pensa e age como lobo; quando humano, considera sua natureza dual uma maldição. Nesses contos, a esposa do lobisomem fica horrorizada ao descobrir seu segredo; ela rouba suas roupas, condenando-o a permanecer na forma de lobo. Ao agir de forma não feroz, o infeliz animal consegue persuadir o rei a levá-lo para a corte como uma espécie de animal de estimação. Lá, ele se comporta bem até que sua esposa e o novo amante dela se apresentam; então ele salta sobre ela e arranca seu nariz. Embora a corte argumente que o lobo não é de confiança, o sábio rei vê que há uma história por trás daquela ação. Sob tortura, a esposa e o amante admitem seu crime e são punidos de acordo; o lobo recebe suas roupas e, assim, retorna à sua identidade humana.[4]

Esses lobos claramente retêm essências humanas sob suas peles felpudas, mas a fusão do humano e do animal levanta interessantes questões metafísicas sobre consciência e responsabilidade. Tanto os livros quanto o programa de TV revelam que Bran está ganhando controle sobre seu poder de mudar de forma. Seu corpo humano permanece exatamente onde estava no início, na cama em Winterfell, enquanto sua consciência ocupa o corpo de Verão, indo aonde o lobo gigante vai e vendo o que ele vê. Mais tarde, o garoto descobre como controlar o corpo no qual está alojado. No início é apenas Verão, mas depois ele assume o controle de Hodor e o silencia quando ele grita de medo do trovão, ameaçando trair a localização do grupo (3.9). De modo perturbador e arriscado, Bran troca de pele com Hodor na Fortaleza de Craster, fazendo-o matar o terrível Locke, amigo de Roose Bolton e o homem que cortou a mão de Jaime (4.5). Ainda que sua ação facilite a fuga do grupo, ela levanta sérias questões éticas sobre identidade e responsabilidade moral: quem realmente matou Locke?

Alguns selvagens também podem ser troca-peles. A capacidade é restrita àqueles que, como os Stark, descendem dos Primeiros Homens. A águia de Orell é boa para viajar longas distâncias pelas vastidões geladas e para espionar os movimentos dos inimigos. Assim também, na mitologia nórdica, o deus Odin é capaz de escapar rapidamente do gigante Suttung, de quem roubou o hidromel da poesia, assumindo a forma de águia. O gigante também se transforma em uma águia e persegue o deus; Suttung quase consegue alcançar Odin (e, reza a lenda, é por isso que as águias têm penas tão curtas nas caudas). Os outros deuses, esperando em Asgard, veem o voo desesperado de Odin para escapar de seu perseguidor e preparam tanques para pegar o hidromel. Enquanto isso, Odin repele Suttung esguichando um pouco de hidromel do seu ânus, e a hesitação momentânea do gigante é o bastante para Odin dar uma guinada na direção das muralhas, enquanto seu inimigo abandona a perseguição. Odin vomita o hidromel que mantinha no estômago, que se torna disponível para deuses e homens como inspiração poética. O hidromel que ele ejetou por trás caiu onde qualquer um pode pegá-lo, e, portanto, tornou-se o destino dos maus poetas de todos os lugares.[5]

Tanto os livros quanto o programa de TV dão explicações bem substanciais sobre os *wargs* e sua relação com conhecimento profético, "visão verde". No programa, é Jojen Reed quem tem a tarefa de explicar as capacidades que se manifestam para Bran e adverti-lo dos perigos de passar tempo demais desfrutando a liberdade de se mover no corpo de Verão (3.2; 4.2). O próprio Jojen, um dos cranogmanos, é um vidente verde, e é vital em ajudar Bran a entender seu novo destino e em levá-lo até o Corvo de Três Olhos. No prólogo de *A Dança dos Dragões*, Haggon, que cria e treina Varamyr Seis-Peles, o mais impressionante dos troca-peles entre o povo livre, explica a ética de trocar de pele. Não comer carne humana, não cruzar com lobos nem quando se está na forma de lobo e não ocupar corpos humanos. O próprio Varamyr, o maior troca-peles de todos, tem pouca aderência à essa ética: ele mata Haggon e vários outros inocentes. E quando seu corpo humano morre, ele continua vivendo na forma de um lobo, Um Olho. Este procedimento, chamado "segunda vida" nos livros, preserva a vida de Varamyr, mas ele não pode mais escapar da forma de lobo e sua consciência humana vai desaparecer gradualmente – o perigo que os irmãos Reed temem que Bran corra.

As regras de Haggon apontam para os problemas de controlar os limites entre humano e animal; um animal se torna canibal e comete atos bestiais quando a criatura come uma presa humana e faz sexo enquanto habitado por um troca-peles. Um interessante conto galês, "Math, filho de Mathonwy", no *Mabinogi*, escrito provavelmente no século XII, conta a história de dois irmãos que são punidos por seus crimes contra o tio mágico, rei Math. Com o seu cajado mágico, ele os transforma em um casal de veados e eles seguem juntos pela floresta, retornando depois de um ano, com seus descendentes. A cada três anos, Math os transforma em uma espécie diferente – veados, javalis e, por último, lobos – e troca o sexo deles. A prole recebe forma humana e nomes que refletem a origem animal: Hydwn (Veadinho), Hychdwn (Porquinho) e Bleidwn (Lobinho). Uma vez que os irmãos voltam à forma humana, um deles desaparece completamente da história, enquanto o outro, Gwydion, recupera sua posição como braço direito do tio, como se nada tivesse acontecido. O crime dos irmãos – conspirar para iniciar uma guerra para ter a oportunidade de estuprar a virgem do rei – é refletido em sua sentença; eles transgrediram as leis humanas e são vergonhosamente punidos. Não fica claro se os animais sabem que são humanos; se mantivessem a consciência humana, poderiam ter desistido de se acasalar, mas talvez os instintos animais, como o instinto de voltar ao lar que os levava de volta à corte todo ano, sejam fortes demais.[6]

Corvos: asas escuras, palavras escuras

É em Winterfell também que vemos pela primeira vez como os corvos formam a rede de comunicação de Westeros, voando de meistre em meistre, levando mensagens urgentes. Eles levam cartas em vez de comunicações verbais, embora corvos possam, como papagaios, serem treinados para imitar a fala humana. Aparentemente, alguns corvos são inteligentes o bastante para encontrar o caminho até diferentes castelos. Os livros nos contam como um corvo mensageiro é transportado pela estrada até seu lugar de origem; o programa de TV preocupa-se menos com os aspectos práticos desse sistema de comunicação. Os corvos costumam carregar notícias sérias: já pressagiada nos sonhos de Bran e Rickon, o impacto maravilhosamente discreto da notícia da morte de Ned em Winterfell é sublinhado pela chegada de um corvo e pela aparição silenciosa de Meistre Luwin cruzando o pátio do castelo, levando uma carta ("Asas escuras, palavras escuras", como diz o provérbio.). Os corvos têm uma importante função estratégica: para as notícias viajarem por mensageiro, pelos milhares de quilômetros que separam a Muralha de Porto Real, e mais ainda até o extremo sul de Dorne, seriam necessários meses, isso se o mensageiro conseguisse atravessar as terras ermas do Gargalo. Os corvos permitem que as notícias viajem rápida e confidencialmente, acelerando as reações aos acontecimentos – como a execução de Ned Stark – do momento político.

Na mitologia nórdica, Odin tem dois corvos, Hugin e Munin, cujos nomes podem ser traduzidos como "Pensamento" e "Memória". As duas aves

16. Odin e seus corvos, de um manuscrito islandês do século XVIII.

voam todos os dias pelo mundo e voltam com notícias; empoleiradas no ombro do deus, elas transmitem seus conhecimentos em seus ouvidos. Odin nos diz que teme por elas quando estão viajando, com medo que as aves, que simbolizam suas próprias faculdades intelectuais, não retornem.[7] O corvo também é uma das "Feras de Batalha" do mundo nórdico, e pode falar; um poema escrito aproximadamente no ano 900 mostra um corvo e uma valquíria conversando, elogiando o rei Harald Cabelo Belo da Noruega por sua vitória na Batalha de Hafrsfjord.[8] Dizem que corvos eram levados nos navios com os quais os noruegueses migraram para a Islândia; quando deixaram de voltar para os barcos, os marinheiros souberam que havia terra nas proximidades. Essa tradição parece ser emprestada da história da Arca de Noé; nela, Noé solta um corvo para ver se as águas do dilúvio baixaram o suficiente, mas a ave se distrai com um cadáver e não retorna. Uma pomba se mostra mais confiável. Certamente há uma brincadeira, então, na afirmação de que o rei Baelor – o Targaryen "abençoado", o fanático religioso – pretendia substituir corvos por pombas. Contudo, ele descobriu que as pombas definitivamente não eram de confiança, segundo o relato de *Asas negras, palavras ásperas*, escrito pelo Arquimeistre Walgrave, especialista em comunicações na Cidadela, e os corvos permaneceram no posto.

Os cranogmanos

Antes de passarmos para o outro lado da Muralha, devemos falar sobre mais dois povos nortenhos: os cranogmanos e os nascidos do ferro. Primeiro cavalgaremos pelo Portão Sul de Winterfell, pela Estrada do Rei, até o Gargalo, com seus pântanos e charcos traiçoeiros, suas serpentes de água e lagartos-leões (uma criatura que se parece com um jacaré, símbolo da Casa Reed) que se escondem como toras, invisíveis sob as águas. Ali, no extremo sul do Norte, vivem os cranogmanos. Suas casas são cabanas com telhados de palha, construídas sobre palafitas ou em ilhas flutuantes feitas de feixes de juncos, e eles vivem da captura de peixes e rãs. De seu refúgio no pântano podem atacar qualquer um que atravesse a estreita passagem do Gargalo; flechas envenenadas e ataques furtivos são suas armas. Os nomes das Casas refletem o meio ambiente: ao lado da Casa Reed, a principal da região, estão a Casa Fenn, Casa Qyagg, Casa Peat e Casa Boggs.

Os cranogmanos recebem esse nome por causa das ilhas artificiais nas quais vivem; elas são conhecidas como *crannogs* em irlandês e em gaélico escocês. Eram usadas desde o período neolítico até o século XVIII, e restos arqueológicos de tais assentamentos podem ser encontrados na Escócia. A guerra de guerrilha dos cranogmanos lembra a resistência dos habitantes dos pântanos na Ânglia Oriental à invasão dos normandos; de suas ilhas entre os charcos, ingleses do século XI travaram longas batalhas contra os novos soberanos. O mais proeminente líder dessa resistência foi Hereward, o Vigilante, que atuou nas terras pantanosas ao redor da Ilha de Ely. As evidências contemporâneas da existência de Hereward são esparsas; algumas histórias são contraditórias, e outras – uma batalha com um urso enorme e o resgate de uma princesa – obviamente ficção folclórica. Mesmo descontando esses elementos dignos de "O urso e a bela donzela", as linhas gerais da vida de Hereward sugerem fortes afinidades com várias tramas de *Game of Thrones*. Retornando do continente para onde fora exilado antes da Conquista Normanda, Hereward descobriu que os normandos haviam tomado sua propriedade ancestral; tinham matado seu irmão e colocado sua cabeça em uma estaca do lado de fora do salão. Hereward matou quinze normandos quase sozinho e recuou para os pântanos. Ali, ele atacou e pilhou os senhores de terras normandos, juntou forças com alguns dinamarqueses enviados pelo rei Sveinn Estridsson (pois os dinamarqueses ainda reivindicavam o trono inglês) e saqueou a Abadia de Peterborough. Os tesouros da abadia podem ter sido devolvidos após uma intervenção direta de São Pedro, ou foram levados para a Dinamarca. Hereward e seu aliado, Morcar, Conde de Northumbria, travaram uma última batalha em Ely, mas foram derrotados pelos normandos. Se um monge traiçoeiro de Ely revelou para o inimigo uma rota segura pelos pântanos ou se os normandos usaram uma feiticeira para deixar Hereward de joelhos, não está claro, mas Hereward foi obrigado a fugir. As fontes diferem também se ele fez as pazes com Guilherme, o Bastardo, e viveu o resto da vida na Inglaterra, ou se mais tarde foi morto por cavaleiros normandos enquanto se escondia nos pântanos como um fora da lei.[9]

Os detalhes imprecisos da carreira de Hereward inspiraram o extraordinário livro de Paul Kingsnorth, *The Wake*, publicado em 2014 e indicado para o "Man Booker Prize". Estrito em uma forma reinterpretada de inglês antigo, o romance conta a história de Buccmaster, um anglo-saxão cuja resposta à violência normanda em sua vila em Lincolnshire é montar uma campanha de guerrilha em última instância inútil e voltar ao culto dos antigos deuses do paganismo anglo-saxão. Esses - pelo menos em suas formas locais - são encontrados nas águas profundas do pântano, onde os cristãos os afundaram. Buccmaster faz juras a eles mais uma vez mergulhando no lugar secreto do pântano onde foram submersos. Antigos deuses selvagens, Odin e Wayland, o Ferreiro, figura que compartilha o ofício de Buccmaster, dirigem as batalhas dos ingleses contra os franceses, culminando em um confronto nos arredores de Ely.[10]

Os nascidos do ferro

Hereward pode muito bem ter tido ancestrais anglo-dinamarqueses; certamente isso explica suas alianças com o conde nortenho Morcar e a força expedicionária de Sveinn. É muito difícil, no entanto, imaginar uma aliança dessas entre os cranogmanos e os nascidos do ferro, cujo domínio das Ilhas de Ferro se encontra ao sul e a oeste do Gargalo. Para lá vamos agora, pegar um barco pelas turbulentas águas do Cabo da Lula Gigante, atravessando a Baía dos Homens de Ferro até Pyke. Ali, a fortaleza dos Greyjoy é construída sobre várias pilhas de rochas, projetando-se como lanças saídas do mar e conectadas por perigosas pontes de corda. Invasores marítimos ferozes, os nascidos do ferro têm muitas afinidades com os vikings dos séculos VIII a XI. Seu poderio militar é sustentado por seus navios de guerra elegantes e lindamente projetados, com os quais eles atacam à vontade por toda a costa. As Ilhas de Ferro são terrenos acidentados e difíceis, sem recursos naturais. Balon Greyjoy se gaba de que "somos nascidos do ferro, não nos sujeitamos; não somos escravos, não aramos os campos ou trabalhamos nas minas. Pegamos o que é nosso" (2.3). Os invasores escandinavos que levaram horror à Europa por três séculos podem ter deixado sua terra natal por causa da pressão populacional, que tornou difícil para eles se sustentarem por meio da agricultura nos solos escassos e nas planícies limitadas dos fiordes noruegueses. Mas quando os dias de um homem como viking terminavam, se sobrevivesse, ele ficava feliz em se retirar para uma fazenda na Islândia ou na Noruega e constituir uma família.

Os nascidos do ferro desprezam os fazendeiros, e, pelo menos segundo as palavras de Balon, preferem pilhar do que negociar. Quando descobre que o esplêndido colar de Theon foi comprado em vez de roubado, Balon arranca a joia do pescoço do filho, resmungando, "essa bugiganga ao redor do seu pescoço, você pagou o preço do ferro por ela, ou o preço em ouro? [...] Eu lhe fiz uma pergunta: você a arrancou do pescoço de um cadáver morto por você ou a comprou para combinar com essas roupas elegantes?" (2.2). Poucos vikings teriam concordado com Balon. Os nascidos do ferro parecem surpreendentemente tediosos em suas roupas e adereços; nenhum viking teria arrancado o ouro de Theon dele, a menos que pretendesse iniciar uma briga. Os vikings amavam seus enfeites, como qualquer um que teve a oportunidade de ver a exposição viking no Museu Britânico em 2014 bem sabe, e adoravam exibi-los. E eram igualmente abertos às possibilidades de comércio, fossem de tesouros, mercadorias ou de seres humanos. No começo do período medieval, os vikings desempenhavam um papel importante no comércio de escravos por toda a Rússia e o Oriente Médio, proporcionando mulheres e eunucos para as cortes dos impérios orientais. Garotos escravos, que com frequência eram letrados e, portanto, úteis na burocracia bizantina, eram uma boa fonte de renda para os escandinavos que viajavam pelo Volga até o Mar Negro; mulheres, capturadas nas ilhas britânicas e vendidas na Noruega, acabavam na Islândia. Victarion Greyjoy, cujo ponto de vista é profundamente enraizado no código moral dos nascidos do ferro, reflete sobre a prática de seu povo de vender para a escravidão quem prefere se render a morrer em batalha: "Victarion tinha apenas desprezo por tais fracos. Mesmo assim, a venda deixava um gosto desagradável em sua boca. Tomar um homem como escravo, ou uma mulher como esposa de sal, era correto e adequado, mas homens não eram cabras ou galinhas para ser comprados e vendidos por ouro" (*DD*, 663).

Os escandinavos medievais valorizavam outras habilidades além do combate. Rögnvald, Conde de Orkney no século XII, gabava-se em um poema memorável:

Sou bom em jogos de tabuleiro;
Sei como usar nove habilidades;
Perco a memória nas runas bem devagar;
Tenho prática na leitura e na forja;
Sei viajar de esquis;
Sei atirar e remar, sendo útil.
E há duas outras coisas que sei:
Tocar harpa e fazer poemas.[11]

O rei Olaf Tryggvason, rei da Noruega no final do século X, teria sido capaz de correr entre os remos de um navio a toda velocidade. Balon também consegue fazer isso, embora não tenha as realizações mais cultas de Rögnvald: "Aos treze conseguia governar os remos de um dracar e dançar a dança dos dedos tão bem quanto qualquer homem das ilhas" (*FC*, 24-25). A dança dos dedos, um jogo que consiste em espetar uma adaga entre os dedos esticados, não teria muito apelo entre os vikings.

O sucesso político e militar dos escandinavos na era viking – que colonizaram o norte da Inglaterra, fundaram Dublin e se estabeleceram na Normandia – foi possível pela capacidade de seus barcos viajarem pelos grandes rios da Europa, seguindo desde o Báltico até o Bizâncio, pelo sistema fluvial do que agora é a Rússia. E, como os nascidos do ferro, eles pilharam o litoral de todo o norte da Europa. Também foram combatentes formidáveis em terra; o Grande Exército varreu o norte da Inglaterra no ano de 865, com a intenção de conquistar em vez de pilhar. A campanha durou catorze anos, e, no final, os escandinavos, sob a liderança de Guthrum, controlavam o Danelaw: toda a Inglaterra ao norte de uma linha traçada da foz do Mersey até o estuário do Tâmisa. Se não fosse pela resistência de Alfredo, o Grande, eles poderiam ter tomado toda a Inglaterra sob seu controle, como os reis dinamarqueses Canuto e Sueno Barba Bifurcada fizeram no começo do século XI.

O Grande Exército tomava os cavalos daqueles a quem derrotava e, assim, era móvel o bastante para conseguir sucesso militar em terra firme, longe dos rios e litorais onde podiam facilmente reagrupar seus navios. Os nascidos do ferro são muito menos eficazes longe da água; a captura de Winterfell por

17. Barco de Oseberga no Museu dos Barcos Vikings, em Oslo.

Theon é obtida por meio de uma estratégia inicial inteligente, pensada por ele e Dagmer Boca-Rachada: os dois atraem as forças do castelo ao encenar um ataque diversionista na Praça de Torrhen. Asha (Yara, no programa de TV), bem treinada pelo pai, reconhece que os nascidos do ferro não podem manter Winterfell e implora que Theon parta com ela. Mais tarde, uma vez que seus pressentimentos se concretizaram e Theon e Winterfell foram capturados pelo psicopata Ramsay Snow, Asha organiza uma expedição ousada para resgatar o irmão do Forte do Pavor. Usando dracares e embarcações menores, a força de Asha consegue subir o rio e entrar no castelo. Mas o subjugo psicológico de Theon é tão completo que ele se recusa a dizer o próprio nome; Asha escapa dos cães de Ramsay, volta para seus navios e vai embora.

A campanha de vingança de Balon contra o norte, tentando desfazer a humilhação que Ned Stark lhe causou quando seus dois filhos mais velhos foram mortos na Rebelião de Robert, teve sucesso limitado. Os nascidos do ferro mantiveram Winterfell por pouco tempo, além da Praça de Torrhen, Bosque Profundo e Fosso Cailin no auge da campanha, mas o Fosso Cailin é tomado com uma trapaça de Ramsay; Bosque Profundo cai para as forças de Stannis, e Asha é capturada. A Praça de Torrhen permanece dominada por Dagmer Boca-Rachada. A morte de Balon, seja acidental ou causada pelo irmão Euron, deixa a campanha dos homens de ferro em desordem:

> Meu irmão Balon tornou-nos grandes novamente, e isto atraiu a ira do Deus da Tempestade. Agora banqueteia-se nos salões aquáticos do Deus Afogado, com sereias obedecendo ao seu mínimo desejo. Caberá a nós, que ficamos para trás neste vale seco e sombrio, terminar sua grande obra (*FC*, 24).

Assim declama Aeron Greyjoy quando convoca uma Assembleia de Homens Livres para determinar a sucessão ao trono. A religião dos nascidos do ferro é muito diferente de qualquer versão da prática religiosa viking que conhecemos. O povo de Balon venera o Deus Afogado, que os protege em suas viagens. Seu adversário e antítese é o Deus da Tempestade, empenhado na destruição; quando a tempestade ruge, os dois deuses estão em conflito. Os nascidos do ferro são iniciados na religião por um tipo de batismo; são submersos na água do mar e se afogam simbolicamente. Depois disso, "o que está morto não pode morrer"; eles esperam conseguir imunidade da morte no mar com essa cerimônia de iniciação.

Depois da morte, como Aeron proclama, os nascidos do ferro viajam até os salões do Deus Afogado. Ali os heróis se banqueteiam, enquanto são servidos por sereias. Essa crença pós-morte tem algumas afinidades com a crença viking de que os guerreiros vão desfrutar uma vida póstuma de lutas durante o dia e banquetes à noite; as valquírias serviriam hidromel e cerveja em um banquete presidido por Odin. Os escandinavos pré-cristãos acreditavam que Ran, a deusa do mar, capturava marinheiros em sua rede e os arrastava até o fundo do oceano. Seu esposo é Ægir, e suas filhas são as ondas que brincam com os barcos que cruzam seus domínios e, algumas vezes, os destroem, derrubando seus mastros e subindo pelas amuradas.[12] A crença nórdica sempre prevê a morte como feminina: Hel, deusa da morte, governa o salão para onde aqueles que não morrem em batalha são mandados. As valquírias escolhem aqueles que caem durante a batalha e os conduzem até Valhalla. Os nascidos do ferro são uma sociedade altamente misógina e baseada em gênero, se julgarmos pelas atitudes em relação a Asha como possível governante, então talvez não seja surpresa que não há lugar para mulheres em sua religião. Os vikings não teriam tolerado uma líder mulher mais do que os nascidos do ferro; o desejo de Asha pelo trono teria sido condenado da mesma maneira se ela fosse a única filha de um chefe viking.

Apesar disso, Asha sempre teve muita autonomia, comandando homens e barcos, pois seus outros irmãos estão mortos e Theon se foi há muito tempo. Ela também é mais efetiva do que Theon do ponto de vista estratégico, reconhecendo as limitações de um poder baseado na força naval. Mas Asha não consegue escapar do controle patriarcal, assim como sua contraparte na lenda nórdica, Alvild, a Pirata. Desde a infância, Alvild fora protegida por duas serpentes venenosas, dadas a ela pelo pai. Inevitavelmente, os répteis cresceram até ficar enormes e problemáticos; um herói foi procurado para livrar a Dinamarca das criaturas. Um certo Alf se apresentou e matou as serpentes, e Alvild estava pronta para se casar com ele quando sua mãe a criticou por estar disposta a aceitar o primeiro jovem de boa aparência que surgiu. Incomodada, Alvild rejeitou Alf, e então Saxo, um cronista dinamarquês que escreveu seus relatos em torno de 1200, conta que ela "começou a levar uma vida de pirata selvagem". Mais do que isso, "muitas garotas com o mesmo desejo [...] se alistaram em sua companhia". Alf partiu em busca da noiva, navegando pelos mares ao redor da Escandinávia, até que, quase sem querer, ele e seus homens deram de cara com Alvild e sua tripulação. A batalha começou; os dinamarqueses ficaram "atônitos quando descobriram as oponentes graciosas e bem definidas que tinham". E, é claro, as mulheres perderam; o elmo de Alvild foi atingido por um dos companheiros de Alf, "mas vendo a suavidade da pele dela, [ele] percebeu que não deviam estar lutando com armas, mas com beijos". Em pouco tempo, Alvild volta a usar roupas femininas, acaba respeitavelmente casada e se torna mãe. Seus dias como viking terminaram.[13] Mais tarde, na Escandinávia medieval, contos de reis-donzelas, mulheres que assumiam nomes de homens, vestiam-se como homens e tinham sucesso liderando exércitos, tornaram-se muito populares; os reis-donzelas sempre eram derrotados no fim pelo homem com o qual estavam destinados a se casar, retomando roupas e hábitos femininos quando as normas de gênero eram reafirmadas. Assim também Asha é casada durante sua ausência; ainda que tenha amantes livremente enquanto está em campanha, ela tem pouca voz, exceto quando está em batalha.

Agora é hora de voltar para a Muralha, dar uma olhada mais de perto naquela estrutura enorme, o fato inescapável que todos do Norte têm que aceitar. Vamos agora com Jon Snow, Benjen e com o sempre curioso Tyrion até Castelo Negro, dar uma conferida em tudo aquilo.

Castelo Negro e a Muralha

Como Jon, ficamos em silêncio ao primeiro vislumbre da Muralha, notando sua escala imensa, seu brilho gélido, cinzento, marcado de branco, uma faixa de fraca luz rosada no topo: o destino do bastardo (1.2). A Muralha foi construída com a ajuda de gigantes, ou pelo menos é o que diz a lenda, para proteger a fronteira norte dos Sete Reinos. Martin afirmou que se inspirou na Muralha de Adriano, construída para manter os sanguinários pictos e escotos afastados do extremo norte do Império Romano.

No entanto, com duzentos metros de altura e quinhentos quilômetros de comprimento, a Muralha supera a conquista dos romanos. Foi erguida para manter os White Walkers/Outros a distância, mas, para o povo livre, a Muralha representa uma barreira impenetrável entre eles e as terras verdes do sul, confinando-os ao deserto de gelo e tornando-os vulneráveis, dado o início do inverno, às investidas dos Outros. O povo do sul esqueceu a razão original da Muralha durante os longos verões, e agora vê a construção como

18. Muralha de Adriano, Northumberland.

uma barreira para manter povos indesejáveis fora de seu território. Essa Muralha agora fala de várias outras muralhas no mundo real: o Muro de Berlim, o muro entre Israel e Palestina e na fronteira entre Estados Unidos e México. O povo livre, como Osha destaca, simplesmente deu azar de estar do lado errado quando a Muralha foi construída, e mantê-los fora do reino tornou-se agora sua *raison d'être*: "Não sabe nada, Jon Snow. Esta muralha é feita de sangue", diz Ygritte (*TE*, 315).

Em Porto Real, a Muralha é considerada um lugar conveniente para enviar criminosos e pessoas perigosas, e ninguém percebe sua importância estratégica. No Norte, no entanto, é um fato existencial que não pode ser ignorado. E, surpreendentemente, é bela, como Jon aprende a reconhecer:

> *A Muralha é mais temperamental que uma mulher*. Em dias nublados, parecia de pedra branca. Em noites sem lua, era negra como carvão. [...] Mas, em dias como esse, não podia ser confundida com nada mais do que gelo. [...] cada rachadura e fenda delineada pela luz do sol, enquanto arco-íris congelados dançavam e morriam em ondulações translúcidas. (*DD*, 597)

Quando se torna Comandante da Patrulha da Noite, Jon tem decisões estratégicas a tomar sobre a Muralha, a guarnição das várias fortalezas ao longo de sua extensão e a negociação com o povo livre e seu líder de fato,

Tormund Terror dos Gigantes, sucessor de Mance. As experiências de Jon entre os selvagens, em particular seu romance com Ygritte, lhe mostraram que, embora o povo livre seja ideologicamente hostil ao povo do sul, também são refugiados, buscam asilo, esperando escapar da agressão dos White Walkers/Outros. Jon não é um homem com simpatias particularmente liberais, mas aprendeu a ser pragmático, e tem mais afinidades com o povo livre do que com Stannis e Melisandre. Os dilemas de Jon o envolvem em questões mais amplas de direitos humanos; se o perigo humano real causado pelo despertar dos White Walkers/Outros e a chegada do inverno – na verdade, pela mudança climática – pode ser resolvido com meios humanos ainda é algo que precisa ser visto.

A Patrulha da Noite

A noite chega, e agora começa a minha vigia. Não terminará até minha morte. Não tomarei esposa, não possuirei terras, não gerarei filhos. Não usarei coroas e não conquistarei glórias. Viverei e morrerei no meu posto. Sou a espada na escuridão. Sou o vigilante nas muralhas. Sou o fogo que arde contra o frio, a luz que traz consigo a alvorada, a trombeta que acorda os que dormem, o escudo que defende os reinos dos homens. Dou a minha vida e a minha honra à Patrulha da Noite, por esta noite e por todas as noites que estão para vir. (Juramento da Patrulha da Noite)

A Patrulha da Noite é uma das muitas ordens militares do Mundo Conhecido, uma irmandade juramentada de homens dedicados apenas ao serviço na Muralha. Deserção e perjúrio são punidos com a morte, como no caso de Will, o primeiro personagem que conhecemos. Jon Snow é mais sortudo: embora ele siga pela floresta ao sul da Muralha para se juntar à campanha de Robb contra os Lannister, seus amigos vão atrás dele e o trazem de volta antes que seu abandono se torne deserção. O Senhor Comandante é compreensivo: "A honra o fez partir; a honra o trouxe de volta". "Meus amigos me trouxeram de volta", Jon responde, teimoso. Rápido como um raio, Mormont replica: "Eu não falei que foi a sua honra" (1.10). Como outros membros sêniores da ordem, Mormont tem uma visão clara de como os laços entre os irmãos juramentados operam, criando novas ligações emocionais, uma nova família em uma rede de confiança e afeto mútuos. Mais cedo, o Meistre Aemon perguntara para Jon: "Me diga: você já se perguntou por que os homens da Patrulha da Noite não têm esposas nem geram filhos?" "Não." "Para que não amem [...] o amor é a morte do dever" (1.9). E, pelo menos entre o grupo de amigos de Jon, o amor que um tem pelo outro reforça o senso de dever e obediência.

A cristandade medieval entendia as vantagens de aproveitar o poder militar para atingir objetivos em particular por meio da criação de ordens de combate. As mais importantes dessas ordens foram a dos Cavaleiros Templários e dos Cavaleiros Hospitalários, ambas criadas como resultado da conquista da Terra Santa pelo Ocidente, como consequência da Primeira Cruzada. Jerusalém foi recapturada das forças muçulmanas em 1099, e peregrinos cristãos começaram a se reunir nos locais por onde Jesus caminhara. Embora Jerusalém fosse protegida, o resto do território não era, e, assim, em 1118, o cavaleiro francês Sir Hugo de Payens propôs ao rei Balduíno II de Jerusalém que uma ordem monástica fosse fundada para proteger os peregrinos dos bandidos que os atacavam. Com o apoio do poderoso Bernardo de Claraval, reformista da ordem cisterciense de monges, os Cavaleiros Templários ganharam um quartel-general perto do suposto lugar do Templo de Salomão em Jerusalém, do qual receberam o nome. Começaram apenas com nove cavaleiros que juraram pobreza, mas, com o apoio de Bernardo, tornaram-se uma ordem oficial, endossada pela Igreja, e uma instituição de caridade conhecida. Por toda a Europa, as pessoas começaram a doar ou legar dinheiro e terras para os Cavaleiros Templários, e eles se tornaram uma força financeira extremamente importante.

Bernardo e Hugo criaram a Regra Templária, que foi amplamente baseada na norma monástica mais antiga, a dos beneditinos. A Ordem tinha que adotar a pobreza individual - nenhum homem podia ter uma bolsa trancada na qual pudesse manter riqueza privada - e a castidade. A Cláusula 71 declarava:

> Acreditamos ser perigoso para qualquer religioso olhar demais para o rosto de uma mulher. Por esse motivo, nenhum de vós pode pretender beijar uma mulher, seja viúva, jovem, mãe, irmã, tia ou qualquer outra; e daqui em diante, a Cavalaria de Jesus Cristo deve evitar a todo custo os abraços das mulheres, pelos quais os homens pereceram tantas vezes, para que pos-

sam permanecer eternamente diante da face de Deus com consciência pura e vida convicta.[14]

Os Cavaleiros Templários tinham três divisões: os cavaleiros em si (nobres que se juntavam à ordem como cavaleiros); os sargentos, que não eram da nobreza e trabalhavam em ofícios úteis e na prestação de serviços: ferreiros, fabricantes de armas e apoio logístico; e os capelães. Outros tipos de mão de obra deviam ser contratados quando necessário, e alguns cavaleiros escolhiam servir à Ordem por pouco tempo. Podemos comparar a divisão da Patrulha da Noite entre a força de elite dos Patrulheiros, os Construtores, que mantêm a infraestrutura da Muralha, e os Intendentes, que fazem paralelo com os sargentos na prestação de serviços de apoio. Meistre Aemon faz o papel do capelão para os homens no Castelo Negro; ele entende melhor a ideologia da Patrulha e é simpático tanto ao turbilhão psicológico de Jon quanto às atividades de leitura de Sam. Aemon tem mais de 100 anos ao morrer, e Sam faz uma bela elegia para ele, ecoando o epitáfio de Beowulf depois que o herói perece ao matar o dragão. Beowulf era, entre todos os reis do mundo, "o mais gentil dos homens, o mais bondoso e querido por seu povo, e mais ansioso pela fama".[15] "Nenhum homem era mais sábio, gentil ou bondoso", diz Sam. "Ele era do sangue do dragão, mas agora seu fogo se apagou" (5.7).

Havia um bom número de outras ordens militares no período medieval, a maioria associada com os vários tipos de Cruzadas. Os Cavaleiros Teutônicos se originaram em um hospital-albergue construído em Jerusalém por peregrinos germânicos; dessa forma, a Ordem foi formada primariamente por pessoas que falavam alemão, tornando-se uma ordem oficial em 1198. A retirada dos Cavaleiros Teutônicos do Reino de Jerusalém depois de sua queda levou-os primeiro para a atual Romênia e depois para o Sacro Império Romano, onde, com o apoio do imperador Frederico Barbarossa, empreenderam a conquista e a conversão dos prussianos que viviam a leste. Estes ofereceram uma oposição feroz, levando cinquenta anos para serem derrotados; a resistência deles nos faz lembrar da recusa obstinada dos selvagens em aceitar as ideologias dos Sete Reinos. As crônicas dos Cavaleiros Teutônicos detalham a selvageria dos prussianos, ainda mais ferozes do que as hordas de Mance Rayder, que "assavam os irmãos capturados vivos em suas armaduras, como castanhas, diante de um santuário de um deus local".[16]

Mais tarde, a Ordem fez campanha na Polônia e na Lituânia; seus habitantes resistiram à conversão em uma guerra que, conduzida em bases sazonais, durou duzentos anos. O Cavaleiro de Chaucer nos *Contos da Cantuária* (escritos entre 1386 e 1400) obviamente servia aos Cavaleiros Teutônicos, pois com frequência, Chaucer nos conta, ele sentava-se à cabeceira da mesa, sobre todas as outras nações em "Pruce / em Lettow (Letônia) ele viajou [*reysed*, no original], e em Ruce [Rússia] / sem nenhum cristão de seu grau".[17] O verbo *reyse*, derivado do alemão *reisen*, viajar, era um termo técnico entre os Cavaleiros Teutônicos para suas expedições de verão à Lituânia, e seu uso mostra o quão bem informado Chaucer era sobre a situação política naquela distante parte da Europa. A Ordem mudou seu quartel-general em 1309 de Veneza para a imensa e impressionante fortaleza em Marienburg, atual Malbork, que ainda pode ser vista na Polônia. Dada a esfera de atuação nortenha, os Cavaleiros Teutônicos são mais similares à Patrulha da Noite do que os Templários. Se assistiu ao filme de 1938 de Eisestein, *Alexander Nevsky*, com a vibrante trilha sonora composta por Prokofiev, você viu os Cavaleiros Teutônicos avançando contra as forças do Duque de Novgorod sobre o lago congelado Peipus e afundando nele para sua destruição; o espetáculo dos cavaleiros quase robóticos cantando em latim enquanto avançam contra as forças russas é inesquecível.

Eisenstein assimila seus Cavaleiros Teutônicos aos exércitos alemães tanto da Primeira Guerra Mundial quanto nazista; seu filme tem intenções nacionalistas e de propaganda e nenhuma simpatia por eles. A ideologia dos Patrulheiros da Noite também se tornou rígida: eles existem, como entendem seu próprio papel agora, para manter os selvagens distantes. Mas sua situação, esquecidos pelo poder central no sul, sem recursos e subestimados, sinaliza uma sensação de fim de império. As legiões romanas que patrulhavam a Muralha de Adriano gradualmente abandonaram a fronteira norte do império conforme o centro começou a desmoronar em guerras civis e a ser conquistado por exércitos estrangeiros – os então chamados bárbaros. O desejo de manter a fronteira norte se foi e, talvez de maneira surpreendente, Stannis acaba compartilhando a ideia de Jon de estabelecer o povo livre na Dádiva, a faixa de terra fértil ao sul da Muralha. Tradicionalmente, a Dádiva alimentou e deu suporte à Patrulha da Noite, e com frequência era saqueada pelo povo. A área já era consideravelmente despovoada na época em que Stannis vai tratar dos problemas na fronteira norte, e então os planos de reassentamento parecem promissores. Embora tenha a oposição de conservadores radicais dentro da irmandade, como Bowen Marsh, Primeiro Intendente da Patrulha da Noite, Jon tem o desejo de colocar seu plano em prática. Stannis e Jon devem encontrar uma nova estratégia para adaptar o juramento da Patrulha da Noite à geopolítica no norte, redefinindo o conceito central de "reino dos homens", para respeitar e acomodar o povo livre. Isso será crucial para proteger o norte de ameaças ainda piores: "Podemos aprender a viver com os selvagens ou podemos acrescentá-los ao exército dos mortos" (5.5). As forças muito reduzidas da irmandade precisam do influxo de guerreiros selvagens que Jon está preparado para admitir a seu serviço, mas a velha guarda, aparentemente, não está pronta para chegar à mesma conclusão.

Além da Muralha

Osha: "A norte da Muralha as coisas são diferentes. Foi para lá que os filhos se deslocaram, tal como os gigantes e as outras raças antigas." (GT, 520)

À medida que avançamos além da Muralha, ao norte da fronteira, passamos por espessos bosques de pinheiros a caminho da Fortaleza de Craster. Ao norte dali, a terra se torna deserta, sem árvores, e montanhosa, com geleiras que se espalham lentamente, encostas e planícies de cascalho. É uma paisagem dura, onde as pessoas se arriscam para viver da caça. Um pouco de agricultura de subsistência é possível nos domínios de Craster; mas é também o reino do fantástico, uma terra de gelo, um lugar onde as maneiras antigas prevalecem, onde as histórias da Velha Ama são reais e verdadeiras, e onde os costumes e crenças do resto de Westeros parecem não ter lugar.

É aqui, ao norte da Muralha, onde os selvagens vivem. Esses clãs e tribos diversas chamam a si mesmos de povo livre (um termo que também é usado pelos clãs das montanhas, no Vale de Arryn). O povo livre, tanto aqui quanto no Vale, opera com um tipo de democracia entre eles. Tyrion observa, a respeito das Tribos das Montanhas que são seus aliados: "Era este o problema dos clãs; tinham a ideia absurda de que a voz de todos os homens devia ser ouvida em conselho, e por isso discutiam sem fim sobre *tudo*. Até as mulheres eram autorizadas a falar" (*GT*, 429).

Certamente o povo livre tem uma política sexual mais progressista do que em qualquer lugar ao sul da Muralha. Suas forças incluem esposas de lanças: guerreiras em geral armadas com lanças, pois o comprimento da arma torna-a mais fácil para uma mulher empunhá-la, embora Ygritte também seja altamente habilidosa com o arco e flecha. O povo livre não sabe forjar ferro, mas ao longo dos anos conseguiu armas por meio do escambo e do comércio. Do mesmo modo, no século XIII, as espadas dos islandeses tornaram-se muito escassas; pequenas facas, machados e até pedras eram usadas como armas na guerra civil que se alastrou na primeira metade daquele século.

As tribos do povo livre têm práticas sociais distintas. Craster vive em um tipo de fantasia patriarcal, uma versão extrema dos costumes de Walder Frey de múltiplos casamentos e gerar filhos sem muita preocupação com a prosperidade da prole. Craster tem um suprimento inesgotável de jovens parceiras sexuais em suas filhas - dezenove delas quando Jeor Mormont lidera seus patrulheiros até lá. É uma inversão incomum do que antigamente era um costume comum: deixar os bebês do sexo feminino expostos às intempéries e também aqueles que não conseguem prosperar ou que nasceram com alguma deformidade congênita. Craster mantém as filhas e coloca os filhos para morrer de frio, até mesmo os saudáveis. Mas como descobrimos, a partir do ponto de vista horrorizado de Jon Snow, os filhos de Craster são sacrificados para os White Walkers/Outros. O que os White Walkers fazem com as crianças ainda não está claro; a Velha Ama acha que eles comem crianças humanas. Goiva acredita que os Outros são apaziguados de algum modo pelo sacrifício dos filhos e que assim deixam Craster e sua família em paz. No programa de TV, o último filho de Craster (sem contar o bebê de Goiva) nasce meses depois que seu pai foi morto no motim na Fortaleza e, pela insistência das mulheres, a criança é deixada do lado de fora para os White Walkers. No final do episódio (4.4), um Walker é visto cavalgando em seu cavalo esquelético nas Terras do Sempre Inverno. Ele leva o bebê até um altar de gelo dentro de um círculo de estalactites reluzentes, onde um grupo de Walkers se reúne. Eles usam coroas de gelo, e, enquanto o bebê chora, um deles toca seu rosto. Ao som de gelo rachando, os olhos da criança se tornam azul-claros - a cor dos olhos dos Walkers.

Nem todos os Walkers podem ser gerados dos filhos de Craster; as tradições do sul sugerem que eles dormiam sob o gelo durante os verões e despertavam no inverno, ou pelo menos é o que a Velha Ama e Osha nos advertem: "Há coisas que dormem de dia e caçam à noite", observa Osha (1.7). Eles parecem incorporar o espírito do gelo; sua presença congela a água e quebra o metal mais forte, e eles existem em um plano metafísico muito diferente dos humanos. Apesar da força sobre-humana e da invulnerabilidade, como Sam descobre quando usa uma das armas descobertas no esconderijo no Punho dos Primeiros Homens, as lâminas de vidro de dragão podem destruir os White Walkers. Nos livros, o Outro derrete até se tornar uma poça ao entrar em contato com o fogo fossilizado da lâmina; no programa de TV, ele paralisa, racha e, por fim, se quebra. Vidro de dragão é um tipo de obsidiana, rocha vulcânica formada pelo fogo, e, desta forma, a antítese mágica do gelo. Os estudos de Sam nos livros da biblioteca do Castelo Negro lhe dão um conhecimento superior sobre os Outros; sua breve discussão com Stannis sobre o valor do vidro de dragão deixa claro o fato de que a rocha pode ser extraída em Pedra do Dragão; informação que ainda vai se provar útil. O desconhecido metal chamado de "aço de dragão", mencionado nos livros de Sam, prova ser aço valiriano, como Jon descobre em Durolar. Bom saber, mas a escassez de metal valiriano e de ferreiros competentes sugere que será de valor limitado diante da invasão em larga escala, uma intuição confirmada por Jon Snow, pois quando Sam pergunta: "Quantas espadas de aço valiriano ainda existem nos Sete Reinos?", Jon responde: "Não o bastante" (5.10).

Em um primeiro momento, o "exército dos mortos" – as criaturas – é mais perigoso do que os White Walkers/Outros. Cadáveres reanimados, cujo status é marcado pelos olhos que têm o mesmo brilho azul-claro dos White Walkers, eles podem ficar deitados, fingindo uma morte natural, até entrar em ação assassina. As criaturas têm força sobrenatural, um grau de invulnerabilidade e uma maldade com um único objetivo; são controladas remotamente pelos White Walkers. Quando os dois patrulheiros mortos são levados de volta ao Castelo Negro para serem examinados pelo Meistre Aemon antes do enterro, um deles, Othor, levanta-se naquela noite, segue até os aposentos do Senhor Comandante e tenta matar Jeor Mormont antes que Jon e Fantasma o derrotem. Quando as armas não funcionam, Jon sabe instintivamente que o fogo destruirá a criatura, e está certo. O vidro de dragão, como descobrimos mais tarde, não tem efeito sobre elas (então as adagas que Jon abandona em Durolar podem não ter tanta importân-

19. “Os três mortos”, cadáveres medievais que lembram aos vivos seu destino.

cia). As criaturas também podem cavalgar; elas usam cavalos esqueléticos mortos-vivos que recolhem na Batalha do Punho dos Primeiros Homens. Os Irmãos da Patrulha da Noite que caem em batalha também se tornam criaturas, sob o comando dos White Walkers, sugerindo que as forças malignas estão se reunindo para um ataque ao sul. A Batalha de Durolar (5.8) confirma a ameaça; embora as criaturas possam ser destruídas pelos pés poderosos do gigante Wun Wun e pela clava em chamas, os mortos recentes se erguem imediatamente para substituí-las.

O poder mítico de ressuscitar aqueles que morreram em batalha causa horror nas lendas medievais; em geral, as batalhas são resolvidas pelo número crescente de mortos no lado perdedor, mas se os mortos não permanecem mortos, a batalha pode continuar para sempre. Na mitologia nórdica, a princesa Hild (provavelmente uma deusa da batalha, pelo significado do nome) tem o poder de reviver os mortos; como consequência, seu pai, seu pretendente e as forças deles ficam presos em uma batalha eterna na ilha Órcade de Hoy até a chegada do Ragnarök. No Segundo Ramo do *Mabinogi*, Bran, rei de Gales do Norte, possui um caldeirão sobrenatural que regenera os mortos que são colocados lá dentro. Os guerreiros revividos perdem a capacidade de falar. É muito bom ter um objeto tão maravilhoso como esse, mas Bran o dá a seu cunhado, o rei da Irlanda, e quando a guerra começa entre os reinos (causada pelos maus-tratos do rei irlandês contra Branwen, irmã de Bran), o galês lamenta o presente de casamento. Só o sacrifício de Efnisien, meio-irmão de Bran, pode destruir o caldeirão; ele se finge de morto entre os cadáveres irlandeses. Quando colocado no recipiente, ele estica todos os membros, explodindo o caldeirão, mas também arrebentando o próprio coração).[18] Até mesmo esses poderes ressuscitadores limitados e localizados desfazem a metafísica do mundo humano; a capacidade ilimitada dos White Walkers de se regenerarem provoca um terror profundo e desesperador. Só o fato de que o exército dos mortos não parece ter a capacidade de nadar – uma extensão da forte crença folclórica de que a água corrente detém o sobrenatural – parece oferecer algum tipo de esperança de sobrevivência da vida humana ao norte da Muralha.

Em sua malevolência e invencibilidade sobrenaturais, as criaturas lembram os mortos-vivos da tradição nórdica, os *draugar*. Com frequência personagens antissociais e desagradáveis durante a vida, um *draug* continua em um tipo de vida dentro de sua tumba. Se, como em algumas sagas, seu cavalo, cão de caça e falcão fossem enterrados com ele, ele se banqueteava com eles. Quando um herói humano se aventura na tumba, em geral para recuperar algum tesouro enterrado lá dentro, ele terá que lutar contra o morador da tumba, que pode ser derrotado por decapitação. Se a cabeça do cadáver é colocada entre seus pés ou atrás do corpo, com o rosto entre as nádegas, o *draug* fica confuso e não revive. Esses tipos de *draug* não são especialmente perigosos, a menos que provocados por intrusos. Outro tipo, no entanto, não permanece na tumba, mas caminha novamente, atacando gado, ovelhas e humanos, arrancando membro após membro; de vez em quando fazem com que suas vítimas humanas também se tornem *draugar*.

O mais famoso desses monstros na tradição islandesa medieval é Glam, cuja história é contada na *Grettis saga*, provavelmente composta no início do século XIV. Ele era um sueco, um homem enorme, grisalho e antissocial, feliz por aceitar o trabalho de pastoreio em uma fazenda no alto de um solitário vale islandês, onde alguns desaparecimentos inexplicáveis já tinham ocorrido. Glam cortejou o desastre ao se recusar a jejuar na véspera de Natal e ir à igreja; em vez disso, ele saiu durante uma tempestade e não voltou. Depois de um tempo, um grupo de busca descobriu seu cadáver, azulado e inchado, tão grande quanto uma vaca. O corpo não podia ser levado para o cemitério, então ele foi enterrado onde estava, mas logo se tornou aparente que ele estava andando de novo. Homens desmaiavam ou perdiam o juízo quando o viam, e ele começou a aparecer no telhado da casa da fazenda à noite. Seu sucessor como pastor de ovelhas foi encontrado com o pescoço quebrado e "aleijado em cada membro". Depois que um vaqueiro teve as costas quebradas, a fazenda ficou deserta. Depois de um tempo, o grande herói Grettir, que já derrotara um morador de tumba na Noruega, ouviu falar do terror causado por Glam e jurou derrotá-lo. Ele esperou por Glam na casa da fazenda deserta e se atracou com o monstro. Glam conseguiu arrastar Grettir para fora, mas a criatura caiu com Grettir em cima dele. Nesse momento, as nuvens saíram de frente da lua, e Grettir viu os olhos de Glam - a coisa mais assustadora que já vira na vida, contou mais tarde. Glam profetizou todo tipo de má sorte para o herói e, pior de tudo, disse para Grettir que, a partir dali, sempre que escurecesse, ele veria os olhos de Glam diante de si. Grettir conseguiu cortar a cabeça da criatura, e o corpo foi queimado até virar cinzas. Foi o fim da ameaça do morto-vivo, embora a sorte de Grettir tivesse piorado, condenado como criminoso por um ato de homicídio culposo. E ele de fato foi assombrado pelos olhos de Glam, ficando com tanto medo do escuro que não conseguia mais viver sozinho: uma falha fatal para um fora da lei.[19]

Em outras histórias islandesas de *draugar*, nem mesmo queimar o corpo dá um fim à maldade do morto-vivo. Em um conto, o velho e desagradável patriarca que se recusa a ficar em seu túmulo é finalmente cremado, mas algumas de suas cinzas são lambidas por uma vaca prenhe. O bezerro que nasce é sobrenaturalmente grande, e embora o fazendeiro seja advertido por sua mãe adotiva (que é vidente) de que o animal deva ser abatido, ele se recusa. Com o tempo, o touro fica louco, ataca o fazendeiro, que morre dos ferimentos, e sai em disparada pelas montanhas, onde afunda em um pântano e não é mais visto. Em outra saga, as cinzas da criatura morta-viva são trancadas em um caixão de chumbo, e o caixão é jogado em uma fonte termal escaldante; isso previne futuras assombrações, seja do *draug* ou de suas vítimas. Esses contos islandeses de mortos-vivos partilham algumas características com as criaturas que perambulam ao norte da Muralha. Até os Irmãos da Patrulha da Noite se tornam antagônicos aos seus antigos companheiros depois que a morte e a ressureição misteriosa acontecem. Os olhos terríveis de Glam, agora proverbiais na Islândia, talvez estejam na origem do sinistro olhar azul das criaturas, enquanto a ideia de que animais também são possuídos pelo espírito maligno do *draug* por meio das cinzas ingeridas pela vaca possa explicar como os White Walkers/Outros reanimam os cavalos nos quais cavalgam.

O que *são* os White Walkers e o que querem? "Colocado de maneira simples, os White Walkers são a visão na série da própria guerra: morte gerando morte gerando morte até que nada vivo reste", escreve um comentarista.[20] Eles são uma força metafísica, um tipo de ser completamente diferente dos dragões, dos Filhos da Floresta ou de qualquer humano da série. Apesar das pistas sobre sua gênese, de uma história de fundo que sugere que o Rei da Noite foi um Comandante da Patrulha da Noite, também até alguém com sangue Stark, eles representam algo inelutável e inapelável. Como a morte, mas uma morte que é eternamente reiterada. É por isso que são tão aterrorizantes. E sua associação com a mudança climática, a chegada do inverno, figura talvez um destino que esteja diante de todos nós.

GIGANTES

Os White Walkers/Outros são seres que tentaremos evitar ao máximo enquanto nos aventurarmos pela vastidão pedregosa além da Muralha, mas não são as únicas criaturas mitológicas que encontraremos no extremo norte. Quando, entre o exército de Mance Rayder, Jon coloca os olhos pela primeira vez em um gigante, ele fica atônito; para ele, os gigantes são seres das lendas da Velha Ama. Ygritte o adverte sobre a sensibilidade das criaturas; ela conta que viu um deles martelar um homem no chão como se fosse um prego, por encará-lo tempo demais. Mesmo assim, de algum modo os gigantes são esperados no mundo além da Muralha, pois o norte é o lugar ao qual pertencem. Nos mitos nórdicos, os gigantes têm tamanhos variados, e os gigantes de gelo, que atacarão os deuses no Ragnarök, são intimamente associados com as montanhas, com habitats limitados e pouco promissores. Em geral, os gigantes nórdicos não são particularmente estúpidos, ao contrário dos gigantes crédulos e fáceis de enganar que aparecem nos contos folclóricos ingleses. Eles vivem em belos salões e têm ouro à disposição; também possuem tesouros culturais que os deuses cobiçam. Um poema nórdico, o "Poema de Thrym", fala de um gigante como um alpinista social. Thrym rouba o poderoso martelo de Thor, Mjollnir, e se recusa a devolvê-lo a menos que possa se casar com a bela deusa Freya. Quando Freya se recusa a ir para a Terra dos Gigantes, os deuses aceitam a sugestão de que Thor, com sua poderosa barba ruiva, poderia se vestir com roupas de mulher, bem disfarçado, e ser enviado para se casar com Thrym no lugar de Freya. Embora a impostura quase seja descoberta quando Thor devora praticamente todo o banquete de casamento sozinho, o esperto Loki consegue explicar o apetite de "Freya" afirmando que ela não come há oito noites pela ansiedade de encontrar o noivo. O martelo é colocado no colo da noiva para consagrar o relacionamento, e assim que os dedos de Thor se fecham ao redor do cabo, o noivo gigante e sua família apavorante estão condenados.[21]

Os gigantes no extremo norte de Westeros são bem altos (mais de quatro metros de altura); "E também são criaturas ferozes, todas pelos e dentes, e as mulheres têm barbas como os maridos, de modo que não há como os distinguir" (*GT*, 410). Ou pelo menos é o que diz Osha, que afirma que seu irmão matou uma giganta de três metros, "atrofiada". Eles podem ser grandes e assustadores, mas não há informações sobre sua cultura ou mesmo quais são seus motivos para querer seguir para o sul com o povo livre ou se também correm risco com os White Walkers. A linguagem deles é monossilábica, talvez tonal como a chinesa, e permanecem inescrutáveis para os humanos com quem formam uma aliança. Eles têm uma afinidade com os animais, no entanto; com frequência cavalgam em mamutes, e um deles é morto na Batalha do Castelo Negro quando sua montaria perde o controle. Como os homens selvagens peludos que encontramos de vez em quando nas florestas medievais, os gigantes usam clavas ou tacapes feitos com árvores inteiras. Em um romance francês medieval, um cavaleiro aventureiro cruza com um pastor gigante em uma floresta. O gigante é extraordinariamente feio, mas conversa com Sir Yvain de um jeito civilizado o bastante e o leva até a fonte mágica que o cavaleiro procura. O pastor cuida dos animais selvagens da floresta; eles vêm ao seu chamado e se deitam aos seus pés. Embora em geral os gigantes simbolizem o poder da natureza em vez da cultura, eles trabalham – mesmo que de um jeito rudimentar – para preservar e proteger a vida selvagem. Se eles serão acomodados com êxito ao sul da Muralha é algo que ainda veremos.

Outras tribos do povo livre incluem os Thenn, que são liderados por Styr, o Magnar. Na Noruega, Styr é um nome muitas vezes ligado a personagens violentos e antissociais: Viga-Styr (Matador-Styr), que aparece em algumas sagas, é um combatente feroz e fora da lei. O título Magnar também soa bastante nórdico, e talvez seja derivado do popular nome escandinavo Magnus (ele próprio tirado do latim) ou da palavra *megin* (poder), relacionado a "*main*" na frase em inglês "*might and main*" ("com toda a força"). O co-comandante dos Thenn, Jarl, tem um nome que significa "Earl" ["Conde"], e o filho de Styr, Sigorn poderia ser explicado como "Águia da Vitória". Depois de prestar homenagem a Stannis, Sigorn se casa com a herdeira de Karhold em uma cerimônia conduzida por Melisandre, e se torna o primeiro líder da Casa Thenn. Um bom número de Thenn permanece com Sigorn; outros se separam após a derrota de Mance e voltam para seu vale ancestral. O nome tribal Thenn ecoa o nórdico e o inglês antigo "*thegn*", ou nobre, e por isso não é muita surpresa que o povo de Styr assimile a vida ao sul da Muralha, adotando as estruturas sociais dos Sete Reinos ao fundar uma Casa, jurando lealdade a Stannis e se convertendo à religião do Senhor da Luz. Nos livros, os Thenn são os mais avançados culturalmente entre o povo livre. Eles retêm conhecimento de como trabalhar com metal e possuem um suprimento razoavelmente bom de armas de metal: "Têm minas de estanho e cobre para fazer bronze e forjam suas próprias armas e armaduras em vez de roubá-las" (*DD*, 558). Seu vale natal fica em uma área vulcânica onde as fontes de calor do subsolo tornaram o microclima mais quente e o solo mais fértil do que em qualquer outro lugar ao norte da Muralha.

Os clãs dos rios congelados, ao contrário, são canibais que praticam a escarificação: marcam seus rostos com cicatrizes a fim de assustar os inimigos. O povo dos rios congelados caça os homens da Costa Gelada que têm trenós e cães e vivem com o que pegam do mar: mamíferos e peixes. Eles têm nomes como "Grande Morsa", ou é o que descobrimos quando um deles é dado como refém para Jon Snow quando o povo livre é assentado ao sul da Muralha. No programa de TV, os Thenn mantêm sua superioridade cultural – a ideia de que quanto mais quente o clima, mais civilizadas são as pessoas estará sob pressão nos capítulos seguintes –, mas eles também têm traços de escarificação e canibalismo, emprestados dos clãs dos rios dos livros. Loboda, o líder dos Thenn em Durolar, empunha um machado de duas cabeças bem impressionante, embora isso não tenha serventia contra o White Walker que finalmente avança até ele. Eles são mais intransigentes do que outros grupos do povo livre, como Tormund e Karsi têm razão em observar ("Eu odeio os malditos Thenn"). Será interessante ver se os Thenn do programa de TV vão se adaptar às condições sociais do sul da Muralha, deixando de lado seu canibalismo e convertendo-se de fato às crenças de R'hllor, ou se vão conseguir manter sua impressionante identidade cultural enquanto se ajustam à vida nos Sete Reinos.

O Corvo de Três Olhos

Uma figura mística, o Corvo de Três Olhos chama Bran até ele com propósitos que ainda serão revelados com mais clareza. Na mitologia irlandesa, os corvos são representantes da deusa da batalha, a Morrígan, que se manifesta em três formas femininas distintas. No inglês antigo e no nórdico antigo, o corvo é uma das Feras de Batalha (juntamente com a águia, também uma ave carniceira, e o lobo) que pressagia um massacre. Observei anteriormente que os líderes de guerra podem ser elogiados na poesia escáldica nórdica como homens "que dão o desjejum para o lobo"; dizem que são igualmente generosos em proporcionar alimento para os corvos. Essa comparação com o corvo aparece na mente de Jaime Lannister quando ele está de vigília ao lado do corpo do pai já em decomposição:

> [...] havia corvos voando ao redor das sete torres e da grande cúpula do Septo de Baelor, com asas negras que batiam contra o ar da noite enquanto procuravam uma forma de entrar. *Todos os corvos dos Sete Reinos deviam lhe prestar homenagem, pai. De Castamere a Água Negra, você os alimentou bem.* (*FC*, 111)

E o cadáver de Tywin, de um jeito horrendo, parece sorrir a esse elogio silencioso do filho.

Em algumas formas da prática ascética hindu, o terceiro olho interior dá acesso ao conhecimento arcano de diferentes tipos. O Corvo de Três Olhos, quando encontrado na forma humana, é uma figura assustadora que habita uma caverna no extremo norte da Muralha: "um pálido senhor, com enfeites de ébano, estava sentado, sonhando, em um ninho de raízes emaranhadas, um trono tecido de represeiros que abraçava seus membros atrofiados como uma mãe faz com o filho" (*DD*, 157). O corpo dele está envolto com as raízes de um represeiro, e através daquilo ele parece estar conectado a todos os represeiros de Westeros; por meio do emaranhado de rizomas, ele é capaz de ver tudo o que acontece nos lugares sagrados do norte. E é visto por Melisandre também, em suas chamas, embora ela não tenha certeza do que ele é: "*Um rosto endurecido como madeira, um cadáver branco.* Era este o inimigo? Milhares de olhos vermelhos flutuavam nas chamas que subiam" (*DD*, 351). Enquanto Corvo, ele revela ser Brynder Rivers, também conhecido como Lorde Corvo de Sangue, um antigo Senhor Comandante da Patrulha da Noite que desapareceu durante uma patrulha. Sua forma de corvo, então, talvez se refira ao apelido que o povo livre dá aos membros da Patrulha da Noite, e sugere a magia negra que ele praticava enquanto estava propriamente vivo; a identidade do corvo coincide com sua capacidade em reunir conhecimento.

O status de vidente de Brynden, sua conexão com os corvos, e o sistema de árvores no qual ele parece estar fisicamente incorporado o ligam sugestivamente a Odin. O deus é um mestre da magia e da sabedoria. Conhece encantamentos e feitiços e a sabedoria dos gigantes e dos homens, que conseguiu através de suas andanças pelos mundos. E ao se enforcar na árvore que é o eixo dos nove mundos, Yggdrasil, como sacrifício, "dele para ele mesmo", como o poema nórdico "Ditos do Altíssimo" nos conta, sofrendo por nove dias e nove noites sem comida ou bebida, Odin conquista as runas.[22] Não é apenas um sistema de escrita, que permite a preservação e a comunicação do conhecimento; as runas também têm propriedades mágicas sobre o mundo material. Odin sabe muito do passado, do presente e do futuro. Ele e os outros deuses perecerão no Ragnarök, mas Odin também sabe o segredo de que seu filho morto Balder, aparentemente, retornará no novo mundo que virá. Os Primeiros Homens usavam runas como sistema de escrita, como Sam, que estudou a história de Westeros, relata, e nos oferece uma perspectiva importante do que se passou na história antiga dos Sete Reinos:

> As histórias mais antigas que temos foram escritas depois dos ândalos chegarem a Westeros. Os Primeiros Homens só nos deixaram runas em pedras, de modo que tudo o que julgamos saber sobre a Era dos Heróis, a Era da Alvorada e a Era da Longa Noite vem de relatos escritos por septões milhares de anos mais tarde (*FC*, 75).

Odin pode ver "todos os mundos" de seu trono, Hlidskjalf, um ponto de vista privilegiado que encontra contrapartida na visão que o Corvo de Três

Olhos tem de tudo o que ocorre no Norte por meio de suas conexões com as árvores. Como Hugin e Munin, o Corvo de Três Olhos voa pelo Mundo Conhecido para reunir informações para seu mestre. E chamou Bran para se tornar um iniciado no conhecimento dos antigos poderes do Norte. O que Brynden ensinará para Bran, no fundo da caverna na Floresta Assombrada, e quanto Osha, Meera e até mesmo Hodor podem atenuar sua transformação em algo não muito humano, é uma questão intrigante e aberta.

Os Deuses Antigos

De alguma maneira mística, Brynden se envolveu nos complexos de represeiros que crescem perto dos castelos e fortalezas no Norte. Ali os deuses antigos podem ser invocados, em bosques de árvores com troncos brancos e surpreendentes folhas vermelhas. É possível ver rostos entalhados nas cascas que envolvem essas árvores, e algumas vezes uma lágrima de seiva escarlate desce pelo tronco. Quando Tyrion fica sabendo que Winterfell caiu para Theon Greyjou, ele se lembra do bosque sagrado que conheceu na visita ao estranho lugar: "as grandes árvores-sentinela armadas com suas agulhas verde-acinzentadas, os grandes carvalhos, os espinheiros, freixos e pinheiros-marciais, e, no centro, a árvore-coração, vertical como um gigante branco congelado no tempo" (*FR*, 420). A religião dos deuses antigos, seguida pelos Primeiros Homens e seus descendentes nortenhos, é uma veneração animista dos poderes do mundo natural. Neste ponto, é muito parecida com a religião praticada na Bretanha antes da chegada do cristianismo, tanto pelos britânicos, como descrito por historiadores romanos, quanto pelos anglo-saxões. As árvores celtas britânicas, em particular os carvalhos, parecem ter grande importância em rituais druidas, e os ritos eram realizados ao ar livre. As evidências que temos da religião anglo-saxã são pouco melhores: o historiador anglo-saxão Bede registra, por volta do ano 730, quando Santo Agostinho e Paulino foram para a Inglaterra converter os imigrantes germânicos pagãos, como o papa Gregório Magno advertiu Agostinho a não derrubar imediatamente os templos pagãos, mas, em vez disso, destruir os ídolos e reconsagrar as construções para o Deus cristão.[23] Evidências dos nomes de alguns lugares sugerem que eram ao mesmo tempo templos e pequenos santuários, e complexos ao ar livre maiores no paganismo anglo-saxão: o elemento *hearth*, que encontramos no inglês moderno *Harrow*, parece designar tais bosques sagrados localizados em colinas sob o céu aberto.

Os deuses antigos são um coletivo, lembrando a designação dos deuses germânicos como um grupo, algo chamado *bönd* (os que estão juntos). E "para lá da Muralha, são os únicos deuses", Osha diz a Bran (*GT*, 409). Algumas das deusas celtas, como as *Matronae*, ou mães, existem coletivamente. E, ao contrário da religião dos Sete, com suas funções especializadas para os diferentes aspectos da divindade, os deuses antigos são pouco exigentes: eles não têm sacerdotes, instituições e quase nenhum dogma ou credo. "São seus deuses, com todas as regras" (1.1), Ned diz para Catelyn, que segue a religião sulista dos Sete. Não sabemos muito sobre as religiões dos Thenn e de outras tribos mais exóticas do povo livre, enquanto Craster desenvolveu um tipo diferente de culto que envolve o sacrifício de seus descendentes do sexo masculino para os Outros. O *quid pro quo* parece ser a imunidade ao ataque para ele e suas filhas.

Os Filhos da Floresta estão intimamente associados aos deuses antigos; eles são os habitantes aborígenes de Westeros, anteriores à invasão do continente pelos Primeiros Homens e, subsequentemente, pelos ândalos. Os Filhos não são humanos, no entanto; eles fugiram da interação com os humanos, diante das sucessivas ondas de invasões, e se reuniram em pequenos enclaves além da Muralha, em particular nas vastas cavernas que estão além da Floresta Assombrada. Seus sacerdotes são os videntes verdes, possuidores de poderes proféticos, e têm uma poderosa afinidade com a natureza e os deuses antigos. As lendas de Westeros atribuem a eles magia, musicalidade e capacidade de mudar de forma. Os Filhos parecem ter interesse em levar Bran até Brynden, em recrutá-lo para a casta dos videntes verdes, e eles ajudam o pequeno grupo – Bran, Hodor e os dois Reeds – quando é atacado pelas criaturas mortas-vivas um pouco antes de chegar na caverna de Brynden. Martin insiste que os Filhos não são elfos, e eles claramente não são o tipo de elfo de Tolkien, que representa uma civilização melancolicamente passada, imortal e dedicada à alta cultura. Os Filhos da Floresta não são altos, belos e com orelhas pontudas, nem tem uma atitude distintamente superior com os humanos que encontram. Em vez disso, são defensivos e ansiosos, pequenos e castanhos, vestidos com folhas e pele de carneiro; nos livros, eles têm quatro dedos, com garras em vez de unhas, e olhos dourados com pupilas verticais, como gatos ou serpentes. Os Filhos da Floresta no programa de TV têm aparência mais humana, mas são claramente diferentes das raças humanas do Mundo Conhecido.

Apesar da determinação de Martin de distinguir esses seres não humanos dos elfos da alta fantasia, os Filhos têm uma afinidade com o *huldufólk* islandês, ou "povo oculto". Lendas cristãs relatam as origens do *huldfólk* entre os filhos de Adão e Eva, assim como os humanos. Deus veio visitar o casal e sua prole depois que deixaram o Éden, e as crianças foram colocadas uma ao lado da outra para inspeção. "Esses são todos os seus filhos?", Deus perguntou, e Eva hesitou, pois havia um grupo de crianças menores que ela não tinha tido tempo de banhar antes da visita divina e que tinha deixado escondido. "Sim", ela mentiu para Deus, e Deus, que sabe todas as coisas, pronunciou: "Que aqueles que agora estão escondidos permaneçam escondidos". Desde então, o "povo oculto" vive em colinas de fadas e elfos, quase invisíveis para seus primos humanos. Algumas vezes eles interferem em assuntos humanos, em especial quando sua morada está ameaçada, mas em geral permanecem isolados.

O Inverno está chegando

Qhorin Meia-mão: "Estamos em guerra, estamos sempre em guerra, e isso nunca terá um fim, pois não estamos combatendo um inimigo, estamos combatendo o Norte, e ele não vai a lugar algum." (2.6)

Sempre é inverno ao norte da Muralha. A branquidão vazia do inverno no Norte provoca um tipo de *horror vacui*, um medo do vazio. Os olhos percebem sombras e formas espreitando entre as árvores sombrias. Contra a neve, é difícil ver os White Walkers; só o brilho azul-claro de seus olhos e os sons de estalido de sua fala revelam seus movimentos antes que já estejam sobre suas vítimas. Não é de estranhar que os sulistas temam que as condições gélidas do inverno prevaleçam em suas terras natais, mesmo que se recusem a levar os White Walkers a sério. O inverno dura anos em Westeros, evocando o terror do *Fimbulvetr* do nórdico antigo, o Poderoso Inverno, um precursor do Ragnarök. O político e escritor islandês do século XIII, Snorri Sturluson, descreve o *Fimbulvetr* assim:

> O primeiro sinal é a chegada do inverno chamado *fimbulvetr*. Então a neve cai de todas as direções. Há geadas e ventos muito fortes. O sol não faz efeito. Três invernos desses acontecem sem nenhum verão entre eles. E antes que outros três invernos assim passem, todo o mundo cai em batalha.[24]

Então, quando os corvos brancos saem da Cidadela para declarar a chegada do inverno, eles pressagiam as dificuldades que estão por vir. O povo ao norte da Muralha, os selvagens com suas peles e pelos, com o conhecimento de como sobreviver ao frio, estariam bem posicionados para passar pelo inverno, se não fosse o despertar dos White Walkers, mas o terror dessas figuras espectrais e das criaturas que as seguem leva o povo livre para o sul. Mudanças climáticas levam a migrações massivas e violentas de população; é um lembrete oportuno dos efeitos que o aquecimento global pode ter em nosso mundo. O povo de Winterfell, com seus jardins de inverno e fontes termais também poderiam ter passado bem pelo inverno, se o castelo não tivesse sido saqueado, as estufas feitas em pedaços e o bosque sagrado deixado ao abandono. Mais ao sul, membros do Pequeno Conselho ficam indiferentes quando um corvo vem da Muralha, trazendo notícias das atividades no local. "Ventos frios estão se levantando, e os mortos se erguem com eles", é o relatório de Mormont, implorando recursos e reforços. Pycelle menospreza o pedido: "os nortenhos são um povo supersticioso". Tyrion é mais solidário, pois sabe que "a Patrulha da Noite é a única coisa que nos separa daquilo que está além da Muralha" (2.2). Cersei, no entanto, desdenha a ideia de "snarks e gramequins", e o pedido da Patrulha da Noite não é ouvido.

Mesmo descontando os White Walkers, o inverno trará dificuldades, mas os estrategistas dos Sete Reinos não estão planejando fazer provisões adequadas para o povo contra as privações que se aproximam. "Temos trigo suficiente para um inverno de cinco anos. Se durar mais tempo, teremos menos camponeses", Lorde Baelish dá de ombros (2.1). Mas isso foi antes que as Terras Fluviais fossem devastadas na Guerra dos Cinco Reis; a comida tem que ser importada para Porto Real, por meio dos bons ofícios dos Tyrell e, de algum modo, precisa ser paga. O problema está diante dos reinos do sul: uma profunda inquietação social se manifesta no fanatismo religioso, o povo comum de Porto Real se vira contra seus governantes (embora Margaery saiba como lidar com eles através da bondade conspícua), o ouro dos Lannister está acabando, e Stannis está dominando o norte. As terras a oeste do Mundo Conhecido, ao sul do Gargalo, são nosso próximo destino, cavalgando pela Estrada do Rei, esperando não chamar a atenção dos grupos de bandidos e mercenários que perambulam por ali. Nosso curso nos levará para Porto Real, Pedra do Dragão, para a ensolarada Dorne e para as terras da Campina, onde um clima muito diferente - até o momento - prevalece.

20. *Jaime – Não decepado.*

CAPÍTULO 3

O Oeste

Ned para Catelyn: "Sou um nortenho, pertenço a este lugar, com você, não àquele ninho de ratos que chamam de capital." (1.1)

É hora de pegarmos a Estrada do Rei para o sul de Winterfell, através dos pântanos do Gargalo, e cavalgar até as luxuriantes e verdes Terras Fluviais, o solo fértil que oferta alimentos aos Sete Reinos. Estamos a caminho da capital, Porto Real, onde a complexa política da realeza do fim da Idade Média opera, onde a corte e o Pequeno Conselho são centrais, e onde a cavalaria é parte chave da ideologia aristocrática. A Fé nos Sete reina aqui, uma religião que tem muito em comum com o catolicismo medieval. Também encontraremos algumas das figuras mais importantes da série e veremos como seu status social afeta seu comportamento: em particular Varys, Mestre dos Sussurros; Cersei, que passou de rainha a rainha viúva e rainha regente em rápida sucessão; o maquiavélico Lorde Petyr Baelish, com suas tramas sem fim; e Tyrion, o anão brilhantemente sardônico. Muitas das características culturais que discutimos no Capítulo 1 encontram seu epítome na sociedade do sul de Westeros, pois a capital e as terras imediatamente adjacentes definem o "normal" no continente. Enquanto estamos no centro do Mundo Conhecido (pelo menos segundo o pensamento westerosi), devemos conseguir uma imagem muito mais clara do que motiva as figuras mais poderosas nos Sete Reinos.

O Trono de Ferro e os ideais de realeza

Nossa jornada pelo sul começa bem no centro de tudo: o Trono de Ferro, forjado a partir de mil espadas dos inimigos de Aegon I Targaryen, que fica no meio da Sala do Trono, no coração da Fortaleza Vermelha.

É horrivelmente desconfortável, impossível se recostar nele (pois um rei nunca deve se sentar tranquilo, Aegon pensava) e propenso a cortar aqueles que não o ocupam com dignidade. Joffrey faz um corte feio na mão quando se levanta animado. O desconforto e o perigo do Trono são simbolicamente significativos. "Juro para você, sentar em um trono é mil vezes mais difícil do que conquistá-lo", Robert Baratheon diz para Ned Stark na primeira temporada. O trono torna físicas e visíveis as dificuldades do reinado, pois manter e governar o reino com justiça é muito diferente de ganhar o trono pela conquista. Reis e heróis precisam de qualidades distintas; épicos medievais com frequência contrastam a força do herói com a sabedoria do rei. E há certa ironia no fato de que o objeto desejado com tanto vigor por cinco reis – e por muitos outros – seja tão desagradável. Mesmo assim, ele figura vividamente a violência que acompanha a transferência de poder, e a força necessária para mantê-lo.

A realeza tem sua própria história; um mito no qual Joffrey acredita inequivocamente: "Sou o rei", ele reafirma durante o Motim em Porto Real, incapaz de acreditar que os cidadãos ousam jogar estrume de vaca nele (2.6). O que Joffrey não entende, embora sua mãe tenha uma vaga ideia da situação, é o poder precário que os membros da dinastia Baratheon têm sobre o trono. Pois são pretendentes, uma interrupção nos séculos de governo Targaryen, e sua situação, por definição, é instável. Embora a primogenitura garanta a Joffrey o direito de herdeiro, as indagações sobre sua legitimidade, amplamente divulgadas por Stannis, e sua juventude colocam em questão sua capacidade em manter o trono que ocupa. "Pobre da terra onde uma criança é rei", era um dito medieval comum. Tios, grandes senhores, os poderosos de vários matizes competem para aconselhar um jovem rei, para influenciá-lo, e uma vez que ele atinge a maioridade e deseja assumir controle completo do reino, pode encontrar oposição. A Inglaterra foi relativamente afortunada no conselho que governou o país durante a longa menoridade de Henrique VI, por exemplo, que herdou o trono aos nove meses de idade. Mas assim que

21. Torre de Londres, Portão dos Traidores.

Henrique assumiu, seu governo foi rapidamente percebido como indeciso e sem foco.

Nesse sentido, Robert (que prefere "as putas, a caça e a bebida" à política, segundo Tywin [4.3]), Joffrey e até mesmo Tommen podem se considerar bem servidos delegando todas as principais decisões à Mão do Rei e ao Pequeno Conselho. Mesmo com muito poder residindo nos Protetores do Norte e do Oeste e nos outros senhores quase autônomos de Dorne, do Vale, das Ilhas de Ferro e das Terras Fluviais, a complexidade de governar os Sete Reinos exige o fortalecimento do governo em Porto Real, criando uma burocracia que é amplamente escondida da vista, mas que sustenta o trabalho do Mestre da Moeda, do Mestre dos Sussurros, do Grande Meistre Pycelle e da própria Mão. Os Sete Reinos são, nesse ponto, muito parecidos com a Inglaterra do fim da Idade Média, governada de Westminster. Apesar disso, a justiça parece ser distribuída pela petição direta ao rei, ou de seu representante, a Mão, em vez de fazer leis por meio de procedimentos legislativos ou administrá-la em tribunais independentes.

A diferença entre o governo real e o do senhorio é bem resumido na crença de Ned de que se você tem que executar um homem, deve decapitá-lo com as próprias mãos. Esse é um princípio que ele transmite aos filhos e que é fortemente apontado em sua própria morte pelas mãos do sinistro e silencioso carrasco, Ilyn Payne. Robb destaca isso quando se declara Rei do Norte: "Nem Joffrey nem qualquer um de seus homens colocará os pés nas minhas terras novamente; se ele desrespeitar essa ordem, sofrerá o mesmo destino do meu pai. Só que não preciso de um criado para decapitar por mim" (2.1). Robb fala para Talisa com carinho sobre a visão do pai a respeito do senhorio como uma figura paternal: que o Senhor de Winterfell devia ser um pai para seus soldados e "para a faxineira que esfrega o chão" (2.8). Renly também tem a cordialidade, o toque comum que faz de um homem um bom rei e um bom líder, perguntando "Como está seu pé?" para um soldado enquanto caminha entre suas tropas (2.3). Como na versão de Shakespeare de Henrique V, Renly pode trazer um "pequeno toque de Harry na noite" para os homens que o servem. Na minha opinião, Renly provavelmente está certo quando diz que seria um rei melhor do que o irmão fanático e sem humor, Stannis. Sem a Mulher Vermelha, é difícil ver como Stannis poderia reunir o carisma que um rei precisa para liderar com sucesso – e, mesmo assim, Davos o ama. Como Salladhor Saan destaca, "vocês, westerosi, são um povo engraçado. Ele corta seus dedos fora e você se apaixona por ele!" (2.2). No programa de TV, o rigor de Stannis se estende ao zelo pela boa gramática quando um membro da Patrulha da Noite declara que a morte de um grande número de selvagens significa "menas" ameaças para eles. "Menos", Stannis murmura baixinho (5.5), uma insistência pedante no uso correto das palavras, que já não conseguiu impressionar Davos em uma temporada anterior.

A corte

A corte em Porto Real é onde todos os principais personagens mostram uma face pública, enquanto perseguem seus próprios objetivos. Embora tendamos a associar os desafios de ser um cortesão com os monarcas ingleses posteriores, em particular Henrique VIII e Elizabeth I, foi nas cortes medievais que surgiu pela primeira vez o entendimento de que o papel do cortesão estava se tornando um modo de vida especializado e não natural. "Viajei pelas Cidades Livres com um grupo de atores. Eles me ensinaram que cada homem tem um papel a desempenhar. O mesmo acontece na corte", Varys diz para Ned (1.9), e está absolutamente correto. O cortesão deve divertir, aconselhar, proteger e encorajar o rei; deve deixar de lado seus sentimentos a fim de desempenhar esse papel, mesmo que também esteja trabalhando por seu avanço pessoal. Moralistas medievais com frequência se preocupavam com a duplicidade que a vida bem-sucedida na corte demandava, como se os convidasse à hipocrisia e à bajulação como meios primários de interação com o monarca. Eles também se preocupavam que a vida na corte, as almofadas, os molhos elegantes, os músicos e a conversa das mulheres diminuíssem a capacidade do rei e de seus nobres de suportar as durezas de uma campanha militar ou de pensar nas estratégias mais inteligentes para a diplomacia. Saxo Grammaticus, um monge que escreveu sobre a história da Dinamarca por volta do ano de 1200, colocou sua crítica sobre as maneiras da corte na boca de um velho herói desapontado chamado Starkad, quando recebe uma faixa de cabelo dourada da civilizada rainha germânica de seu senhor:

> É grotesco para um homem de batalhas
> prender suas madeixas com ouro entrelaçado.
> Esse estilo cai melhor em um bando de efeminados suaves
> Dê o presente para seu esposo
> Que ama a devassidão e a luxúria enquanto seus dedos
> Remexem o traseiro de um capão tostado
> Para pegar suas tripas.
>
> Homens valentes comem rações cruas.
> Não há necessidade de uma mesa suntuosa, penso eu,
> Para peitos fortes que meditam
> A prática da guerra.[1]

A postura de Starkad e a veemência com a qual se expressa são excepcionais, mas seus pontos de vista não estão muito distantes dos de Ned Stark, que não tinha vontade alguma de participar do torneio organizado para celebrar sua nomeação como Mão. Na verdade, como veremos a seguir, ele fica horrorizado quando descobre quanto o evento custou e o quanto o reino está endividado.

A corte de Porto Real é variada, com seu complemento de cavaleiros e senhoras, guardas reais, bobos e animadores, mas só um punhado de personagens realmente conta. O Grande Meistre Pycelle, aparentemente, é um velho quase gagá, embora ainda seja capaz de se entreter com as prostitutas de Baelish. Mas é bem inútil quando se trata de formular a estratégia para a Batalha da Água Negra; sua única contribuição é entregar a Cersei um veneno forte, que ela quase dá a Tommen no rescaldo da batalha. Lorde Varys, o Mestre dos Sussurros, é uma figura muito mais importante, um canal para a inteligência reunida em todo o Mundo Conhecido. Assim, quando ele e Tyrion fazem um balanço antes da batalha, Varys sabe que Daenerys sobreviveu à provação no Deserto Vermelho e que encontrou uma espécie de santuário em Qarth, embora não fique claro como essa informação viajou tão rápido pelas distâncias de Essos. Varys é um dos meus personagens favoritos; suas escaramuças com Petyr Baelish (de quem não gosta) e com Tyrion (de quem gosta) nos fala muito sobre suas prioridades. Perguntado por Ned: "Diga-me, Varys, a quem você realmente serve?", ele responde com suavidade: "Ao reino, meu senhor, alguém precisa fazer isso" (1.8). E, de fato, sem família nem esperança de descendência, nenhuma Casa ou terras para manter, Varys é livre para usar seu intelecto e talentos para fins mais elevados. A revelação tardia de que está trabalhando por uma restauração Targaryen (e sua sabotagem dos efeitos positivos da regência de Kevan Lannister) coloca em questão o desinteresse que ele afirmava possuir em sua conversa com Ned. No programa de TV, Varys deixa Porto Real com Tyrion, com destino às Cidades Livres, e é possível que sua história se desenvolva de modo diferente.

Varys também está sozinho entre as grandes figuras na corte que apreciam a inteligência estratégica de Tyrion. "Você é muito bom como Mão, sabe. Jon Arryn e Ned Stark eram bons homens, honrados, mas desdenhavam o jogo e aqueles que participam dele. Você gosta do jogo [...] e joga bem" (2.8). Tyrion vasculha livros volumosos em busca de conselhos sobre cercos e ouve atentamente as opiniões de Bronn sobre a conveniência de reunir ladrões conhecidos antes que a cidade comece a morrer de fome. Seu plano de esconder quantidades imensas de fogovivo, produzido pela Guilda dos Alquimistas, dentro de navios da coroa atracados é um segredo bem guardado e uma resposta defensiva altamente eficaz. Tyrion, sentimos, lamenta a terrível perda de vidas dos dois lados; Stannis, em contraste, quando advertido de que centenas morrerão se ele desembarcar e atacar as muralhas da capital, replica: "Milhares!". O desejo de poder de Stannis é inato; ele age impiedosamente – até mesmo de maneira suicida, lançando soldados a pé contra a cavalaria na Batalha de Winterfell – quando privado dos conselhos de Melisandre e também quando ela o incita.

Tyrion tem uma posição especial como anão e, ainda assim – problematicamente para Tywin e Cersei –, ele é um Lannister. Ele age como gracejador, como aquele que diz a verdade, como uma alma torturada em um relacionamento complexo com sua família. Na crença medieval, com frequência os anões eram considerados malignos; eles têm um papel particular no romance medieval como condutores de informações, mas, nesta função, com frequência são grosseiros. Um anão na verdade acerta uma das donzelas da rainha Guinevere no rosto com seu chicote, recusando-se a dar o nome de seu mestre quando a rainha o interroga. Na tradição nórdica, os anões são artesãos, habilidosos na metalurgia em particular; embora matreiros, eles podem ser gratos quando bem tratados. Em uma história, um anão consegue recolocar os pés decepados de um herói mutilado, favor que concede porque o homem fora gentil com sua filha. Tyrion compartilha a capacidade imaginativa do anão-ferreiro: ele inteligentemente modifica o formato de

22. Freya encontra os anões forjando o colar Brisingamen.

sua sela para ajudar Bran e mostra liderança estratégica memorável na Batalha da Água Negra. Sua lascívia também é típica do anão; em outro conto nórdico, quatro anões fazem o mais esplêndido dos colares, o lendário Brisingamen. A bela deusa Freya deseja a peça, e não recua ao preço exigido: de bom grado, ela passa uma noite com cada um dos quatro artesãos.[2]

Mesmo assim, umas das forças particulares de Tyrion no programa de TV é precisamente subverter o estereótipo do anão nas tradições folclóricas e medievais. Ele emprega muitas frases de efeito, mas não é um personagem cômico, como os anões de Tolkien frequentemente são. Nem é obcecado por tesouros e avarento como os anões folclóricos podem ser; o ouro Lannister proporcionou todas as suas vontades até agora, e ele resiste em viajar com Shae para Pentos porque teme perder o valioso status como membro de uma Grande Casa. A inteligência de Tyrion está muito distante da esperteza baixa dos anões; ele é muito mais esperto do que Rumpelstiltskin, e tampouco tem a maldade do anão dos contos populares. Como Varys observou, ele fez um bom trabalho atuando como Mão do Rei, e se assumir o mesmo papel para Daenerys, ela realmente colherá os benefícios de sua visão clara e sua mentalidade ética. Tyrion investiga o que a rainha pensa sobre governar, explicando que quer descobrir se ela é o "tipo certo de terrível". "Que tipo é esse?" "O tipo que previne que seu reino seja ainda mais terrível", Tyrion responde (5.8). É incomum para qualquer nobre westerosi pensar holisticamente sobre as responsabilidades do poder, mas o status de intruso de Tyrion e sua luta por aceitação lhe deram uma compreensão extraordinária. Como Martin observa:

> Se você olhar nos livros, meus heróis e personagens de ponto de vista são todos desajustados. São pessoas isoladas. Não se encaixam nos papéis que a sociedade tem para eles. São "aleijados, bastardos e coisas quebradas" – um anão, um cara gordo que não sabe lutar, um bastardo e mulheres que não se encaixam confortavelmente nos papéis que a sociedade tem para elas.[3]

Tanto o programa de TV quanto os livros colocaram em primeiro plano o crescimento (metafórico) de Tyrion como um ser humano maior e melhor, desde que o encontramos pela primeira vez no bordel do lado de fora de Winterfell. Sua marginalização permitiu esse processo de aprendizagem, mas ele também extrai muito de sua eficácia como personagem da subversão do que nós – e a maioria do resto do Mundo Conhecido – esperamos que um anão seja.

A RAINHA

Entre os grandes atores da corte, finalmente chegamos a Cersei. Ela é essencialmente uma estrategista de curto prazo, reagindo aos acontecimentos em vez de moldá-los. Primeiro, sua maior motivação era manter em segredo a relação incestuosa com Jaime e a verdadeira origem de seus filhos. Após a sucessão de Joffrey, ela logo percebe que ele será impossível de controlar – pelo menos não em sua decisão impetuosa de decapitar Ned Stark; "esse teatro vai assombrar nossa família por gerações", como Tyrion aponta (2.1). Cersei continua a disputar com Tyrion a condução do reino enquanto ele atua como Mão, e tenta fazer com que ele seja morto durante a Batalha da Água Negra. A ameaça furiosa de Tyrion quando ele teme que Cersei se vingue do envio diplomático de Myrcella a Dorne – "Vou machucar você por isso. Chegará o dia em que você pensará que está segura e feliz [...] e sua alegria vai se transformar em cinzas em sua boca, e você saberá que a dívida está paga" (2.8) – sela o destino do anão após o Casamento Púrpura.

Os papéis de rainha, rainha-mãe (que Cersei assume após a morte de Robert) e rainha regente (enquanto Tommen é menor de idade) eram considerados na Europa medieval como perigosos e influentes. Os conselheiros se preocupavam com o acesso da rainha ao rei; sua capacidade de persuadi-lo privadamente em relação a determinados cursos de ação, muitas vezes para usar sua influência a favor de seus parentes, era uma ansiedade recorrente. Na Inglaterra anglo-saxã, as esposas dos reis de Wessex não foram mais consagradas como rainhas depois de um escândalo famoso. Eadburh, filha do rei Offa de Mércia, era a rainha extremamente impopular de Beórtrico de Wessex, ou assim Asser, biógrafo de Alfredo, o Grande, nos conta:

> assim que conquistou a amizade do rei, ela começou a se comportar como uma tirana, do mesmo jeito que seu pai – odiar todos os homens a quem Beórtrico se ligava, fazer todas as coisas odiosas para Deus e para os homens, denunciar todos aqueles que podia perante o rei, e, pela astúcia, privá-los da vida ou do poder; e se não conseguisse alcançar aquele fim com a cumplicidade do rei, ela os matava com veneno.[4]

Em 802, segundo Asser, Eadburh tentou envenenar o favorito de seu marido, mas o rei acidentalmente tomou o veneno primeiro, seguido pelo jovem odiado, e ambos morreram. Eadburh fugiu para a corte do imperador Carlos Magno, em Aachen, com uma grande quantidade de tesouros roubados de Wessex. Carlos Magno perguntou à jovem viúva se ela preferia casar com ele ou com seu filho; sem pensar estrategicamente, Eadburh optou pelo filho, "já que ele é mais jovem do que você", e o imperador, ofendido, se recusou a deixá-la casar com qualquer um deles, tornando-a abadessa de um convento. Essa nova carreira não durou muito, já que Eadburh foi descoberta tendo relações sexuais com um inglês e jogada na rua. No fim, ela morreu como mendiga, em Pavia, Itália.

Depois disso, diz Asser, as esposas dos reis foram obrigadas a ocupar papéis muito restritos naquele reino. Foi só quando o sucessor de Carlos Magno, Carlos, o Calvo, insistiu para que sua filha Judite fosse coroada rainha como condição para seu casamento em 856 com Æthelwulf, irmão mais velho de Alfredo, que o papel da rainha foi restaurado. O comportamento do qual Eadburh é acusada pode muito bem nos lembrar o de Cersei. Montando uma corte dentro da corte, criando uma facção leal a ela em vez de ao rei, buscando minar os seguidores fiéis dele e, por fim, envenenando o marido: todas essas ações confirmavam os piores medos dos historiadores medievais sobre as rainhas. Mesmo assim, um rei deve se casar, pois precisa ter filhos e, dessa forma, vai confiar sua segurança a uma mulher que pode não amá-lo e que pode ter lealdades muito distintas das dele.

Uma vez que a rainha ficava viúva, sua influência dependia de ela ser mãe do próximo rei. Se ele fosse muito jovem, era provável que um conselho fosse designado para supervisionar o reino, com frequência os tios do jovem rei. Isso poderia causar mais dificuldades: se os tios eram irmãos de seu pai, claro que a morte do herdeiro real abriria a possibilidade de um deles herdar a coroa. O destino dos Príncipes na Torre nas mãos do tio paterno Ricardo III é só um exemplo do perigo que o jovem rei encara. Os tios maternos têm menos interesse no trono, que não podem herdar, então tanto Jaime (pai assim como tio de Joffrey e seus irmãos) e Tyrion trabalham para manter a posição do sobrinho. A influência da rainha-mãe é mais uma vez não oficial, mas é claro que Cersei possui uma grande dose de autoridade. Em uma cena poderosa, em que Cersei discute com o cínico Baelish sobre os rumores de incesto e o status de quem se fez sozinho dele, Baelish relembra, insinuante, que conhecimento é poder. Cersei ordena que seus homens o prendam e ameaça cortar sua garganta. Desta vez, Baelish fica apavorado. "Poder é poder", Cersei replica (2.1). Mas ela também sabe que precisa de Baelish, em especial quando necessita atuar com um Pequeno Conselho que não tem talento nem inteligência, na quinta temporada, depois que seu tio Kevan Lannister se recusa a servir como Mão enquanto sua sobrinha pretender manter o poder por trás do trono.

O poder é muito precário quando uma mulher o detém. A rainha-mãe encara ser suplantada pela rainha do filho, e a competição entre Cersei e Margaery Tyrell ("aquela puta cínica do Jardim de Cima", como a rainha memoravelmente chama a nora [5.2]) para influenciar o cada vez mais errático Joffrey, Tommen e a população de Porto Real, se desenrola entre os destinos familiares. Um conto medieval muito admirado é o da "Esposa Caluniada": um rei se casa com uma bela mulher que chega ao reino, em geral deixada à deriva em um barco. A rainha engravida, e o marido inevitavelmente está ausente quando a criança nasce. Aproveitando a oportunidade, a mãe do rei lhe manda uma mensagem, dizendo que a esposa deu à luz uma criança monstruosa. Embora o marido responda com humanidade, dizendo que esperará para ver a criança com os próprios olhos, a mãe falsifica uma resposta, ordenando que a mãe e o bebê sejam lançados ao mar no barco no qual a mulher chegou. Por meio da providência divina, a mãe e a criança sobrevivem, a verdade é descoberta, o marido amoroso reúne-se com sua família e a sogra invejosa é condenada à morte. A história – uma versão dela é contada por Chaucer em *Contos da Cantuária* – ilustra uma forma extrema de tensão que cresce quando um filho se casa, ampliado pela luta por um poder não oficial na política da corte.[5]

Cersei faz muitos inimigos; depois da morte do pai, ela sistematicamente afasta Jaime, os poderosos Tyrell e até mesmo o Banco de Ferro de Bravos. Sua decisão de reconstruir a frota naval, para evitar a dependência do poder marítimo de Jardim de Cima, parece estratégica, mas é motivada primariamente pelos ciúmes que tem de Margaery. E sua decisão (nos livros) de fazer um acordo com a Fé – para quem a Coroa também deve uma vasta quantidade de dinheiro –, para ter o débito cancelado em troca de um acordo que permita que os crentes possam novamente se armar, será o catalisador para o desastre. Genna, tia de Cersei, observa para Jaime:

Cersei também pôs um bastardo qualquer no conselho, e uma panela na Guarda Real. Tem a Fé armando-se e os bravosianos exigindo o pagamento de empréstimos por todo Westeros. Nada disso estaria acontecendo se tivesse tido o simples bom senso de fazer de seu tio Mão do Rei. (*FC*, 431)

Genna está certa. Nos livros, a batalha de Cersei com Margaery culmina com a acusação extraordinariamente injusta de que a esposa de seu filho cometeu adultério. O Bardo Azul é torturado até admitir sua própria ligação e a de outros com ela. Nisso, a situação de Margaery se parece com a da rainha Ana Bolena, acusada de ter um relacionamento sexual com o músico Mark Smeaton. Smeaton deu evidências contra ela sob pressão e, provavelmente, sob tortura, implicando mais cinco homens, incluindo o irmão da própria Ana, George, como seus parceiros sexuais. Todos, exceto o poeta Sir Thomas Wyatt e Richard Page, foram executados no dia anterior à morte de Ana. O Alto Pardal oferece a Cersei a garantia do julgamento de Margaery; será conduzido por uma corte eclesiástica: "quem é verdadeiramente digno de julgar uma rainha, além dos Sete no Céu e dos devotos na terra?" (*FC*, 559). No programa de TV, são a orientação sexual de Loras e o perjúrio de Margaery em benefício do irmão que levam ambos até o âmbito do poder judicial da Fé. Mas o alcance da Fé não para aí. "O que descobriremos quando arrancarmos suas vestes?", o Alto Pardal pergunta para Cersei. "Um jovem veio até nós [...] e ele tem muito a dizer sobre você" (5.7). E, como o testemunho de Lancel revela, Cersei é pelo menos duas vezes mais culpada do que Margaery, vulnerável às acusações de perjúrio e traição (com relação à morte de Robert), assim como de fornicação.

A prisão de Cersei revela para ela o quanto o aparato de terror, antes prerrogativa da Coroa, agora se tornou instrumento da Fé. Para sair das masmorras sob o Grande Septo, ela é obrigada a confessar sua culpa a respeito de uma das acusações: o adultério com Lancel. O Alto Pardal decreta que ela deve fazer a "caminhada de expiação", andar nua pelas ruas de Porto Real, do Grande Septo até a Fortaleza Vermelha, com a multidão lhe arremessando imundícies e insultos, acompanhada por uma septã que toca um sino e entoa: "Vergonha! Vergonha!" (5.10). Os longos cabelos dourados de Cersei são cortados, e ela não tem proteção dos olhares e zombarias do povo. O escândalo de tal nudez pública forçada, particularmente sofrido por uma mulher, normalmente seria impensável na prática religiosa medieval; a visão do corpo feminino era considerada altamente condutora de tentações sexuais. Há certa evidência, no entanto, que amantes adúlteros, se realmente pegos no ato pelo juiz local e dois membros do conselho, podiam ser perseguidos pelas ruas, amarrados juntos em estado de nudez. Essa condição legal prevaleceu na província de Agen, no sul da França, embora, como acontece com várias outras disposições nas leis medievais, é muito difícil saber com que frequência era empregada ou se sequer chegou a ser. O juiz certamente teria que ter informações locais muito boas.

O paralelo mais próximo na história inglesa com a situação de Cersei é o que aconteceu com Elizabeth Shore (também conhecida como Jane), uma amante de Eduardo IV. Depois da morte dele, em 1483, o rei Ricardo III a obrigou a cumprir uma penitência pública. A acusação, supostamente, era sua promiscuidade, mas no tumulto dos últimos estágios da Guerra das Rosas parece ser muito mais provável que Ricardo tivesse um motivo político: desde a morte de Eduardo, Jane se associara com o Marquês de Dorset, que se rebelara contra Ricardo. Jane foi obrigada a caminhar de Paul's Cross até a prisão em Ludgate em um domingo. Ela estava vestida apenas com suas roupas de baixo e levava uma vela acesa, chamando muita atenção. Ninguém menos do que Sir Thomas More, escrevendo cinquenta anos mais tar-

23. Griselda tira suas roupas ricas e retorna para a casa do pai.

de, enquanto Jane ainda estava viva – de acordo com o próprio –, descrevia sua provação: "na qual ela seguiu com o semblante e passo modestos, tão feminina, e embora estivesse sem outra vestimenta além da vela: mesmo assim, ela seguiu tão justa e adorável [...] que sua maior vergonha se tornou seu maior elogio".[6]

Em um conto medieval bem conhecido, recontado pelos italianos Petrarca e Boccaccio, e também por Chaucer, a inocente Griselda, nascida em uma família de camponeses, é testada pelo marido sádico para ver que tipo de maus tratos a fariam protestar. Por fim, depois que falha em quebrar a vontade dela, ele propõe enviá-la para a casa do pai, despida de todas as roupas que ele lhe dera. Na versão de Chaucer da história ("O conto do Pároco"), Griselda pede para usar pelo menos seu avental, a fim de cobrir o útero que deu à luz os filhos do marido: "Não me deixe sair daqui como um verme", ela implora.

O cruel Walter lhe dá permissão. A caminhada de Griselda é recebida com simpatia pela população, que chora por ela e amaldiçoa seu azar; a própria Griselda segue com os olhos secos e em silêncio. Tanto Griselda quanto Jane Shore passaram por situações menos graves do que Cersei; parece difícil imaginar como ela poderá viver com a terrível vergonha associada à exibição pública de seu corpo nu.[7]

Cersei realmente dividiu sua cama com Lancel e, assim, tornou-se vulnerável às acusações de falta de castidade; mas conseguiu impedir a admissão de seu vínculo incestuoso com Jaime. Que a rainha seja tão rebaixada a ponto de ser acusada de fornicação, enquanto é viúva, ostensivamente uma acusação ao seu corpo, indica a mudança de costumes que o Pardal conseguiu implantar (leia mais adiante sobre os Pardais). Mulheres com poder – abusem dele, como Cersei, ou não – são sempre vulneráveis a ataques através de sua sexualidade; homens, ao contrário, podem se comportar como desejarem. A prole ilegítima de Robert se espalhava por Porto Real antes que Joffrey massacrasse todos eles. Tanto Cersei quanto Margaery enfrentam julgamentos. "Seu julgamento separará as verdades das mentiras", o Alto Pardal adverte (5.10). Cersei opta pelo julgamento por combate, Margaery por um tribunal eclesiástico. Como os casos serão resolvidos ainda veremos, mas aquele imenso novo recruta da Guarda Real, que Qyburn permite que leve Cersei até seus aposentos depois da caminhada da expiação, parece ser um substituto mais do que adequado para o Montanha como campeão da rainha.

Guerras no sul

Nossa jornada para o sul, partindo de Winterfell, nos leva por um país devastado pela Guerra dos Cinco Reis. A região das Terras Fluviais, onde estão as terras férteis dos Sete Reinos, foi arrasada pelo fogo e pela espada de grupos itinerantes de soldados. Porto Real escapou de danos mais sérios causados pelo ataque de Stannis, embora o porto tenha ficado cheio dos destroços da frota Baratheon. Harrenhal, o castelo mais poderoso de todos os Sete Reinos, ainda está em ruínas pelo ataque aéreo de dragão, que ocorreu há trezentos anos. A guerra traz sofrimentos tanto para os grandes quanto para o povo simples, mas o povo tem pouca participação e, em geral, pouco interesse em seus resultados. Em nível local, não importa muito se são os homens Lannister ou Sor Gregor Clegane fingindo ser um Tully quem queima a casa e a plantação de alguém, estupra sua esposa e assassina seus filhos. "Me conforta pensar que, mesmo nos dias mais sombrios da guerra, em muitos lugares do mundo não está acontecendo absolutamente nada", diz Peixe Negro para Catelyn (3.3), mas não é assim para o gentil fazendeiro que recebe Arya e o Cão de Caça e que é roubado e espancado, ou para as muitas outras vítimas da guerra.

A falta de unidade política nos Sete Reinos significa que não há um exército padrão. "Por que cada senhor comanda seus próprios homens? É primitivo", Joffrey reclama (1.3). O Norte adere a um sistema militar muito parecido com o da Inglaterra anglo-saxã: o senhor tem um grupo de companheiros de batalha próximos, chamado *heorthgeneatas*, ou "companheiros do coração", em inglês antigo. Também tem subordinados que estão empenhados em ajudá-lo, os vassalos, que trazem homens para lutar ao seu lado. O laço entre o senhor e os vassalos depende da lealdade e do juramento feito, não de pagamento. Como a milícia anglo-saxã, a *fyrd*, esses homens não são necessariamente combatentes treinados ou especialmente bem armados, mas é provável que tenham machados, escudos e espadas curtas. Talisa fala sobre uma baixa na pobre infantaria de Robb, como sendo "o filho de um pescador – provavelmente nunca segurou uma lança antes de três meses atrás" (2.4). Os últimos reis do período medieval também contavam com a convocação de senhores para travar uma guerra por eles, e seus homens eram melhor treinados do que esses infelizes camponeses. Os mais ricos na Inglaterra do fim do período medieval mantinham e pagavam seus próprios soldados, que usavam seu brasão distintivo. Esses homens, treinados para matar, na verdade constituíam pequenos exércitos; garantiam a ordem e a lei pelas terras do senhor, mas também podiam garantir a violência contra seus inimigos. Os Lannister têm seu próprio sistema de manutenção: milhares de homens Lannister, aparentemente prontos para fazer a vontade do senhor. "Agora temos tantos exércitos quanto homens com ouro nos bolsos", Robert reclama (1.5). Jaime é capaz de reunir trinta mil homens em uma resposta imediata ao avanço de Robb nas Terras Fluviais. Isso não representa toda a força Lannister, pois Tywin tem um número igual consigo. Robb consegue reunir dezoito, vinte mil homens, embora dois mil sejam sacrificados em sua tentativa para atrair as forças de Jaime na Batalha de Cruzaboi, na qual Jaime é capturado. Tais exércitos de prontidão são caros para se manter; o ouro de Rochedo Casterly não é suficiente a longo prazo para sustentar os contingentes que os Lannister precisam em sua luta por poder.

Até a Guerra dos Cinco Reis começar, catalisada pela decisão petulante de Joffrey de executar Ned Stark, o reino parecia em relativa segurança. As várias ameaças perto da Muralha são em grande parte desconsideradas pelos sulistas, e presume-se que a subfinanciada Patrulha da Noite, com seus "garotos indisciplinados e velhos cansados" (1.3), manterá o povo livre sob controle. O Mar Estreito, como o Canal da Mancha, mantém outros inimigos a distância. As dificuldades logísticas de colocar uma horda montada em uma frota de navios são provavelmente intransponíveis, apesar de Khal Drogo se vangloriar do contrário. Inimigos vindos do mar devem ser temidos; embora não haja nascidos do ferro suficientes para fazer mais do que pilhar a costa e tomar o Fosso Cailin, os homens das Terras da Tempestade sob o comando de Stannis – com o apoio de Salladhor Saan – têm uma frota muito mais formidável. Seus navios, construídos como as galés mediterrâneas medievais, com remos embaixo do convés e velas em cima, podem levar um grande número de homens e são razoavelmente manobráveis. São equipados com aríetes navais de proa, e é o uso deles contra os barcos de Porto Real que estão ancorados que se prova catastrófico na Batalha da Água Negra.

Davos sente que algo está errado quando não há sinal de defesa naval, mas a suspeita de seu instinto de antigo contrabandista é deixada de lado por seu filho, Matthos: simplesmente o ataque noturno de Stannis pegou as forças de Joffrey de surpresa. Mas Davos percebe, assim como nós, que Varys já sabe o que Matthos comeu no desjejum e que algo mais deve estar acontecendo. No programa de TV, o grande número de barris de fogovivo escondido dentro da frota das Terras da Coroa constitui a arma secreta de Tyrion, como Davos percebe, horrorizado: "Um relâmpago verde chamou sua atenção, em frente e para bombordo, e um ninho de serpentes esmeralda que se contorciam subiu, ardendo e silvando, da popa do *Rainha Alysanne*" (*FR*, 535). As longas tomadas da batalha em "Água Negra" (2.9), com as chamas verdejantes de fogovivo que encontram as chamas amarelas comuns, lançadas pelos arqueiros de Porto Real, lembram a visão do inferno de Hieronymus Bosch.

O plano de defesa dos livros depende primariamente do fogovivo, mas também das correntes de ferro submersas que Tyrion instalou na entrada do porto. Uma vez erguidas, os barcos da frota Baratheon não conseguem recuar e são forçados a continuar sendo corroídos pelo inferno verde furioso até serem completamente consumidos. Os homens sob comando direto de Stannis, já atracados do outro lado do rio, não podem cruzar em força até Porto Real; que seus navios tenham ficado fora do porto, em segurança, explica como Stannis consegue escapar.

Fogovivo, aquele segredo mortal da Guilda dos Alquimistas, é uma versão do fogo grego, uma substância extremamente eficiente desenvolvida por volta do ano de 672 pelos químicos de Constantinopla, um equivalente da Guilda dos Alquimistas, que foi imediatamente usada com grande efeito contra as frotas muçulmanas que já tinham tomado o controle da Síria, da Palestina e do Egito. O fogo grego continuou a ser desenvolvido por todo o século XIII; cruzados europeus no Oriente Médio relatavam sua eficácia. Quais eram os ingredientes que formavam a substância ainda permanecem

24. Fogo grego sendo usado em batalha naval.

um mistério. A receita era cuidadosamente guardada em segredo e, uma vez perdida, nunca foi recuperada.

Pesquisadores modernos sugerem que era baseada em petróleo (havia muitos poços de óleo cru perto do Mar Negro), misturado com resina para aderência, e que sua mortalidade era aumentada ao ser lançado com catapultas ou com um tipo de lançador de granada de barcos especialmente adaptados. Foi o precursor do napalm, a mistura de ácidos à base de petróleo, com um agente gelificante para garantir a viscosidade essencial, que foi amplamente utilizado na Guerra do Vietnã. O cronista francês do século XIII, Jean de Joinville, descreve de maneira memorável a experiência terrível de encarar o fogo grego durante um ataque a um acampamento cruzado na foz do Nilo, em 1249:

> Esse fogo grego era tal que visto de frente enquanto era lançado na nossa direção parecia tão grande quanto um barril de agraço, e o rastro de fogo que deixava para trás era tão comprido quanto a haste de uma lança. O barulho que fazia na vinda era como o de um trovão caindo do céu; parecia um dragão voando pelo ar. A luz dessa imensa massa flamejante espalhada por todos os lados era tão brilhante que era possível ver o acampamento como se fosse dia.[8]

O estratagema de Tyrion com a corrente, que (nos livros) é erguida depois que a frota de Stannis entra na Baía da Água Negra, prendendo os navios uma vez que eles acertam os barcos carregados de fogovivo e pegam fogo, pode ser adaptado da famosa corrente que os bizantinos implantaram para fechar o Chifre de Ouro diante de ataque naval inimigo. Feita de imensas argolas de madeira entrelaçadas, a corrente podia ser arrastada por barcos de um lado ao outro do Chifre de Ouro. O ousado rei viking da Noruega, Harald Hardrada, que encontrou seu fim na Batalha de Stamforf Bridge, em 1066, descobriu um jeito de contornar a corrente. No início de sua carreira, por volta de 1042, ele se encontrava preso em Constantinopla. Escapou da prisão e sequestrou a bela Maria, uma jovem parente da imperatriz Zoë; então Harald e seus escandinavos, a famosa guarda varegue, tomaram dois dracares no Chifre de Ouro e navegaram até a corrente colocada na entrada. O plano de Harald teve sucesso parcial. Enquanto os remadores avançavam a toda velocidade, os outros membros da tripulação correram com todos os equipamentos para a parte de trás do navio, inclinando a proa no ar, para que o dracar tivesse ímpeto suficiente para passar por sobre a corrente. Ao comando de Harald, os remadores pararam de remar e a tripulação correu para a frente, inclinando o navio sobre a corrente e em mar aberto. E assim o engenhoso viking saiu navegando pelo Mar Negro, libertando a jovem Maria para ser levada de volta à corte bizantina. O segundo dracar não teve tanta sorte; o barco afundou e muitos homens foram perdidos.[9] Se ao menos Davos tivesse conseguido pensar em uma manobra dessas!

Cavalaria

A cavalaria é parte integrante das culturas ao sul dos Sete Reinos, embora, como vimos no último capítulo, o Norte também é uma sociedade fortemente militarizada. Em Westeros, assim como na Europa medieval, o principal papel social dos homens da aristocracia é lutar: para defender a honra, para defender suas terras ou para lutar pelo rei contra inimigos externos. Ou para sair ao ataque: para saquear as terras dos rivais ou – como aconteceu mais de uma vez na história de Westeros – para invadir e conquistar outro território. O requisito fundamental de que os nobres usem armas e saibam como manejá-las levanta questões recorrentes e importantes. Com quem a nobreza vai lutar quando suas terras não estão sob amaça de invasão? Como prevenir que ocorram pequenas e infinitas guerras civis? A resposta para a segunda pergunta é que a manutenção da paz interna depende muito da autoridade do rei. Seja qual for a falha de caráter de Robert Baratheon, ele e seu Pequeno Conselho conseguiram manter os Sete Reinos em paz depois que assumiu o trono. Na Inglaterra medieval, os inimigos da aristocracia podiam – como na Guerra dos Cem Anos – se concentrar nas campanhas anuais contra a França. A quantidade de território que mudava de mãos em qualquer um dos anos não era em geral muito impressionante, mas fortunas podiam ser feitas ou perdidas por meio da captura – e depois resgate – de inimigos importantes. Geoffrey Chaucer, o poeta do século XIV, foi capturado ainda muito jovem durante a campanha francesa de 1360. Ele foi rapidamente resgatado pelo rei Eduardo III, pela soma de dezesseis libras. Mais dramático, o rei Jean II da França foi capturado pelos ingleses depois da Batalha de Poitiers, em 1356. Ele foi levado para a Inglaterra, onde permaneceu até 1360; seu filho Louis então o substituiu como refém, enquanto Jean voltou para a França para tentar arranjar o pagamento de um resgate imenso. Mas quando Louis escapou e fugiu de Londres, Jean sentiu a obrigação de retornar para a Inglaterra no lugar do filho, e ali morreu doente pouco tempo depois.

Ser um refém não era tão ruim para quem tinha um nascimento elevado. Como Theon, criado igual às crianças Stark, o refém bem-nascido podia esperar ser tratado como outro nobre. Jean não ficou acorrentado em uma masmorra sombria; uma vez que deu sua palavra de honra de não fugir, ele viveu no palácio recém-construído de John de Gaunt, em Savoy. As contas domésticas de Jean mostram gastos com cavalos, cães, falcões, um conjunto de sofás, um relógio (uma tecnologia nova na época) e vários instrumentos musicais; sua presença acrescentava estilo e extravagância à corte já esplêndida de Eduardo III. Nenhum monarca medieval teria tratado Jaime como Catelyn e Robb Stark fizeram, engaiolando-o em público no meio do acampamento; pelos padrões da época, tratar bem um prisioneiro nobre, mas recusar resgate por ele, já era um comportamento bem reprovável.

Enquanto Inglaterra e França estavam empenhadas em destruir as propriedades territoriais uma da outra, uma paz relativa – sem considerar, como sempre, as depredações dos escoceses – era obtida em território inglês. Uma vez que a Guerra dos Cem Anos acabou, no entanto, o século XV testemunhou guerras civis recorrentes: a Guerra das Rosas, discutida na Introdução. Sem um inimigo comum para uni-los, os ricos começaram a disputar entre si. A realização perene de guerras estrangeiras não era uma política pragmática ou acessível para os monarcas europeus, e os intervalos de paz eram importantes para aprimorar as habilidades de combate e divertir a nobreza. A cavalaria como instituição cultural, associada com combatentes nobres a cavalo, desenvolveu-se do século XII em diante por uma série de razões. Dentre elas, não menos importante foi a necessidade percebida pelo clero, cujos membros trabalhavam como secretários, tutores e capelães para a aristocracia, de treinar a violência e suscetibilidade à honra e prestígio desses homens, e introduzi-los na cortesia (a virtude máxima da corte), nas boas maneiras, no pensamento lógico e no tratamento respeitoso com as mulheres. Comportamentos cristãos como defender os fracos, lutar contra a maldade, ter consideração com as mulheres, dizer a verdade e oferecer uma luta justa a um oponente foram incorporados aos romances escritos pelos clérigos e consumidos – tanto lidos quanto ouvidos – em grandes quantidades pelas castas de cavaleiros. E assim, ao longo de três séculos, os guerreiros bárbaros dos primeiros épicos também se tornaram cavaleiros e começaram a se comportar mais como os heróis dos romances – Lancelot, Tristão e o próprio Artur – cujas proezas os entretinham à noite.

Em Westeros, a cavalaria é, em parte, um marcador de distinção social e educação – o Cão de Caça sempre grunhe quando alguém o chama de *sor* –, e, em parte, um conjunto de comportamentos. A identidade do cavaleiro distingue aqueles que pertencem às Casas importantes dos meros camponeses. Um cavaleiro deve ter um cavalo e uma espada, no mínimo, e a maioria dos cavaleiros é afiliada a um senhor em particular. Cavaleiros andantes não têm senhores; com frequência são muito pobres e costumam vagar pelo país, dormindo sob sebes, ganhando a vida lutando em torneios (e talvez junto com um pouco de banditismo), com poucas pretensões de status. Como Dom Quixote, eles tentam fazer o melhor possível em face da pobreza. A maioria dos cavaleiros, no entanto, é afiliada a uma Casa e usa seu brasão. Eles têm um forte senso de honra, e afirmam tratar as mulheres com galanteria. É esse mundo romântico, de cavaleiros e senhoras, de amor verdadeiro e feitos heroicos, como nas antigas canções sobre Jonquil e seu cavaleiro, o Bobo Florian, que enfeitiça Sansa e a faz acreditar estar apaixonada por Joffrey. Uma visão mais crítica e pragmática da cavalaria é oferecida com dureza pelo Cão de Caça:

> Um cavaleiro é uma espada com um cavalo. O resto, os votos e os óleos sagrados e os favores das senhoras, são fitas de seda atadas em volta da espada. A espada talvez seja mais bonita com fitas penduradas nela, mas mata igualmente bem sem elas. Bem, que se fodam as suas fitas, e que enfiem as suas espadas no cu (*TE*, 357).

A cavalaria medieval tem uma dimensão religiosa. Mesmo aqueles cavaleiros que não eram explicitamente membros de ordens militares religiosas (como os Cavaleiros Templários, discutidos no capítulo anterior) mantinham vigília na igreja na noite anterior à sua sagração; ao velar o corpo de Tywin, Jaime se lembra como ficara ajoelhado toda a noite, com os joelhos sangrando, diante do altar do Guerreiro. Quando o amanhecer chegou, Sor Barristan Selmy tocou em seu ombro com a espada, fazendo-o sangrar, mas também convertendo o garoto em um cavaleiro.

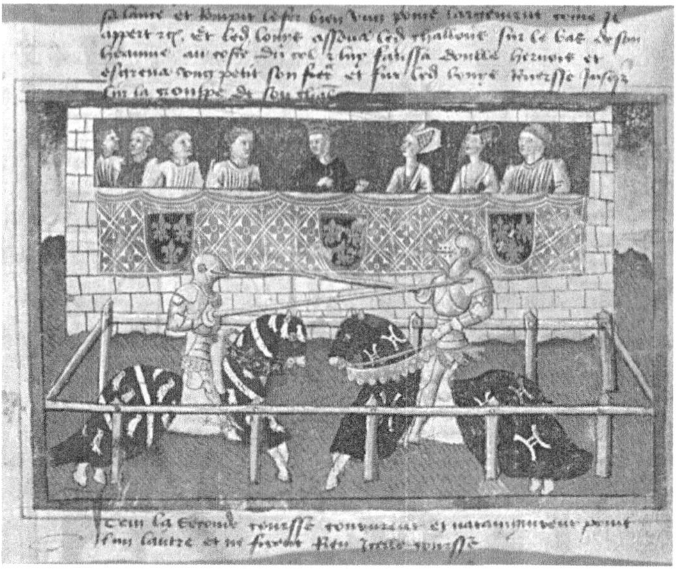

25. Justa entre dois cavaleiros, assistida por nobres e senhoras.

Enquanto a paz reina, os cavaleiros dos Sete Reinos mantêm suas habilidades afiadas competindo em torneios. As justas – dois cavaleiros com lanças, correndo um contra o outro, a cavalo, cada um tentando derrubar o adversário da montaria –; o combate corpo a corpo a pé, usando espadas e escudos; e o *mêlée*, uma briga generalizada envolvendo um grande número de cavaleiros, eram todas atividades que forneciam treinamento útil no manejo dos cavalos, no combate individual e nas manobras em grupo. Os torneios no mundo real podiam ser terrivelmente perigosos; apesar dos esforços de tornar o costume civilizado, usando armaduras estofadas de torneio e armas cegas, e tendo juízes para garantir que as regras não fossem quebradas, havia muitas baixas. E, é claro, nos dias anteriores aos antibióticos, até um pequeno ferimento podia infeccionar e gangrenar. Despejar vinho fervente – o método do Cão de Caça para auto desinfecção – no ferimento podia fazer certo efeito, mas não era confiável. Durante a primeira metade do século XIII, muitos dos maiores nomes entre a nobreza inglesa – o Conde de Essex, o Conde da Holanda, seu filho, que herdou seu título, e seu segundo irmão – morreram de ferimentos causados em torneios. Em 1279, o irmão do rei da França teve ferimentos tão terríveis em seu primeiro torneiro que ficou incapacitado pelo resto de seus dias.

Em 1241, na Alemanha, oitenta cavaleiros morreram em torneio singular – aparentemente, muitos deles pela insolação causada pela armadura pesada.[10] Claramente havia mais aspectos perigosos em um torneio do que ter que enfrentar o Montanha.

No entanto, os torneios tinham sua utilidade; eles não eram organizados só para manter a nobreza em forma para a batalha e ocupada. Uma boa participação em um torneio podia fazer fortuna para o cavaleiro, chamar a atenção do rei e garantir sua preferência. Quando uma guerra se assomava, um rei esperto podia ir até um grande torneio e recrutar o máximo possível de combatentes promissores. Em Westeros, os torneios cumpriam funções similares. "Elas dão ao grande a chance de glória e aos pequenos um respiro em suas angústias" (1.4), Varys explica quando Ned Stark o desafia sobre a perda de tempo que era organizar um torneio para celebrar sua nomeação como Mão. O valor de entretenimento do Torneio da Mão é alto; em um dos momentos memoráveis, a égua de Loras Tyrell está no cio e distrai o garanhão do Montanha para que ele perca a justa. O *mêlée* é vencido por Thoros de Myr, cuja espada flamejante lhe dá uma considerável vantagem contra os oponentes montados a cavalo. O espetáculo do torneio resume o glamour e a glória da cultura da cavalaria medieval:

> O esplendor de tudo aquilo tirou o fôlego de Sansa; as armaduras brilhantes, os grandes cavalos ornados com prata e ouro, os gritos da multidão, os estandartes esvoaçando ao vento... e os próprios cavaleiros, acima de tudo os cavaleiros.
>
> – É melhor do que nas canções – ela sussurrou. (*GT*, 210)

Há uma história considerável de torneios no passado westerosi. Sor Arthur Dayne (a Espada da Manhã, melhor amigo de Rhaegar Targaryen) tinha uma lista extraordinária de feitos: vencedor do torneio que celebrou o nascimento de Viserys e vice-campeão para Rhaegar nos torneios em Ponta Tempestade e Harrenhal. Foi em Harrenhal que Rhaegar escolheu Lyanna Stark como "rainha do amor e da beleza", em detrimento de sua própria esposa, Elia Martell: uma escolha que levou ao sequestro de Lyanna, noiva de Robert Baratheon, por Rhaegar, e, no fim, à Rebelião de Robert. Jaime coloca Sor Arthur como o epítome do cavaleiro para os membros inferiores da Guarda Real, depois que retorna a Porto Real: "Aprendi com Sor Arthur

Dayne, a Espada da Manhã, que conseguiria matar vocês cinco com a mão esquerda enquanto mijava com a direita" (*TE*, 690).

O romance medieval dá origem ao costume dos cavaleiros lutando ostensivamente por suas damas; no romance do fim do século XII de Chrétien de Troyes, *Erec et Enide*, Erec conhece Enide, a filha de um cavaleiro pobre, quando está procurando um cavaleiro cujo anão insultou a rainha ao golpear sua donzela (já tratado anteriormente). Ele descobre que o Torneio Anual do Gavião-da-Europa será no dia seguinte; em geral o cavaleiro descortês Yder vence e apresenta o prêmio à sua senhora. Erec jura participar do torneio, lutando em nome da adorável Enide, pois ele vê através do vestido esfarrapado dela a beleza que está escondida embaixo. Desafiando Yder, que presume que ninguém será corajoso o bastante para contestar sua afirmação de que sua senhora é a mais adorável entre as presentes, Erec o derrota em uma luta justa, causando-lhe um ferimento bem grave na cabeça. Uma vez que Yder se rende, Erec o despacha para Camelot, para se desculpar pela descortesia de seu anão. Enquanto isso, o gavião-da-europa é presenteado para Enide, e Erec pede a mão da moça em casamento para o pai dela. "Naquele dia, ela ganhou muita honra, alegria e dignidade. Seu coração estava cheio de felicidade pela ave e por seu senhor: sua alegria não podia ser maior". Erec é o filho de um rei, e ele rapidamente faz os preparativos para instalar seus sogros em suas próprias terras, garantindo a ambos fortalezas seguras e uma grande quantidade de ouro e prata com as quais eles poderão se manter. Enide será levada em seus velhos trajes para a corte de Artur, onde Guinevere verá pessoalmente seu novo guarda-roupa. E todos ficam felizes – exceto a donzela de Yder, que chora pela perda do gavião-da-Europa e do status preeminente.[11]

O fato de que a beleza e nobreza femininas efetivamente atuam como pretexto para luta entre os homens, em disputas formais que pretendem regular sua posição na hierarquia da honra, aponta para uma importante função da mulher nas sociedades medievais. Sem sua presença nos torneios, os costumes da cavalaria, a irmandade entre os combatentes, em especial as importantes relações de afeto e lealdade que ocorrem entre eles, poderiam parecer perigosamente centradas nos homens, resvalando até mesmo em um sentido erótico masculino. A mulher, por contraste, garante a heterossexualidade do cavaleiro: é a ela quem ele ama, por ela que ele luta. A preocupação da cavalaria com os homens – com seus corpos, sua vulnerabilidade, sua rivalidade por status – é obscurecida pela retórica do amor romântico e pela afirmação de que a competição entre os cavaleiros existe apenas porque eles estão prestando serviços para suas senhoras exigentes.

Pois, como Sansa logo descobre, os cavaleiros de Porto Real não são muito sinceros quando afirmam que as damas devam ser apreciadas. No programa de TV, Sor Meryn Trant obedece às ordens de Joffrey para espancar Sansa em mais de uma ocasião: quando ela é obrigada a ver a cabeça do pai e novamente após a vitória de Robb na Batalha de Cruzaboi. O comportamento chocante e nada cavalheiresco de Trant atrai as críticas de Tyrion: "Que tipo de cavaleiro espanca uma garota indefesa?" "O tipo que serve ao seu rei, Duende!", replica Sor Meryn (2.4). Durante a Batalha da Água Negra, é provável que Cersei tema que os soldados rasos de Stannis estuprem as mulheres se a cidade cair, mas ela tampouco espera que os cavaleiros de Stannis ofereçam qualquer tipo de proteção a elas. A cavalaria em relação às mulheres é honrada mais na infração do que na observância – os melhores personagens reclamam da falta de cavalheirismo quando a veem, mas os que são criticados raramente se envergonham. Pelo menos em público, alguns cavaleiros, é claro, aderem aos princípios da cavalaria. Jaime não mata Ned na luta entre eles do lado de fora do bordel de Mindinho porque "não seria limpo" (1.5) e fica furioso com o soldado Lannister que mutila Ned no meio da luta com o Regicida. E é Jaime também que, inquieto sobre o que Vargo Hoat/Roose Bolton e seus homens podem fazer com Brienne em Harrenhal, decide voltar e resgatá-la do fosso do urso.

Contrastando com o ideal da cavalaria estão os mercenários. Embora sejam desprezados, esses homens podem fazer uma diferença estratégica enorme, tanto individual quanto em massa. Certamente Tyrion deve sua vida ao mercenário itinerante Bronn, não só por ser seu campeão no julgamento por combate diante de Lysa Arryn, mas também pela proteção em outras ocasiões. Em geral, os mercenários atuam por conta própria em Westeros; em Essos, ao contrário, eles se unem em companhias mercenárias, conseguindo um padrão de vida razoável. Falaremos mais sobre eles no próximo capítulo, mas aqui é suficiente observar que o problema com os mercenários é que a lealdade deles está à venda. Tyrion aposta que sua reputação fará Bronn arriscar sua vida para defendê-lo no Ninho da Águia, e as táticas sem restrições de Bronn funcionam bem quando o azarado Vardis Egen despenca pelo Portão da Lua. "Você não luta com honra!", Lysa Arryn se espanta.

"Não... ele sim", Bronn ironiza (1.6). O dito popular "Um Lannister sempre paga suas dívidas" é suficiente para manter Bronn ao lado de Tyrion, e ele até acaba gostando de seu senhor. Mas quando Tyrion pede a Bronn para lutar de novo em um julgamento por combate ocasionado pela morte de Joffrey, Bronn declina. O suborno de Cersei, elevando Bronn a lorde ao casá-lo com a mentalmente incapaz Lollys Stokeworth, a suposta herdeira do Castelo Stokeworth, tem o efeito desejado.

Ouro e economia em Westeros

A economia dos Sete Reinos está em um estado lastimável. Como Mestre da Moeda do Rei, Petyr Baelish faz o melhor possível para disfarçar o estado das coisas, fingindo despreocupação quando Ned chega em Porto Real e participa da primeira reunião do Pequeno Conselho. "O Mestre da Moeda encontra o dinheiro, o Rei – e a Mão – gastam" (1.3), ele brinca quando Ned protesta pelo custo do torneio organizado para celebrar sua nomeação. Na verdade, como Tyrion descobre quando se torna Mestre da Moeda, Mindinho esteve emprestando dos Lannister, aumentando a dependência do reino em relação a Lorde Tywin. Em uma dolorosa conversa com o pai, Tyrion tenta conter os gastos extravagantes do casamento de Joffrey. "Sim, os rendimentos são consideráveis, mas quase não chegam para cobrir a usura dos empréstimos de Mindinho. Quer perdoar a dívida da coroa para com a Casa Lannister?" "Não diga idiotices." "Então talvez sete pratos fossem suficientes" (*TE*, 334). Embora "por todo o ouro sob Rochedo Casterly" seja uma expressão proverbial westerosi, as minas que garantem a fortuna dos Lannister estão ficando sem ouro. Anos de guerras trouxeram a ruína para algumas das partes mais férteis dos Sete Reinos, e o povo está sentindo o aperto. E o inverno está chegando.

Uma questão constante a respeito das finanças da política westerosi é como Petyr Baelish, com seu negócio próspero de bordéis, recebeu tal responsabilidade financeira. A resposta está no passado: Mindinho encarna o tipo de homem em ascensão que tiraria vantagens de novas oportunidades para mobilidade social. A esse respeito (se não em muitos outros) ele nos faz lembrar de Geoffrey Chaucer. O pai e o avô de Chaucer eram comerciantes de vinho em Londres, e sua mãe, ao se casar, tinha vinte e quatro lojas na cidade. A família de burgueses com boas conexões conseguiu colocar o filho Geoffrey com pajem na propriedade da Condessa de Ulster, casada com o segundo filho mais velho do rei. Assim suas conexões reais começaram; logo ele estava viajando pela Europa com seus mestres nobres, indo até a Itália e a Espanha a serviço do rei e se casando com uma das damas de companhia da rainha. Chaucer foi nomeado Controlador ou Mestre das Alfândegas no Porto de Londres, servindo neste posto por doze anos. Em 1389, foi nomeado Funcionário dos Ofícios do Rei, viajando para longe para supervisionar os programas de construção do reino. O jovem burguês terminou sua carreira em importantes cargos reais, ainda que não os maiores (esses eram reservados para a nobreza). Mas o filho de Chaucer, Thomas, serviu como copeiro-mor da Inglaterra por quase trinta anos, como Alto Xerife, Cavaleiro do Condado de Oxfordshire e cinco vezes Presidente da Câmara dos Comuns. E a filha de Thomas, Alice, casou-se com William de la Pole, primeiro Duque de Suffolk. Na época, Alice foi a mulher mais rica da Inglaterra depois da rainha, e seu filho se casou com Elizabeth, irmã de Eduardo IV e Ricardo III; nós a conhecemos no Capítulo 1, custodiando Margarida de Anjou. O túmulo maravilhosamente rico de Alice, com sua efígie em cima e seu cadáver decomposto embaixo, pode ser visto na igreja de St. Mary em Ewelme, Oxfordshire, em um dos complexos de edifícios do século XV mais bem preservados no país. Passar de viticultora a duquesa em duas gerações é um testamento impressionante da mobilidade social aberta na Inglaterra dos séculos XIV e XV, por conta dos efeitos da Peste Negra, da expansão dos serviços públicos do rei e de uma mudança na dinastia no trono.

Mindinho não é Chaucer (até onde sabemos, pelo menos – não o vemos escrever poesia em seus momentos particulares). Mesmo assim, de uma origem relativamente humilde nos Dedos, um pedaço de terra deprimente e pobre ao norte do Vale, de uma Casa que não conseguia nem mesmo ter um meistre, ele se saiu extraordinariamente bem. Como os Chaucer, a fortuna de Mindinho cresce com a inquietação social:

> O caos não é um poço. O caos é uma escada. Muitos que tentam subir falham e nunca mais tentam de novo. A queda acaba com eles. E alguns ganham a chance de subir; eles se prendem ao reino, ou aos deuses ou ao amor. Só a escada é real. A subida é tudo o que existe (3.6).

Essa conversa entre Varys e Mindinho no episódio intitulado "A escalada" se contrapõe os esforços desesperados dos selvagens, liderados por Jarl e pelo Magnar de Thenn, para escalar a Muralha. A vida de Baelish tem sido muito menos dramática do que isso, mas ele subiu muito mais alto do que os duzentos metros da Muralha. Acolhido em Correrrio, com os mais poderosos e de melhor nascimento, os Tully, Petyr explora a obsessão romântica de Lysa Arryn por ele. Jon Arryn o fez Mestre da Alfândega em Vila Gaivota, o principal porto no Vale, onde sua perspicácia aumentou a renda do Vale em dez vezes. Isso deu início à sua ascensão social; por meio da proteção de Lysa e Jon Arryn, ele foi chamado a Porto Real, presumivelmente começando o negócio dos bordéis que administra com eficiência não sentimental, e foi promovido a Mestre da Moeda. Varys o analisa com astúcia: "Ele veria esse país pegar fogo se pudesse ser o rei das cinzas" (3.4). Uma vez que foi nomeado Lorde de Harrenhal (por mais vazio que o título seja), na esteira da Batalha da Água Negra, Mindinho fica feliz em ceder seu posto para Tyrion, rebaixado do posto de Mão, e colocar seus novos projetos em ação. Ele considera Sansa – tanto por ser herdeira de Winterfell quanto por ser a imagem de sua amada mãe – como chave para suas ambições maiores; pois seu papel como Senhor Protetor do Vale não pode ser o limite para suas conquistas. Sabemos, por causa da famosa cena da "posição sexual", na primeira temporada, que Mindinho quer tudo:

Baelish: "Sabe o que aprendi perdendo aquele duelo? Aprendi que nunca vou vencer. Não daquele jeito. Aquele é o jogo deles, as regras deles. Não vou lutar com eles: vou fodê-los. Isso é o que sei, o que sou, e só admitindo isso que podemos conseguir o que queremos."
Ros: "E o que você quer?"
Baelish: "Ah, tudo, minha querida. Quero tudo." (1.7)

A abdicação tempestiva de Petyr Baelish do posto de Mestre da Moeda salva-o da associação direta com o estado desastroso das finanças do reino, revelado quando Tyrion assume a contabilidade: "O ouro de Mindinho é feito de ar, do estalar de seus dedos", o anão percebe (3.3); não há substância por trás da opulência da corte. A Coroa tinha uma dívida de seis milhões de dragões quando Ned assumiu como Mão; metade dessa soma era devida aos Lannister. O custo da guerra só intensificou o problema; Tyrion teve pouco tempo para melhorar a posição do reino, em particular para evitar os setenta e sete pratos ridiculamente extravagantes do banquete de casamento de Joffrey, antes de ser acusado da morte do sobrinho.

A Coroa também tem um débito pesado com o Banco de Ferro de Bravos (ver Capítulo 4). O único recurso de Cersei, que encara a falência quando o ouro Lannister mingua, é se recusar a pagar os empréstimos feitos com o Banco de Ferro, e assim ela empurra a instituição bravosiana para o lado dos rebeldes. No programa de TV, com a ajuda de Davos, Stannis consegue recompor suas forças após o desastre na Baía da Água Negra com um empréstimo do Banco; o argumento de que o atual regime dos Sete Reinos é um risco, em especial com a morte de Tywin, ganha o dia. Enquanto Jon e Stannis entram em negociação com o Banco de Ferro, Cersei espera que outros bancos, em Myr e Pentos, possam estar dispostos a aumentar o crédito para o governo de Tommen; as consequências das dívidas da Coroa com a Fé são discutidas abaixo.

As finanças da dinastia Baratheon não são diferentes daquelas da Inglaterra do fim da Idade Média. A Coroa estava em busca constante de meios de aumentar sua renda via impostos de vários tipos, a fim de financiar a guerra com a França nos séculos XIV e início do XV. A economia sofreu um golpe imenso com a Peste Negra; a redução populacional - entre um terço e metade - prejudicou a produtividade, aumentou os salários exigidos pelos sobreviventes e contribuiu para a suspensão de vários tipos de cobranças de trabalhos forçados. Na verdade, se um senhor quisesse que sua plantação fosse colhida, ele agora tinha que pagar alguém para fazer isso. Tentar levantar dinheiro pela taxação direta, tal como o imposto pago por cabeça que levou à Revolta Camponesa em 1381, provou ser altamente impopular e difícil de coletar. Taxas indiretas, tais como os impostos cobrados por Chaucer no Porto de Londres, tornaram-se cruciais para sustentar a economia. Além disso, a aristocracia era rica em terras, mas pobre em dinheiro: suas propriedades com frequência eram vinculadas, o que significava que não podiam ser simplesmente vendidas. Advogados especializados em partilha eram contratados para encontrar meios de resolver esse entrave, para que o dinheiro para equipar as expedições para lutar na França (pois o rei não podia se dar ao luxo de bancar os exércitos), para resgatar prisioneiros ou para gastar na quantidade crescente de artigos de luxo à venda nos mercados de Londres e de outras cidades, pudesse ser gerado a partir da terra.

Outras partes de Westeros evoluíram além do padrão principal de pilhagem/tributos/presentes em ouro/escravidão que parece ainda existir entre os dothraki (ver Capítulo 5); a escravidão é considerada um crime hediondo para os westerosi, e causa o exílio de Jorah Mormont. E, na maioria das vezes, os problemas da Coroa com o suprimento de dinheiro têm pouco efeito no restante dos reinos. Estes dependem de uma economia de agricultura de subsistência, fazendo uso de moedas de baixo valor como unidades de troca em transações comerciais. Contudo, com a chegada do inverno e a restrição de suprimentos alimentares, a dependência da capital dos recursos da Campina, a parte mais fértil e de clima mais temperado dos Sete Reinos, provavelmente vai inclinar ainda mais a balança do poder a favor dos Tyrell de Jardim de Cima, a capital da Campina. Pois nem ricos nem pobres podem comer o ouro sob o Rochedo Casterly, e os preços crescentes dos alimentos na capital assinalam inquietações urbanas ainda maiores e problemas políticos para Cersei e seu Pequeno Conselho.

A Fé nos Sete

A adoração dos Sete é a religião dominante no sul de Westeros, embora venha sendo ameaçada pelo culto ao Deus Vermelho, R'hllor, a quem encontraremos no Capítulo 4. Os Sete correspondem a importantes arquétipos do pensamento medieval: o Pai, a Mãe, a Donzela, a Velha, o Guerreiro, o Ferreiro e o Estranho. São três figuras masculinas e três femininas; o Estranho não tem gênero e, em geral, não é venerado. As três figuras femininas se cruzam claramente com a adoração moderna à deusa, e muito provavelmente com crenças mediterrâneas e do Oriente Próximo sobre divindades femininas honradas antes da adoção do cristianismo. O Pai ocupa a posição na hierarquia divina em geral mantida pelos deuses (o Pai de Todos, como Odin é chamado, ou Júpiter, cujo nome é derivado de "Zeus-Pater", Zeus, o pai). O Guerreiro, talvez como Thor ou Marte, é honrado explicitamente por Jaime; o Ferreiro é patrono dos artesãos, enquanto o Estranho é aquele que é temido. Sete é um número auspicioso no pensamento cristão – não tanto quanto o Três da Trindade –, mas as sete virtudes, os sete pecados capitais e os sete dons do Espírito Santo, entre outros, confirmam sua religiosidade.

De certa forma, a Fé nos Sete é muito parecida com o catolicismo medieval. Seus sacerdotes (septões e septãs) juram celibato e cultuam dentro de construções parecidas com igrejas, ou até mesmo em um edifício com a grandiosidade de uma catedral, que é o Grande Septo de Baelor em Porto Real. Orações são oferecidas e hinos cantados dentro dos septos, e as pessoas com frequência juram pelos "deuses antigos e pelos novos", ou exclamam "Pelo amor dos deuses!". Mesmo assim, a Fé parece ter pouco impacto nas vidas cotidianas, além de casamentos, funerais e, é claro, coroações. O septo se torna muito popular também na manhã da Batalha da Água Negra, quando Sansa entra em um que fica na Fortaleza Vermelha:

> Sansa nunca tinha visto o septo tão cheio de gente, nem tão brilhantemente iluminado; grandes feixes de luz do sol com as cores do arco-íris derramavam-se através dos cristais nas altas janelas [...]. O ar encontrava-se quente e pesado, cheirando a incenso e suor, beijado pelos cristais e brilhante das velas. (*FR*, 524)

Sansa canta os hinos e reza com o povo no septo, mas quando o septão faz a congregação rezar por Joffrey, invocando o Ferreiro, o Guerreiro e o Pai, ela chega no limite e sai do edifício.

Há pouco sentido de ensinamento ético promulgado pela Fé, e as pessoas são propensas (como Catelyn e Sam) a dizer que rezar para os Sete não gera resultados: "Os Sete nunca responderam minhas preces. Talvez os deuses antigos respondam", Sam comenta, escolhendo fazer seus votos no bosque sagrado (1.7). Embora Ned lembre Catelyn que "é sua religião que é cheia de regras", é muito difícil distinguir entre os diferentes costumes produzidos por classe, gênero ou etnia daqueles derivados dos ensinamentos religiosos da Fé. Septões e septãs em geral não têm muito respeito: as garotas Stark prestam pouca atenção na Septã Mordane, e a maioria dos outros septões que encontramos em terras do sul são ineficientes, socialmente conservadores, tímidos ou bêbados e criminosos. O pedófilo Septão Utt, enforcado por seus crimes pela Irmandade Sem Estandarte, o bando de proscritos liderado por Thoros de Myr e Beric Dondarrion, é simplesmente o pior de um grupo bastante inexpressivo de homens e mulheres. Uma exceção notável é o Septão Meribald, com quem Brienne se encontra em *O Festim dos Corvos*. Mesmo assim, até Meribald caminha descalço para expiar a luxúria de sua juventude. Nisso, a Fé se parece com a Igreja do fim da Idade Média, como vista pelos olhos de satíricos como Chaucer. Em "Prólogo geral" de *Contos da Cantuária*, Chaucer nos apresenta um monge gordo, que gosta muito de caçar e festejar; um frade que é frequentador de tavernas e sedutor contumaz de mulheres; uma prioresa que imita as maneiras das grandes damas e se preocupa mais com seus cãezinhos do que com a fome; e o Vendedor de Indulgências e o Jurista, dois tipos diferentes de oficiais eclesiásticos que são venais, ignorantes, hipócritas e corruptos de modos distintos.[12] A Fé tem sido excluída deliberadamente dos processos políticos do reino; não há lugar para o Alto Septão no Pequeno Conselho, nenhuma oração comunal dentro do palácio, nem comparecimento regular da nobreza ou das classes de cavaleiros ao equivalente de missas. São as mulheres e os velhos que lotam o septo antes da Batalha da Água Negra para implorar proteção das deidades, não os guerreiros.

Por que (pelo menos até o grande renascimento da religião popular na esteira da Guerra dos Cinco Reis) a Fé é tão ineficaz? Suspeito que seja porque a Fé não é associada com aprendizado, com as tecnologias vitais da escrita e da leitura. A preservação do conhecimento e o ensinamento das futuras gerações são responsabilidades dos meistres, que podem professar qualquer fé que quiserem e são expressamente apolíticos; assim, a Fé perdeu espaço na política dos reinos. Isso não aconteceu por acaso; uma lei promulgada na época de Maegor proibiu os septões de portarem armas, dissolvendo a Fé Militante, as ordens militares religiosas que lutavam contra as inovações legais de Maegor. "Até Aegon hesitou um pouco no que dizia respeito à Fé [...]. Foi seu filho, Maegor, que tirou seu poder, mas mesmo então a Fé voltou por meio de reis como Baelor, o Abençoado", comentou Martin.[13]

A luta entre a Fé e a Coroa, renovada pela capitulação de Cersei às exigências dos Pardais de que a Fé Militante pudesse usar armas novamente, ecoa um dos conflitos políticos mais significativos do início do período medieval. Em jogo estava o estabelecimento dos direitos relativos da Igreja e do rei. Na Inglaterra, as questões incluíam tanto quem tinha o direito de fazer nomeações clericais quanto, crucialmente, o relacionamento dos tribunais eclesiásticos e civis entre si. Poderia a Igreja arrastar pessoas comuns para tribunais eclesiásticos e julgá-las por seus pecados – uma fonte útil de recursos? Poderia a Igreja insistir que sacerdotes fossem julgados por assassinato em seus próprios tribunais, não considerados sujeitos às mesmas leis dos homens e mulheres comuns - uma prática conhecida como "reivindicar benefício de clérigo" e amplamente mal utilizada? Deveriam sacerdotes serem capazes de apelar para a Cúria papal em vez de aceitar as decisões dos tribunais ingleses? Tais debates foram centrais para o distanciamento entre Henrique II e Thomas Becket; uma luta que terminou com o assassinato do arcebispo em 1170 e a excomunhão do rei - pelo menos temporariamente.

"O Papa! Mas quantas divisões militares ele tem?", contam que Stalin disse em 1935. Felizmente para ele, talvez, o Papa não tinha exército que pudesse convocar contra os inimigos da cristandade. A Igreja medieval tinha a possibilidade de excomungar monarcas errantes e colocar sob interdito países cujos reis desagradassem ao papado; isso significava que nenhum sacramento poderia ser realizado - nenhum batismo, absolvição ou rituais de extrema unção -, e era um jeito efetivo de colocar o recalcitrante em seu lugar. Mas em um reino onde a aristocracia parece não dar a mínima para a Fé, não é de surpreender que o respeito pela santidade dos septos e a segurança pessoal de septões e septãs tenha desaparecido durante os estragos da guerra. Também não é de surpreender que o povo simples se levante para defender sua religião, e para pedir o rearmamento da Fé se a segurança de suas construções e de seus clérigos não pode ser garantida de outra maneira. Brienne encontra os primeiros sinais do renascimento da piedade popular quando cavalga até Lagoa da Donzela, em busca de Sansa: um grupo que está viajando com os ossos de septões e septãs assassinados até Porto Real, a fim de buscar justiça.

> "Estes são os ossos de homens santos, assassinados por sua fé. Serviram os Sete até a morte. Alguns morreram de fome, outros foram torturados. Septos foram pilhados, donzelas e mães foram violadas por homens ímpios e adoradores de demônios" [...]. O septão pôs um dos tirantes da carroça no ombro e começou a puxar. Os irmãos mendicantes recomeçaram o cântico. [*FC*, 61-62]

Os Pardais (talvez uma referência a Lucas, 12:6: "Não se vendem cinco pardais por duas moedinhas? Contudo, nenhum deles é esquecido por Deus") estão em ascensão. O septão descalço que Brienne encontra neste grupo explica: "O pardal é a mais humilde e a mais comum das aves, assim como nós somos os mais humildes e os mais comuns dos homens" (*FC*, 61). Os Pardais se reuniram a fim de proteger a religião (por meio da violência) e exigem justiça e respeito para a Fé. Depois, eles se transformarão na Ordem dos Pobres Companheiros, uma ordem militar renascida, e nos Irmãos Mendicantes, uma versão das ordens medicantes da alta Idade Média. Como a ordem medicante dos franciscanos, com os quais partilham as túnicas marrons, eles rejeitam o materialismo, preferindo vagar de um lugar a outro, mendigando por almas e, presumivelmente, pregando para aqueles que encontram no caminho. Ordenado por Cersei, o assassinato do Alto Septão, indicado por Tyrion para substituir o prelado morto durante o Motim de Porto Real, resulta na indicação de um Pardal como novo Alto Septão. E, como vimos, não demora muito para que a nova ordem instigue a repressão moral e use as práticas da inquisição: isolamento, ameaças, tortura e confissão pública. "Com frequência a crença é a morte da razão", Qyburn observa para Cersei (5.8); quem define o que é razão – pelo que Qyburn e Cersei estão se referindo à *realpolitik* – tornou-se prerrogativa dos fanáticos.

E talvez a revolução esteja no ar. O Alto Pardal diz a Olenna Tyrell, "vocês são a minoria; nós somos a maioria – e quando a maioria para de temer a minoria..." (5.7). Ele deixa a ameaça no ar, mas não demora muito para constatarmos, de fato, que os Pardais não têm muita consideração pela posição social. Como Tyrion observa, seco, quando ouve falar dos acontecimentos em Porto Real: "Me dê sacerdotes gordos, corruptos e cínicos [...], o tipo que gosta de se sentar em almofadas de cetim macias, mordiscando frutas cristalizadas e enganando garotinhos. São os que acreditam em deus que causam problema" (*DD*, 249).

A Campina

Com movimentos populares tão perigosos tomando conta da população simples, é hora de sairmos de Porto Real. Até a nobreza percebeu que as doações de caridade e a piedade ostentosa são o novo estilo aristocrático. Cavalgaremos para oeste, até a Campina, o jardim dos Sete Reinos, famosa pelos seus vinhedos e pelo vinho que produz, em particular o vinho dourado e doce que vem da Árvore, uma ilha na costa da Campina. Mace Tyrell se gaba para Tycho Nestoris, emissário do Banco de Ferro de Bravos, que "os produtores dizem que esse pode ser o melhor ano para uvas tintas em meio século" (5.9); embora Mace prometa enviar um barril dessa safra de outono, o ascético e escrupuloso Tycho responde: "Temo não poder aceitar". A Campina é a terra de colinas ondulantes e vinhedos em socalcos; o imenso rio Vago cruza a região, garantindo água para os campos férteis e nutrindo as frutas pelas quais a região é renomada. A Campina é governada pelos Tyrell, cujo símbolo é uma rosa, pois as flores crescem em abundância na região. As pessoas da Campina são talentosas e nobres praticantes da cavalaria, estilo de vida que se originou ali. Sor Arys Oakheart descreve o homem da Campina: corajoso, galante, suscetível ao charme das mulheres e instintivamente desconfiado dos dorneses, povo entre o qual ele se encontra. Pois há uma rivalidade ancestral entre a Campina, o lar original da Fé nos Sete em Westeros, e a terra de Dorne: Sor Arys se lembra das tapeçarias em seu lar ancestral que retratavam "Lorde Edgerran, o Mãos-Abertas, sentado em esplendor com as cabeças de uma centena de dorneses empilhadas em volta dos seus pés. As Três Folhas, no Passo do Príncipe, perfuradas por lanças dornesas. Alester soprando o berrante de guerra com seu último suspiro. Sor Olyvar, o Carvalho Verde, todo vestido de branco, morrendo ao lado do Jovem Dragão" (*FC*, 163). Essas são lendas muito antigas, contadas de maneira alusiva, mas a referência a Alester e Olyver lembra a história dos irmãos juramentados Rolando e Oliver, heróis que lutaram por Carlos Magno, tio de Rolando (e pai em algumas tradições). Os dois amigos pereceram no passo de Roncesvalles, nos Pirineus, em uma batalha ocorrida no ano de 778. Eles foram traídos por Ganelon e mortos por sarracenos que atacavam o reino dos Francos, vindos da Espanha moura (com uma cultura com fortes similaridades com Dorne). Rolando se recusou a tocar seu poderoso olifante, ou corneta de guerra, até o último instante, confiante que a retaguarda franca pudesse conter o inimigo, enquanto Oliver, mais sábio, protestava, instando-o a pedir ajuda. A *Canção de Rolando* é o poema mais antigo encontrado em francês, provavelmente datado de meados do século XI, e preserva maravilhosamente bem o heroísmo épico que ajudou a formar as novas tradições da cavalaria, uma instituição cultural que se originou na França.[14] Não é de admirar que essa lenda tenha sido incorporada à história da Campina, a terra que leva a prática da cavalaria mais a sério e de maneira mais entusiasmada do que os homens das Terras da Coroa, e muito mais a sério do que os ferozes guerreiros do Norte.

A Fé chegou primeiro à Campina, que foi a primeira região colonizada pelos ândalos. O Septo Estrelado em Vilavelha era o principal local de veneração antes que o Grande Septo de Baelor fosse erguido na nova capital de Porto Real. E é também em Vilavelha que os meistres são treinados na

Cidadela e enviados para todos os cantos dos Sete Reinos. Embora eles se especializem em distintos tipos de conhecimento, ganhando um elo de um tipo diferente de metal para sua corrente a cada qualificação, os meistres que servem em castelos e fortalezas do reino são em geral curandeiros, professores, facilitadores da comunicação (pois controlam os corvos) e conselheiros. O meistre deve ser um homem: como na Europa medieval, com frequência é uma opção para os filhos mais jovens das famílias nobres que não terão herança dos pais, e eles renunciam aos seus nomes de família quando são designados para um castelo. Os meistres são ideologicamente contrários à prática da magia, embora seu estudo seja possível; um elo de aço valiriano é dado para aqueles que dominam o material.

Vilavelha é uma graciosa cidade antiga; não há bairros miseráveis como a Baixada das Pulgas entre suas mansões de pedra e sedes imponentes das guildas. É "um verdadeiro labirinto, cheia de ruelas, vielas entrecruzadas e ruas estreitas e tortuosas" (*FC*, 12). Como outras cidades universitárias, há pontos de encontros estudantis, onde os meistres em treinamento desabafam, e onde o jovem noviço Pate espera para conhecer o alquimista para quem entrega a chave de ferro roubada do Arquimeistre. Para mim, Vilavelha parece a Oxford medieval, exceto que também é um porto importante; navios vêm de todos os Sete Reinos, das Cidades Livres e das Ilhas do Verão, trazendo conhecimento assim como mercadorias. É um lugar de aprendizagem e escrita: o Lar do Escriba é "onde o povo de Vilavelha vinha procurar acólitos para lhes escrever os testamentos ou ler as cartas. Meia dúzia de escribas entediados estavam sentados em barracas abertas à espera de algum freguês. Em algumas delas havia livros sendo vendidos e comprados" (*FC*, 580).

Dorne

Tywin: "Não somos os Sete Reinos até que Dorne volte a estar do nosso lado." (4.3)

Da Campina, precisamos atravessar o Passo do Príncipe, com sua história trágica, e descer até Dorne, aquela terra de desertos, montanhosa e extremamente quente, onde água fresca é escassa. O calor do extremo sul é combatido com uma arquitetura sólida, pátios azulejados e frescos e jardins de águas formalmente dispostos com fontes. Os dorneses são etnicamente distintos dos outros westerosi. Com cabelos escuros, pele cor de oliva, sangue quente e apaixonados, eles são um povo elegante e extravagante:

> Os senhores usavam vestes de seda e cetim, com cintos cravejados de joias e mangas soltas. Suas armaduras eram fortemente esmaltadas e possuíam relevos de cobre polido, prata cintilante e suave ouro vermelho. Vinham montados em cavalos vermelhos e dourados e alguns brancos como a neve, todos eles esguios e ligeiros, com pescoço longo e cabeça estreita e bela (*TE*, 396).

Eles mantêm alguns dos costumes do povo roinar que migrou para Dorne vindo do poderoso rio Roine, em Essos: tolerância em relação à homossexualidade e à liberdade sexual das mulheres, e direitos iguais de herança para as mulheres, são marcas que os diferenciam do povo mais patriarcal de Westeros. Por isso "Dorne é diferente", como Arys Oakheart pensa consigo mesmo (*FC*, 164). Sob as leis dornesas, Myrcella poderia herdar o Trono de Ferro antes de Tommen; as ramificações políticas dessa possibilidade são a preocupação das Serpentes de Areia, filhas do príncipe Oberyn, que buscam vingança pela morte do pai. Suas tentativas de persuadir o tio, Doran Martell, governante de Dorne, a buscar retaliação encontra paralelo no progresso empreendido pelas mulheres nas sagas islandesas. Nessas histórias, mães, irmãs e viúvas assumem o compromisso de incentivar seus homens a se vingarem de parentes mortos, mostrando as roupas manchadas de sangue das vítimas ou lamentando-se para os filhos, até que eles resolvam entrar em ação.

Dessa forma, Tyene tenta convencer o tio a se vingar:

> Tyene desdobrou a peça que estivera bordando. Mostrava o pai, o Príncipe Oberyn, sorridente, montado num corcel de areia envergando uma armadura vermelha.
> – Quando terminar, é seu, para ajudá-lo a se lembrar de meu pai.
> – Não é provável que me esqueça dele.
> – É bom saber. Muitos têm tido dúvidas. (*FC*, 42-43)

Enquanto Doran pondera sobre o plano de Tyene – de declarar Myrcella a rainha legítima –, ela o pressiona: "Alguns pensam que é porque você está com medo". Muitos homens islandeses teriam entrado em ação imediatamente ao ver sua honra colocada em dúvida por uma mulher. Doran sofre de gota – "Não é de estranhar que não possa ficar em pé. Você não tem espinha dorsal", ironiza Ellaria Sand (5.9) –, mas também é inteligente o bastante para não sucumbir à retórica das Serpentes de Areia. Dorne está retendo sua força por enquanto, pois os levantes em Porto Real representam uma oportunidade considerável para os dorneses recuperarem parte de sua independência.

Pedra do Dragão

A última parada antes de deixar Westeros para trás: Pedra do Dragão, de onde não é tão longe cruzar o Mar Estreito. Essa ilha na entrada da Baía da Água Negra é a sede original dos Targaryen em Westeros; construída de medonhas pedras negras, com as torres esculpidas por pedreiros valirianos no formato de dragões, é um lugar sombrio e desagradável, um "rochedo esquecido por deus", nas palavras de Stannis (*TE*, 380). Stannis se ressente do fato de Robert ter lhe dado essa fortaleza rochosa erma em vez de Ponta Tempestade, o castelo tradicional do herdeiro do Trono de Ferro, concedido a Renly. Falaremos mais sobre o papel de Pedra do Dragão como centro do culto a R'hllor em Westeros no próximo capítulo. Por enquanto, vamos nos concentrar no fato de que sua princesa, Shireen, é uma das poucas sobreviventes conhecidas de escamagris. Ela pegou essa horrível doença contagiosa quando criança, infectada por uma boneca levada à ilha por um comerciante dornês. Ninguém sabia que suas mercadorias estavam contaminadas por escamagris, como Stannis lembra: "Todos me aconselharam a mandar você para as ruínas de Valíria, para viver sua curta vida com os Homens de Pedra" (5.4). Mas Stannis vasculhou o mundo em busca de meistres que pudessem oferecer uma cura, e Shireen foi salva, embora tenha ficado desfigurada. Escamagris é endêmico além da Muralha, e as crianças em geral morrem da doença. Foi no norte da Europa, predominantemente na Noruega, Islândia e partes da Inglaterra onde a lepra, o paralelo do escamagris no mundo real, perdurou até o século XIX.

Os Homens de Pedra são párias; o escamagris fez com que suas peles calcificassem tanto que eles literalmente parecem feitos de pedra. Eles perdem todas as sensações nos membros e, quando atinge o cérebro, o escamagris desencadeia uma loucura assassina. Tradicionalmente, os Homens de Pedra são exilados em Essos: para os Sofrimentos, no rio Roine, nos livros, para Valíria no programa de TV, e é lá que Tyrion os encontra. O simples toque de um homem de pedra pode infectar a vítima com a doença, e Tyrion, ao contrário de seu companheiro, tem a sorte de escapar ileso. Assim como os Homens de Pedra são exilados da civilização, os leprosos medievais eram afastados da sociedade por medo tanto da infecção quanto da vida de pecados que acreditava-se ter causado a doença. Hospitais de leprosos eram estabelecidos de modo que os doentes pudessem ser mantidos longe da comunidade; o historiador do início do século XIII, Matthew Paris, estimava que havia dezenove mil leprosários em toda a Europa, embora seja difícil saber de onde ele tirou esse número. A literatura medieval retrata os leprosos vagando pelo campo, mendigando para sobreviver, tocando um sino ou carregando um badalo para avisar as pessoas para deixarem donativos ou comida para eles e se retirarem.

Em uma versão do século XII do romance francês *Tristão*, aquele de Béroul, a infiel rainha Yseut é ameaçada de ser entregue a uma comunidade de leprosos. Ela se tornará o brinquedo sexual deles como punição por sua infidelidade, pois achava-se que a lepra podia ser contraída em relações sexuais. Tristão se disfarça de leproso e resgata sua amada; seu disfarce aponta para uma contaminação moral por amar a esposa do tio.[15] Em um poema esco-

26. Um leproso com seu badalo e bastão de mendigo.

cês do século XV, de Robert Henryson, Créssida, a heroína de um poema anterior de Chaucer, *Troilo e Créssida*, contrai lepra como punição divina depois que amaldiçoou os deuses. Créssida é levada por um grupo gentil de leprosos que a ensina como viver com sua nova condição, e ela morre com um novo entendimento dos erros que cometeu.[16]

Balduíno IV, conhecido como o Rei Leproso, foi rei de Jerusalém no século XII. Seu tutor, Guilherme de Tiro, descobriu que ele tinha lepra quando o viu entre um grupo de meninos, brincando de enterrar as unhas nos braços uns dos outros; Balduíno não sentia dor alguma. O completo desenvolvimento da doença só se tornou aparente alguns anos mais tarde, na puberdade; Balduíno não tinha uma expectativa de vida muito longa, mas, de fato, seu reinado durou onze anos, e ele morreu aos vinte e quatro. Sua mão e seu braço direitos foram muito afetados pela doença, então dizem que ele teve que aprender, como Jaime, a lutar com a mão esquerda. O Senhor da Mortalha, nos livros o líder dos Homens de Pedra, pode ter sido inspirado em Balduíno. O Senhor da Mortalha é parcialmente um nome das len-

27. Brincadeira de meninos, de bater um no outro, permite que Guilherme de Tiro descubra a lepra de Balduíno.

das, pois viveu muito mais do que parece ser possível com a doença; como Tyrion suspeita, pode muito bem ser um título ostentado por uma sucessão de vítimas do escamagris.

Nos livros, há uma versão altamente virulenta, de ação rápida, conhecida como a praga cinzenta, que se comporta como a Peste Negra. O paralelo é confirmado por um episódio da história de Vilavelha, ocorrido ainda na juventude do Grande Meistre Pycelle. A praga cinzenta chegou à cidade e três quartos da população morreram. Lorde Quenton Hightower ordenou que a cidade fosse colocada em quarentena; todos os barcos no porto foram queimados e ninguém tinha permissão para entrar ou sair da cidade. A Campina foi salva do surto que poderia ter evoluído para uma epidemia, mas Lorde Quenton foi assassinado pelos sobreviventes. Assim também a pequena aldeia de Eyam, em Derbyshire, conteve um surto de peste bubônica em 1665, acidentalmente importado (como a boneca de Shireen) em um rolo de tecido enviado de Londres. O padre anglicano de Eyam cuidou do surto que se seguiu, isolando a aldeia por catorze meses, enquanto a doença continuava seu curso. "Pedras da peste" eram colocadas para marcar os limites que não deviam ser cruzados, e as pessoas de fora deixavam comida e outros produtos vitais na "pedra fria" em troca de moedas mergulhadas em vinagre para desinfetar.

Talvez seja injusto dizer adeus a Westeros de seu canto mais sombrio e menos amado; devemos pelo menos parar para apreciar a complexidade dos detalhes e a perícia dos artesãos que fizeram o castelo, e refletir sobre os sentimentos dos primeiros Targaryen que viveram ali, que tinham deixado para trás sua "cidade de mil anos", em resposta a uma profecia de condenação. Mas essa é uma história para o Capítulo 5. Daqui, viajaremos pelo Mar Estreito, até a dramática cidade de Bravos.

28. *Arya, estrela de Winterfell.*

CAPÍTULO 4

DO OUTRO LADO DO MAR ESTREITO

Tyrion: "Afinal de contas, há mais no mundo do que Westeros." (5.8)

BRAVOS

Chegou a hora de pegar o barco para cruzar o Mar Estreito, partindo de Pedra do Dragão, esperando que uma brisa forte nos leve rapidamente por essas águas difíceis, muitas vezes tempestuosas, que chegam a Essos. Nossa viagem ao longo da costa oriental do Mar Estreito começará com o porto mais setentrional do litoral. Assim como na sequência de abertura de "A Casa do Preto e Branco" (5.2), nosso navio nos leva - como Arya - por baixo das pernas do poderoso Titã de Bravos, enquanto navegamos até o porto dessa importante cidade mercantil. Bravos tem muitas afinidades com a Veneza do período medieval e do início da Idade Moderna, com suas redes de canais escuros e elegantes pontes em arco.

Palazzos decadentes, mercados movimentados, bordéis animados e tavernas encharcadas de vinho competem uns com os outros nessa cidadezinha lotada. As ruas estão apinhadas de senhoras de nascimento nobre com estranhos enfeites de cabeça, comerciantes correndo para fazer o próximo negócio, criados indo de um lado para o outro nos mercados de peixe e

29. Vista da Praça de São Marcos, Veneza, por Canaletto.

frutas e vendedores gritando suas ofertas. À noite, Bravos é um lugar mal iluminado e perigoso; espadachins exibidos em veludo e brocado vão de *piazza* em *piazza*, arrumando brigas em nome da honra e reputação, e as tavernas e casas de prazer entram em ação. Cortesãs, em barcas de prazer, deslizam pelos canais, e os atores de pantomima, em grupos itinerantes que fazem apresentações em teatros, tavernas ou em qualquer lugar que consigam espaço, garantem o entretenimento da cidade. Que Bravos tenha a exclamação "bravo!" – a exclamação típica dos espectadores de ópera – e "bravura" em seu nome resume bem o lugar: é confiante, perigosa e envolvente, tudo de uma só vez. Syrio Forel, o amado "mestre de dança" de Arya e antigo Primeira Espada de Bravos, era um típico bravosiano em sua confiança e brio. Pois Bravos, antes de mais nada, tem estilo: seus espadachins esgrimam com elegância e destreza, uma técnica conhecida como dança da água; as cortesãs, como as gueixas japonesas, são cultas, habilidosas em várias artes, refinadas em suas conversas e aparência, e bem informadas sobre a cidade, atraindo grupos de jovens como seus admiradores, mesmo aqueles sem esperança de poder se dar ao luxo de ter alguma intimidade com elas. Como no carnaval veneziano, o festival anual do Desvelamento, que celebra a decisão da cidade de revelar sua existência – lançar-se no Mundo Conhecido como uma grande potência comercial e bancária –, é composto por dez dias de folia e licença do trabalho. Os cidadãos tomam as ruas com máscaras, bebendo, flertando, dançando e lutando, tudo pela celebração de sua história memorável.

Pois Bravos foi fundada por escravos valirianos fugitivos e, por muito tempo, manteve sua existência em segredo. A escravidão não é tolerada na cidade, nem seus comerciantes lidam com tráfico humano (embora transportem quase todo o resto); a aliança de Bravos com Pentos é baseada na proibição da escravidão naquela cidade também, embora seja claro, pelo que vemos na casa de Illyrio Mopatis com seus guarda-costas Imaculados, que a cidade mais ao sul opera com uma política de "não pergunte, não fale" a esse respeito.

Como Veneza, Bravos tem seu arsenal, não tanto como depósito de armas, mas como estaleiro:

> uma protuberância de rocha que se projetava da água como um punho coberto de espigões, com ameias rochosas eriçadas de balistas, catapultas de fogo e trabucos.
>
> – O Arsenal de Bravos – disse Denyo, tão orgulhoso como se o tivesse construído. – Ali conseguem construir uma galé de guerra em um dia. (*FC*, 84)

A cidade é o ponto central dos transportes do Mar Estreito. Goiva e Sam trocam de navio para Vilavelha ali, e os prazeres do local atraem o irmão da Patrulha da Noite Dareon, afastando-o de seu juramento e de seu dever. Excelente cantor, Dareon prefere frequentar as prostitutas do bordel Porto Feliz e as tavernas, e está conseguindo conquistar um padrão de vida decente quando enfrenta Arya. Em um dos muitos disfarces que assume em seu treinamento na Casa do Preto e Branco, Arya está vendendo ostras em um carrinho de mão como "Gata dos Canais"; ela mata Dareon por sua deserção e joga seu corpo em um canal. Parece estranho que Arya ainda siga as leis de Westeros e se sinta autorizada a executar sua justiça em uma cidade fundada por escravos rebeldes, mas talvez seja sua lealdade residual a Jon Snow que a deixa zangada quando ela descobre um desertor da Patrulha.

Bravos é uma cidade orgulhosa, com uma história incomum. Governada por um Senhor do Mar, como o Doge veneziano, sua fortuna é baseada no comércio – a cidade tem a maior frota mercantil do Mundo Conhecido – e na atividade bancária. Não é uma força naval ou militar, preferindo o poder suave, econômico, em vez do poder duro exercido pelas civilizações perdidas de Ghis ou Valíria. Nisso Bravos diverge da República Veneziana; viajar pelo Mediterrâneo oriental revela que cada cidade significativa tem seu forte construído por venezianos, desde Creta até Chipre, de Dubrovnik (uma locação central para o programa de TV) até Negroponte (a moderna Cálcis na costa oriental grega). Galés venezianas percorriam o Helesponto até o Mar Negro, via Constantinopla. Túnis e Alexandria eram centros comerciais importantes para a obtenção de produtos africanos, trazidos pelo Nilo ou por caravanas de camelos que atravessavam o Saara; Tiro, Trípoli no Líbano e Antioquia eram seus portos no Oriente Próximo. Veneza não só controlava as rotas comerciais do leste mediterrâneo; a cidade também lucrava enviando forças militares até a Terra Sagrada nas sucessivas Cruzadas da Alta Idade Média. E quando o reino de Ultramar desmoronou e os cruzados foram expulsos da Palestina (como discutido no Capítulo 5), começou o lucrativo negócio de transporte de peregrinos. Margery Kempe de Lynn, a inglesa do século XV que conhecemos no Capítulo 1, nos conta um pouco sobre esperar alguns meses em Veneza antes de pegar o navio para Jerusalém, e passar o tempo com visitas regulares a um convento. Margery estava viajando com um grupo de outros peregrinos, com os quais tinha uma relação extraordinariamente turbulenta, pois ela se abstinha de comer carne e queria sempre falar sobre o evangelho nas refeições comunitárias. O resto do grupo considerava-se de férias e queria se divertir; embora tenham deixado Margery para trás de propósito em um ponto durante a jornada pela Europa Ocidental, os grupos de peregrinos convergiam em Veneza, então ela os alcançou.

Margery descreve como os peregrinos tinham que conseguir suas passagens em uma galé até a fronteira de Jerusalém, comprando roupas de cama para si mesmos e garantindo ter contêineres de vinho suficientes (não era um excesso tão grande quanto parece, já que a água era escassa e, em geral, não potável). Margery pretendia pegar o mesmo barco, mas então uma premonição divina a fez escolher outra embarcação. Por mais que os outros passageiros não gostassem dela, eles rapidamente pensaram bem sobre viajar em uma galé a respeito da qual o próprio Jesus tinha reservas e se transferiram para o barco dela, onde a incomodaram sem piedade por todo o caminho até a Terra Santa. Não temos espaço para descrever as aventuras de Margery em Jerusalém e no rio Jordão; é suficiente dizer que seus companheiros peregrinos continuaram a tratá-la mal enquanto os vários muçulmanos que encontrou eram a bondade em si. Deus ordenou que Margery

30. Cabeça de mulher em adereço do século XV em banco de igreja na King's Lynn Minster.

voltasse por Roma, então ela pegou um navio para Veneza novamente; dessa vez, a viagem foi claramente mais difícil, pois a maioria de seus companheiros estava muito doente e assustada. É uma pena que Margery não nos conte mais sobre Veneza – afinal, ela faz um relato bem vivo de sua estada em Roma e Jerusalém.[1] Como os venezianos, os bravosianos lucram indiretamente com sua proeminência no transporte marítimo. Mais importante do que o serviço de passageiros para o porto de Bravos é a indústria naval mercante. Isso deu origem a uma infraestrutura financeira muito moderna: corretores de seguro e facilidades de crédito e câmbio. Em outras palavras, o Banco de Ferro de Bravos.

O BANCO DE FERRO

Situada no extremo do Adriático, com sua poderosa marinha naval e mercante, Veneza era o lugar óbvio para a fundação do primeiro banco mercantil medieval em 1157. Embora os agiotas judeus, muitos deles fugidos da perseguição na Espanha e sem os entraves da proibição cristã da usura, já tivessem começado a oferecer crédito e serviços de seguro pelos portos mediterrâneos, eles frequentemente eram proibidos de comprarem propriedades em cidades cristãs. Em vez disso, levavam um banco até a *piazza* e negociavam sentados ali – e daí vem a palavra banco, existente na maioria dos idiomas europeus para esse tipo de instituição financeira. Do mesmo modo, o homem magro lida com seguros sentado em um banco perto da orla de Bravos; ao faltar a palavra com sua obrigação de pagar em caso de perda, ele conseguiu um contrato contra si com os Homens sem Rosto, embora a distração de Arya pela chegada de Sor Meryn Trant significa que ele vai viver para enganar seus clientes por mais um dia.

A imensa enxurrada de fundos para financiar as sucessivas Cruzadas e a necessidade de emprestar dinheiro para a expansão da república pelo Mediterrâneo oriental levaram ao estabelecimento do Banco de Veneza. Não é coincidência que, ao explorar o tema das finanças internacionais, Shakespeare chame sua peça de *O mercador de Veneza*, pois a trama reflete exatamente a engrenagem do sistema financeiro (em particular seguros de barcos e crédito para cargas futuras) que tornou a cidade tão rica e poderosa. Com o tempo, os italianos conseguiram achar justificativa para emprestar com juros, de modo a não contradizer os ensinamentos da Igreja sobre o assunto: os empréstimos poderiam não levar juros, mas um prêmio de seguro obrigatório seria exigido em caso de inadimplência. Ou, como argumentava-se, era errado cobrar juros de bens consumíveis – alimentos, grãos, combustíveis –, mas era permitido para não consumíveis, incluindo, é claro, o próprio dinheiro. O setor bancário cresceu em outras áreas da Itália, em particular na Lombardia. Banqueiros italianos de Florença e Lucca trabalhavam com a Coroa Inglesa, nos reinados de Eduardo I, II e III, para garantir, de fato, facilidades de conta corrente e saque a descoberto para financiar as guerras do reino em várias frentes: contra os escoceses, o País de Gales e, é claro, a França. Do mesmo jeito, o Banco de Ferro financia (e tira um belo lucro disso) as guerras em Westeros. Mace Tyrell lembra Tycho Nestoris que "alguns consideram a usura repugnante, desonrosa", e elogia o representante do Banco de Ferro por exaltar a disposição da instituição em negociar, ou melhor, apostar, pela promessa da recompensa. "Não somos apostadores no Banco de Ferro, Lorde Tyrell", Tycho responde com suavidade. Mas Mace replica, "Vocês são os melhores apostadores do mundo, e todas as apostas que ganharam construíram isso" (5.9). Com "isso", Mace gesticula na direção do imenso edifício do Banco de Ferro, mas, na verdade, ele quer dizer Bravos e sua fortuna.

31. *O cambista e sua mulher.*

Os *Contos da Cantuária* de Chaucer descrevem as transações financeiras entre mercadores em Londres, Paris e Bruges. O Mercador, resplandecente em um chapéu de castor flamengo, aborrece os outros peregrinos por sempre falar sobre seus ganhos: envolvido em negociações de câmbio nos Países Baixos para financiar seus negócios de importação-exportação, ele administra seus negócios tão bem que "não é certo [ninguém sabia] que tivesse dívidas". Isso, com a típica incerteza chauceriana, poderia querer dizer que ninguém sabia que o Mercador estava endividado porque ele não estava ou, mais provável, que o Mercador estivesse bem ciente do papel que a reputação desempenhava na manutenção de uma taxa de crédito positiva.[2] Operações de câmbio eram um jeito de contornar a proibição da usura; claramente, um mercador inglês precisaria de moedas dos Países Baixos (*scheeldes*) para o comércio de lã inglesa com Bruges, Antuérpia e Gante, e uma porcentagem podia ser retirada quando o câmbio fosse efetuado.

Em "O conto do marinheiro", o protagonista vai de St. Denis, perto de Paris, em uma viagem de negócios a Bruges, para comprar algumas mercadorias a crédito. Ele observa que, para os mercadores, "*ye knowe it well ynogh / Of chapmen, that hire moneie is hire plogh / we may creance whil we have a name*" (Como bem sabeis, para os mercadores, seu dinheiro é seu arado; podemos especular enquanto temos um [bom] nome). A viagem do mercador até Flandres vai bem, mas o custo das mercadorias é maior do que o esperado: ele dá uma nota promissória para um credor em Bruges e, na sequência, deve levantar francos suficientes para comprar a moeda estrangeira para resgatar sua promissória. A nota soma vinte mil *scheeldes*; ele quita a dívida, "paga em Paris / para certos banqueiros lombardos prontos na mão / com a soma em ouro e redimiu seu laço com eles". O mercador volta animado para casa, tendo calculado que terá algo em torno de mil francos de lucro, em parte pelas mercadorias, em parte pela taxa de câmbio mais favorável que conseguiu em Paris, em comparação com Flandres. Os lombardos atuam como agentes do mercador de Flandres, remetendo o pagamento para ele.[3] Chaucer, como Controlador das Alfândegas do Porto de Londres, era bem versado nas práticas dos mercadores nos negócios de importação-exportação, e fala sobre *creaunce* e *chevyssaunce* (oferecer ou usar crédito para obter lucro) com alguma experiência. O comércio de moeda estrangeira era certamente considerado, mesmo pela Igreja, como isento da proibição da usura, pois o comércio internacional era impossível sem alguma disposição desse tipo.

Os funcionários do Banco de Ferro de Bravos carecem do ímpeto dos venezianos; em vez disso, compartilham da austeridade canhestra dos homens do dinheiro dos Países Baixos. Bravos, devemos lembrar, está na mesma latitude do Ninho da Águia, e as brumas que se arrastam por seus canais de manhã são marcadamente frias em sua umidade: "Bravos era uma cidade feita para segredos, repleta de nevoeiros, máscaras e suspiros" (*FC*, 435). As roupas escuras e a falta de ostentação mostradas por Tycho Nestoris, o mais proeminente representante do banco, sugere retidão; ele nos faz lembrar os funcionários prudentes que vemos nas pinturas de Rembrandt, como em "Os síndicos da guilda dos fabricantes de tecido" (*De Staalmeesters*), de 1662, no Rijksmuseum, em Amsterdã. A prosperidade do Banco de Ferro baseia-se na estabilidade política da cidade. Bravos fica distante das várias guerras que irrompem de tempos em tempos entre as outras Cidades Livres, e já que tem poucos recursos naturais, nenhum de seus vizinhos se incomodou em atacá-la. A estabilidade é crucial para o sistema bancário: ninguém vai investir em um negócio que pode ser sequestrado ou saqueado com a mudança do clima político, e por isso o Banco de Ferro tem vantagem sobre os bancos das outras Cidades Livres. O Banco de Ferro é implacável em reivindicar o pagamento daqueles que lhe devem dinheiro: "O Banco de Ferro obterá o que lhe é devido" é quase proverbial. Quando Tyrion, recém-indicado Mestre da Moeda, por fim tem uma chance de examinar os livros de Lorde Baelish, ele fica horrorizado com o que descobre. "Ele está roubando?", Bronn pergunta. "Pior, ele está pegando emprestado. A Coroa deve milhões para meu pai", Tyrion explica. Mas: "Não é com meu pai que me preocupo, é com o Banco de Ferro de Bravos [...]. Se não conseguirmos pagar isso, o banco financiará nossos inimigos". Lorde Tywin também reconhece a influência da política oculta do Banco: "Não dá para fugir deles, não dá para trapacear com eles, não dá para enganá-los com desculpas. Se deve dinheiro e não quer ser feito em pedaços, você paga de volta" (3.3). E essa reputação, de fato, parece ser a base do sucesso do Banco de Ferro. Quando o Trono de Ferro falta com os seus pagamentos, o Banco decide apoiar a reivindicação de Stannis, sujeitando Stannis e Davos, sua Mão, a uma entrevista humilhante (4.7). Stannis não é um bom risco, Tycho Nestoris calcula, mas Davos convence o conselho que as forças Baratheon são a melhor chance que o Banco tem de recuperar os milhões que o Trono de Ferro deve, e o financiamento é garantido.

Nos livros, é o próprio Banco de Ferro que toma a iniciativa de decidir apoiar Stannis; Tycho Nestoris chega na Muralha em busca dele e é encaminhado por Jon Snow até a expedição de Stannis para retomar Winterfell. Nestoris tem um jeito bem tedioso de banqueiro: "O banqueiro apertou os dedos uns contra os outros. 'Não seria adequado para mim discutir o endividamento de Lorde Stannis, ou a falta dele'", mas continua assegurando que as dívidas de Robert "pertencem ao Trono de Ferro [...], e quem quer que se sente naquela cadeira deve pagá-las" (*DD*, 497). O Banco retalia a cessação dos pagamentos definida por Cersei; os empreendimentos westerosi estão com dificuldades para conseguir crédito, não só do Banco de Ferro, mas dos bancos das outras Cidades Livres também, agravando os problemas econômicos causados pelas guerras. A inadimplência foi motivada, como vimos no Capítulo 3, pela decisão de Cersei de concentrar esforços na reconstrução da marinha, para não ter que depender dos Tyrell para defesa marítima, agora que os navios do Trono de Ferro estavam apodrecendo no fundo da Baía da Água Negra. "*Precisamos de nosso próprio banco,* decidiu Cersei, *o Banco Dourado de Lanisporto.* Quando o trono de Tommen estivesse seguro, talvez pudesse fazer que isso acontecesse" (*FC*, 459). Dado que Cersei sabe que as minas de ouro das Terras do Oeste estão esgotadas e que os Lannister logo estarão sob pressão para pagar as próprias dívidas, essa ideia mostra o quão pouco ela entende de finanças. Pois, "Quando príncipes deixavam de pagar o Banco de Ferro, novos príncipes surgiam do nada e tomavam seus tronos" (*DD*, 497).

VALAR MORGHULIS

O outro negócio de interesse em Bravos é o estranho comércio feito pelos habitantes da Casa do Preto e Branco, a imensa construção sem janelas na qual Arya é admitida em sua chegada à cidade. A Casa é o templo do Deus da Morte, o Deus de Muitas Faces, onde as pessoas vão procurar eutanásia pelas mãos dos acólitos. Também é o quartel-general dos Homens Sem Rosto, uma guilda de assassinos. Conhecemos Jaqen H'ghar em Westeros, onde ele e Arya começam uma estanha amizade. Ao partir, ele lhe dá a moeda que garante a ela passagem para Bravos e sua admissão no treinamento da Casa; ele lhe ensina a frase em alto valiriano *valar morghulis* (todos os homens devem morrer). Jaqen H'ghar se mostrou capaz de matar sem ser detectado, mas também deixa claro que mata segundo seus próprios termos, e que faz isso totalmente desapaixonado. Quando Arya o conhece, ele tem o rosto e as maneiras de um homem de Lorath, o que parcialmente explica seu jeito idiossincrático de falar: "Um homem tem sede", "Uma garota pode ter três mortes", e assim por diante. Mas ele também muda de rosto quando precisa, um dom que é garantido pelas faces penduradas no depósito no nível mais profundo da Casa. Por que Jaqen H'ghar está atuando disfarçado em Westeros não está claro; será que seu encontro inicial com Arya, sendo levado das celas negras sob a Fortaleza Vermelha até a Muralha, foi pura coincidência, ou a intenção dele sempre foi recrutá-la? Nos livros, ele aparece posteriormente como infiltrado na Ordem dos Meistres, como o "alquimista", como uma motivação que ainda vai ser esclarecida.

Agora Arya está treinando para se tornar um Homem Sem Rosto, uma assassina como Jaqen H'ghar, e deve abnegar sua própria personalidade a fim de se tornar "Ninguém", a única identidade que um assassino pleno pode admitir. Isso é difícil para Arya, com sua individualidade forte e teimosa, e não está claro se ela será necessariamente aceita pela Guilda, embora esteja adquirindo algumas habilidades úteis em seu aprendizado com o Deus da Morte. O maior obstáculo para ela, talvez, seja o sistema filosofal arcano que sustenta as crenças dos Homens Sem Rosto, e as exigências deles por uma atuação desapaixonada. A Guilda é eficaz, mas extremamente cara para contratar, e já que não estão interessados em lucro, eles recusam encomendas ao seu capricho e impõem condições que demandam que o contratante reconsidere se realmente quer tirar a vida do inimigo, chegando talvez a uma reconsideração do custo.

O período medieval também teve sua sociedade secreta de assassinos: os Nizari Ismailis, uma seita islâmica formada no final do século XI na Pérsia e na Síria. Os Nizari se opunham à dinastia sunita seljúcida que dominou a Pérsia e conseguiram tomar vários fortes nas montanhas; isso deu origem ao apelido dado ao seu líder, Hassan-i Sabbah: "O Velho da Montanha". O quartel-general dos *fidai*, como os homens treinados em espionagem e assassinato eram chamados, era um desses fortes: Alamut, no que agora é o noroeste do Irã. Esses homens eram jovens, vigorosos, embora obviamente dispensáveis, e eram notáveis por não terem nenhum tipo de animosidade contra o cidadão comum, e, como os Homens sem Rosto, tentavam evitar baixas colaterais quando realizavam suas tarefas. A incumbência de se infiltrar na comitiva da vítima, falar os idiomas corretos e se misturar com os criados e conselheiros exigia habilidade e inteligência particulares. A eliminação seletiva de inimigos pelo assassinato, com frequência feita em locais públicos, causava medo nos inimigos dos Nizari e aumentava a influência política do grupo. As adagas eram as armas habituais, em geral mergulhadas em veneno, embora um punhal prendendo um bilhete em um travesseiro podia ser muito eficiente para colocar os inimigos de joelhos. A principal seita dos assassinos foi finalmente tirada do jogo quando os mongóis destruíram o quartel-general em Alamut em 1256, como parte da campanha de Hulagu, o khan que empreendeu a invasão da Síria e da Palestina (discutida no Capítulo 5). O ramo sírio de assassinos sobreviveu até o século XIV, trabalhando para os mamelucos no Egito; nessa época, Ibn Battuta, o grande viajante marroquino, menciona a excelência deles de estarem dispostos a matar por uma quantia fixa de dinheiro, e os descreve como "As flechas do sultão":

> quando ele deseja mandar um deles para assassinar um de seus inimigos, ele paga seu preço de sangue. Se ele escapa depois de executar a ação, o dinheiro

é dele, mas se é pego, o valor vai para seus filhos. Eles envenenam facas com as quais atingem as vítimas, mas algumas vezes falham e são mortos.[4]

Os fatos históricos sobre os Assassinos não são nem de perto tão excitantes quanto as lendas que se espalharam sobre eles no mundo medieval. Jean de Mandeville sabia deles e relata como seu líder, o Velho da Montanha, treinava-os na sua fortaleza. Chamado de Catolonabes por Mandeville, ele tinha um jardim murado ali, um verdadeiro paraíso de flores e árvores, pássaros que cantavam com doçura e animais maravilhosos, onde belas virgens e lindos jovens vagavam pelos caminhos e bebiam de seus poços adornados com joias. Sempre que um cavalheiro ia até lá, pelo menos é o que Jean nos conta, o Velho o "fazia provar de uma certa bebida", que o embriagava e aumentava imensamente o prazer ao seu redor. Então o Velho lançava sua oferta: se o cavalheiro matasse um certo homem "que era seu inimigo ou contrário à sua lista [opunha-se aos seus desejos]", e morresse na tentativa, Catolonabes se asseguraria de que após a morte ele encontraria um paraíso cem vezes mais adorável do que a fortaleza nas montanhas, cheio de donzelas dispostas, com quem poderia fazer sexo livremente e que mesmo assim permaneceriam virgens. Essa prática, Mandeville relata, obtinha muito resultado, e o Velho matou vários inimigos através de enganos e perfídias. Mas não muito tempo atrás, Mandeville conta, o castelo foi destruído, e o domínio de Catolonabes sobre seus discípulos, encerrado.[5] E, de fato, apenas cerca de cem anos havia se passado desde a destruição do Alamut, e menos do que isso desde a derrota de 1273 do ramo sírio da seita. O relato de Mandeville torna o nome de Hassan-i Sabbah quase irreconhecível; ele também menciona um tóxico, que na narrativa igualmente não confiável de Marco Polo é identificado como uma droga que se presume ser haxixe. Parece não haver verdade alguma na lenda do jardim paradisíaco (é bastante difícil cultivar em uma afloração de montanha rochosa) nem no torpor narcótico no qual os jovens se alistavam para o serviço, mas a palavra *assassino* migrou rapidamente entre os idiomas europeus, representando um matador secreto e contratado: a palavra aparece no inglês – de uma forma levemente distinta, mais relacionada ao árabe – já em 1340. Os assassinos – com sua ligação fictícia com o haxixe – continuaram a assombrar a imaginação ocidental como símbolo do matador oriental sutil que age sob disfarce.

Agora vamos pegar um navio em Bravos, navegando novamente por baixo das pernas do Titã que nos faz lembrar o Colosso de Rodes, uma das Sete Maravilhas do Mundo Antigo. Nosso destino fica ao sul, passando pelas outras Cidades Livres, e enquanto navegamos vamos tratar de sua história e das Terras Disputadas que ficam entre o litoral do Mar Estreito e a poderosa cidade de Volantis, nosso destino final. Seremos cautelosos ao desembarcar em Pentos, Myr ou Tyrosh, pois tais cidades parecem presas em escaramuças perpétuas umas com as outras, muito parecidas com as cidades-estado da Itália medieval. E, como na Itália, as batalhas são muitas vezes travadas por procuração, por meio de mercenários autônomos ou de companhias de mercenários que vagam por Essos ocidental, deixando morte e pilhagem em seu caminho.

As companhias mercenárias

Vimos mercenários operando sozinhos em Westeros, combatentes itinerantes que seguirão qualquer senhor que os pague, como Bronn. Tais homens são muito úteis; no entanto, por mais que Bronn goste de Tyrion, ele não está inclinado a lutar como campeão do anão em um segundo julgamento por combate contra o Montanha. O contraste entre os homens que são jurados a seus senhores, como os vassalos, obrigados a lutar quando são chamados, e exércitos permanentes, como o que é mantido pelos Lannister, foi discutido no Capítulo 3; moralista medievais da época deploravam o esfacelamento (como eles viam) nas relações humanas causadas pela substituição dos laços de amor e serviço juramentado por salários e contratos pagos. As companhias mercenárias não atuavam na Inglaterra, mas eram bem conhecidas e muito temidas na França e, em particular, na Itália, onde um dos grupos mais notórios era liderado por um inglês, Sir John Hawkwood. Seu maravilhoso monumento funerário, encomendado em 1436 e esculpido por Paolo Uccello, é uma das obras-primas da Igreja de Santa Maria del Fiore, em Florença.

Pouco é sabido sobre o início da vida de Hawkwood; ele nasceu em Sible Hedingham, em Essex, onde seu pai tinha poucos acres de terra. Aparentemente, ele lutou na Guerra dos Cem Anos na juventude, talvez nas batalhas de Crécy ou Poitiers. Depois que o Tratado de Brétigny, de 1360, trouxe

32. Monumento funerário a Sir John Hawkwood em Florença.

paz (temporária) entre Inglaterra e França, Hawkwood seguiu para o leste até a Borgonha e se juntou a uma companhia de mercenários. Essas "grandes companhias" saqueavam e devastavam o campo, assim como as tropas Lannister na Terras Fluviais; não importava muito de quem era o território que atacavam. Com o tempo, Hawkwood tornou-se comandante da chamada "Companhia Branca", um grupo imenso que atuava no norte da Itália. Como as companhias de mercenários de Essos, a Companhia Branca lutava por quem pagasse mais: em 1364, lutou por Pisa contra Florença, embora no verão seguinte, Hawkwood e seus oficiais mais próximos tenham mudado de lado e lutado por Florença. Posteriormente, a Companhia Branca participou de muitas campanhas na Itália, lutando pelos Visconti de Milão contra a aliança florentina, depois pelo Papa no reino de Nápoles. Nos últimos anos de sua vida – e daí o memorial –, Sir John prestou serviços exclusivamente para Florença, servindo como comandante dos exércitos da cidade até sua morte, em 1394.

O sucesso de Hawkwood nos últimos anos de sua carreira dependeu de dois fatores. Um foi conseguir manter um pequeno grupo de oficiais habilidosos e leais. O segundo foi sua capacidade de fundir grupos itinerantes de mercenários ingleses em uma única companhia, a maioria lutando com lanças, arcos e flechas, e de manter essa força unida. Muitos dos ingleses eram de Essex, na verdade vindos das proximidades da propriedade da família de Hawkwood – de fato, seus vassalos. Eles eram particularmente bons em combate a pé e em cavalgar à noite; para eles, os amenos invernos italianos não apresentavam dificuldade. Hawkwood ficou rico. Presentes em forma de terras e dinheiro eram oferecidos a ele por uma grata Florença, em virtude de seus serviços contra seus antigos empregadores, os Visconti. Vilas e pequenas aldeias pagavam a Companhia Branca para deixar seus distritos; resgates e butins também enchiam seus cofres. Hawkwood pagava bem seus homens, garantindo sua lealdade, e prosperou na Itália. Ele planejava se aposentar na Inglaterra, voltar para Essex, comprando uma propriedade em Londres e perto da casa da família, por meio do tipo de intermediário discutido anteriormente. Ele estava negociando seus ativos italianos, em preparação para o retorno à Inglaterra, quando morreu. Os gratos florentinos planejaram um túmulo esplêndido, mas seus ossos acabaram sendo enviados para casa, em Essex, a pedido do rei Ricardo II; isso ocasionou o longo atraso no término da encomenda em Santa Maria del Fiore.

As companhias de mercenários que atuam em Essos parecem ser, em geral, menos eficientes do que a Companhia Branca; isso pode ser muito bem uma questão de liderança. O hábito dessas companhias, como os Segundos Filhos, de mudar de lado por dinheiro não ajuda sua reputação. Quando são contratados para defender Yunkai, os Segundos Filhos são comandados por Mero, o então chamado Bastardo do Titã, cuja reputação brutal o deixou sem contrato nas Cidades Livres. Depois que as forças de Daenerys derrotam os Segundos Filhos, enquanto seus homens estão se embebedando, Mero foge e Ben Mulato Plumm assume a companhia. Eles lutam por Daenerys por um tempo e então, de modo bem previsível, voltam para o lado de Yunkai, e é com eles, nessa situação, que Tyrion, Merreca e Jorah acabam nos livros. O nome Segundos Filhos reflete a posição de muitos filhos mais jovens da Idade Média; sem esperança de herdar nada, pela primogenitude, eles deixam suas casas para fazer fortuna com suas espadas. Tyrion brinca que, já que também é um segundo filho, juntar-se à companhia era seu destino. Outras companhias incluem os Corvos Tormentosos (que abandona Stannis no pior momento da campanha de Winterfell), os Soprados pelo Vento (liderados pelo Príncipe Esfarrapado), a Companhia do Gato e várias outras, pouco distinguíveis umas das outras, exceto pela reputação de manter ou romper contratos.

A Companhia Dourada (claramente superior até mesmo à Companhia Branca) é muito melhor do que as demais. Foi fundada por um filho bastardo da Casa Targaryen, conhecido como Açoamargo, que foi exilado no fim da Primeira Rebelião Blackfyre, a fim de empregar os vários nobres que também tinham sido exilados. Tyrion reflete:

> Daquele dia em diante, os homens da Companhia Dourada viveram e morreram nas Terras Disputadas, lutando por Myr, Lys ou Tyrosh, em suas pe-

> quenas guerras sem sentido, e sonhando com as terras que seus pais haviam perdido. Eram exilados e filhos de exilados, sem posses e sem perdão... mas ainda assim guerreiros formidáveis (*DD*, 74).

A Companhia tem uma forte reputação de manter sua palavra e seus contratos, de disciplina e eficiência, embora recentemente tenham rompido contrato com Myr, uma aberração que causou comentários até em Westeros, e os fez ir para Volantis. Ficamos sabendo que eles foram subornados por Illyrio Mopatis para colocar seus dez mil homens – arqueiros altamente experientes – e muitos mais cavalos e elefantes a serviço de Daenerys, com quem esperavam se encontrar a fim de organizar a tão esperada invasão de Westeros, uma invasão que, finalmente, levaria os exilados para casa. Mas quando ficam sabendo que Dany ficou detida em Meereen, eles se juntam a Jon Connington e seu protegido, e navegam até Ponta Tempestade. Estão indo para casa, realizando o sonho por muito tempo acalentado de John Hawkwood de ver o país em que nasceu mais uma vez.

As outras Cidades Livres

Nossa viagem para o sul nos faz passar por mais Cidades Livres: Pentos, Tyrosh, Myr e Lys. Não temos tempo de parar e explorá-las, mas enquanto elas deslizam a bombordo do nosso rápido navio bravosiano, histórias dessas estranhas sociedades são contadas. Em Pentos, ficamos sabendo por Illyrio Mopatis, autoridade no assunto, que a cidade tem uma realeza sacra – a fertilidade da terra e do rei são uma só, e se a colheita fracassa, ele deve morrer:

> Em Pentos, temos um príncipe, meu amigo. Ele preside os bailes e as festas e passeia pela cidade em uma liteira de marfim e ouro. Três arautos vão adiante dele, com as balanças douradas do comércio, a espada de ferro da guerra e o chicote de prata da justiça. No primeiro dia de cada novo ano ele deve deflorar a donzela dos campos e a donzela dos mares. [...] No entanto, se uma colheita falhar ou uma guerra for perdida, cortaremos a garganta do Príncipe para apaziguar os deuses (*DD*, 33).

A ideia do rei que personifica a sorte de seu povo e garante a fertilidade da terra tornou-se popular no início do século XX pelo grande antropólogo Sir James Frazer, em *O Ramo de Ouro* (1922). Frazer tira seus exemplos da mitologia grega e do antigo Oriente Próximo, e há controvérsias sobre se tal sacrifício era parte da religião europeia. Há um relato muito debatido sobre um dos primeiros reis suecos, registrado na grande obra do islandês Snorri Sturluson, *Heimskringla* (Círculo do Mundo), do século XIII, relatando tal costume. Em um determinado ano, a colheita fracassou completamente na Suécia, e então vários bois foram sacrificados para os deuses em um grande templo em Uppsala. No ano seguinte, a colheita foi tão ruim quanto a anterior, e eles sacrificaram homens, sem resultado melhor. No terceiro ano, portanto, os chefes dos clãs se reuniram e decidiram que a fome era culpa do rei Domaldi. Então o prenderam, mataram-no e regaram o anel do sacrifício com seu sangue. Se isso resolveu o problema da colheita imediatamente ou não é um dado que não está claro, mas o filho de Domaldi assumiu o trono e as colheitas sempre foram boas durante seu reinado. Há uma imagem maravilhosa retratando isso na escadaria central do Museu Nacional de Estocolmo, pintada pelo artista Carl Larsson em 1915. Chama-se *Midvinterblot* (Sacrifício do Solstício de Inverno), e ela retrata vividamente a morte de Domaldi por seu povo. Embora tenha sido encomendada para preencher aquele espaço, foi rejeitada pelo conselho do museu; só em 1997 o museu finalmente a comprou de um colecionador que a adquirira e a colocou em seu lugar de direito. Se o relato medieval de Snorri, que foi baseado em um antigo poema nórdico do século IX, estava correto sobre esse costume sueco pré-histórico é discutível, mas Pentos, com seu nome que parece grego, claramente adere ao modelo de reinado sacro. Os pentoshi também dependem de formas mais pragmáticas de proteger sua cidade: altamente vulnerável a saques dothraki, eles fazem questão de permanecer em bons termos com os senhores dos cavalos, pagando para que fiquem longe e oferecendo-lhes pródigos banquetes quando chegam à cidade. Não é coincidência que Illyrio Mopatis, um dos principais comerciantes de Pentos, intermedeie e organize o casamento de Daenerys com Drogo. Ele pode ser um "senhor do queijo", como Tyrion o define ironicamente (o queijo é um importante produto de exportação de Pentos), mas tem contatos para obter os ovos de dragão que são presenteados a Daenerys em seu casamento.

Enquanto Pentos desaparece às nossas costas, Myr e as ilhas de Tyrosh e Lys estão adiante. Myr, renomada por sua renda, está em guerra com Lys há trezentos anos, então não vamos parar ali. Tyrosh, com seu conhaque de pera e seu povo espalhafatoso, com propensão a tingir o cabelo de verde ou roxo, simbolizado pelo arrogante Daario Naharis, é mais atraente como destino. Mas o povo é ganancioso e briguento, sempre esperando uma chance de estender os braços e agarrar os Degraus e reivindicar as Terras Disputadas (seja lá o que valem). Sua riqueza é derivada da exploração de um certo tipo de caramujo marinho; eles fornecem os corantes que os habitantes de Tyrosh usam para garantir seu visual marcante. Tyrosh lembra a "púrpura tíria", o corante muito caro feito a partir do caramujo marinho murex, originalmente pelos antigos fenícios. Os romanos também valorizavam o corante pela rapidez em tingir e pela raridade, usando-o para colorir as bordas das togas usadas por certas classes; em alguns casos, a roupa toda podia ser tingida de roxo. Como isso era feito exatamente não é claro; Aristóteles descreve parte do processo, incluindo o cheiro horrendo que saía das grandes cubas de caramujos em decomposição, matéria-prima para o corante. E esse fedor pode ser motivo suficiente para não baixar âncora no porto de Tyrosh, por mais coloridos que sejam seus cidadãos.

Quanto a Lys, é o lar de Salladhor Saan, o mais alegre dos piratas e bom amigo de Davos Seaworth, mas também é notória pelos alquimistas que preparam os venenos conhecidos como "lágrimas de Lys". "Coisa rara e dispendiosa, límpida e doce como a água, e não deixa rastro algum", Varys conta para Ned (*GT*, 230). Varys nasceu em Lys, então ele deve saber do que fala. Outro porto pouco convidativo, então vamos seguir nosso curso para Volantis. Tampouco viajaremos rio acima, para Qohor, Norvos ou Lorath, enfrentando os Sofrimentos e os Homens de Pedra que espreitam ali. De vez em quando, um habitante de Lorath se torna mercenário, mas em geral ficam para sempre em suas ilhas geladas no Mar Tremente. Qohor tem as características de uma cidade nortenha, cercada por florestas. É defendida por um exército de Imaculados e seu povo venera a Cabra Negra, uma deidade que exige sacrifícios de sangue diários. Peles, couros e madeira das densas florestas do norte de Essos são as bases da prosperidade de Qohor, juntamente com sua renomada habilidade na metalurgia, pois seus ferreiros ainda mantêm algum conhecimento de como trabalhar o aço valiriano. Tobho Mott, o melhor metalúrgico de Porto Real, e o mestre de quem Gendry era aprendiz, é de Qohor. Assim também o selvagem Vargo Hoat, líder dos Bravos Companheiros, o homem que decepa a mão de Jaime e organiza a luta entre Brienne e o urso (no programa de TV, quem faz isso é Locke, um personagem bem diferente). Quando Vargo tenta estuprar Brienne, ela o morde na orelha com tanta fúria que o ferimento infecciona e o incapacita. Assim, ele não é capaz nem de fugir nem de se defender quando o Montanha retoma Harrenhal. Seu destino, ser completamente desmembrado, é um horror barroco para o qual parece ser necessária mais imaginação do que normalmente atribuímos ao irmão imenso do Cão de Caça. Os membros de Vargo Hoat são cozidos e servidos na refeição como "cabrito assado" - um trocadilho com seu nome e com o deus de Qohor - para os prisioneiros nortenhos em Harrenhal. O destino de Hoat nos faz lembrar o de Jormunrekk, imperador dos godos, no poema nórdico "A Balada de Hamdir". Jormunrekk ordenou que seu filho fosse enforcado e que sua esposa fosse atropelada até a morte por cavalos porque seu conselheiro malvado inventara que os dois estavam tendo um caso. Jormunrekk ri triunfante quando ouve que os meios-irmãos de sua esposa vieram vingá-la, mas eles usam armaduras que os tornam invulneráveis e prendem o cunhado:

> Então disse Hamdir, o determinado:
> "Vós estáveis ansioso, Jormunrekk, pela nossa chegada,
> Irmãos nascidos da mesma mãe, dentro de sua cidadela.
> Vedes vossos próprios pés, vossas mãos,
> Jormunrekk, atiradas no fogo quente."

Mas, mais cedo, Hamdir e seu irmão cometeram o erro fatal de matar seu próprio meio-irmão, quando ele se ofereceu, em termos enigmáticos, para ajudá-los, e agora eles não têm ninguém para cortar a cabeça de Jormunrekk. Isso dá a Jormunrekk tempo para gritar para seus homens apedrejarem os irmãos, já que armas não podem feri-los; os dois jovens morrem desafiando os inimigos, tendo conseguido sua notável vingança, embora fossem os últimos de sua linhagem. O destino canibalizado de Vargo Hoat também coincide com a lenda do Rato Cozinheiro, um conto que a Velha Ama contou para Bran sobre o Fortenoite na Muralha. O cozinheiro matou o filho do rei e o serviu em uma torta; os deuses ficaram horrorizados por essa impiedade, pois o rei era um convidado sob o teto de Fortenoite e o assassinato era uma ofensa contra o direito de hóspede. Então eles transformaram o cozinheiro em um rato branco gigante, condenado sempre a se alimentar de seus próprios filhos. A história medieval conhece Filomela e sua irmã Procne, que alimentaram o filho de Procne com o próprio pai em vingança pelo rei ter estuprado Filomela. E, de fato, Gudrun, mãe de Hamdir e de seu irmão, tinha, em um casamento anterior, matado seus filhos e os servido ao marido (não menos do que Átila, o Huno), em vingança por ele ter matado os irmãos dela.[6] Canibalismo entre parentes é pior, é claro, do que canibalismo normal, pois incorporar a própria carne e sangue na carne e sangue de alguém é uma imensa ruptura na ordem natural. Talvez seja bom que os prisioneiros nunca ficaram sabendo com o que o Montanha os alimentou.

Volantis

"Opulenta, madura e podre, Volantis cobrira a boca do Roine como um beijo quente e úmido." (DD, 82)

Por fim desembarcamos em Volantis, a imensa cidade portuária na foz do Roine, a mais antiga e orgulhosa das cidades filhas de Valíria. Assim como Grécia e Roma estabeleceram colônias ao redor do Mediterrâneo, Valíria expandiu seu poder ao longo da costa ao fundar novos assentamentos em portos estratégicos. Depois da queda de Valíria, ficamos sabendo que Volantis considerou-se herdeira do poder valiriano e tentou imprimir sua autoridade nas demais cidades; Lys e Myr foram temporariamente subjugadas, mas, com a ajuda tanto de Aegon, o Conquistador, montado em seu dragão Balerion, o Terror Negro, quanto de Bravos, as duas cidades conseguiram se rebelar. O dano causado por essa guerra, que devastou as Terras Disputadas a oeste da cidade, juntamente com o estrangulamento que as cidades rio acima, Norvos e Qohor, puderam exercer no comércio ao longo do Roine, acabaram com a pretensão volantina de fundar um novo Domínio.

Que o nome Volantis faça lembrar "volátil" não parece ser coincidência; o governo da cidade é dividido em dois partidos: os tigres (na linguagem moderna, "falcões"), o partido do militarismo e da aristocracia, o Antigo Sangue de Valíria; e os elefantes (as "pombas", ou talvez as multinacionais), que representam os interesses do comércio – comerciantes e agiotas. Volantis desenvolveu um sistema triárquico, no qual três homens governam a cidade, com um candidato à reeleição a cada ano. Ao contrário do curto triunvirato romano, a triarquia parece ser um modo de governo altamente efetivo: o envolvimento de três pessoas mitiga os conflitos e a rivalidade entre quaisquer dois membros. O fato de os elefantes estarem em ascensão pelos últimos trezentos anos garantiu as aspirações militaristas e foi fundamental para a prosperidade da cidade. Mais do que isso, eleições anuais - dez dias de bebedeira, devassidão, mistura de classes e confusões - parecem, como nas tradições do carnaval medieval, ter a importante função de atenuar a inquietação social, canalizando as aspirações das classes subalternas em satisfações estritamente delimitadas. "A cidade inteira parecia embriagada. Marinheiros, soldados e latoeiros eram vistos dançando nas ruas com nobres e gordos mercadores, e em cada estalagem e taberna brindes eram feitos para os novos triarcas" (*DD*, 631). Por toda a loucura e quebra de barreiras envolvidas nessas festividades populares, elas funcionam - ironicamente - como meios de perpetuar as mesmas antigas e desiguais relações de poder; que o carnaval de Volantis termine com a eleição da nova triarquia, tirada de um grupo altamente limitado e antidemocrático, simplesmente ressalta a opressão geral. Como os torneios de pão e circo de Westeros, que Varys vê como uma distração para os pobres de Porto Real de seu cotidiano miserável, o tumulto e a folia que acompanham as eleições funcionam como um tipo de válvula de escape para os que são excluídos do processo político, aqueles que não podem provar sua descendência da antiga Valíria.

Há muita sabedoria nesse costume; Volantis é uma cidade que tem cinco escravos para cada homem ou mulher livre, "escravos com as costas encurvadas e o rosto tatuado que corriam de um lado para outro como baratas" (*DD*, 304). Talisa Maegyr, amada de Robb Stark no programa de TV, era uma garota de nascimento nobre volantina, destinada para uma vida "tocando harpa, dançando os últimos passos, recitando poemas em valiriano". Ela deixou a cidade quando seus olhos de abriram para a natureza perniciosa do comércio de escravos (2.8). Seu irmão se afogara no rio Roine em um dia de calor, brincando com outras crianças. Ele foi ressuscitado por um escravo que sabia como fazer o coração voltar a bater; naquele dia, Talisa jurou que abandonaria as atividades inúteis da vida de nobre, "danças e máscaras", e que treinaria, como o escravo, para salvar vidas. Tendo decidido que era velha o bastante para deixar sua casa e que jamais viveria em uma cidade escravocrata novamente, ela teve que ir para Westeros, onde a escravidão é ilegal. Mas agora as tensões entre a população escrava estão aumentando. Em parte, essa inquietação é alimentada pela religião do Senhor da Luz, R'hllor, discutida mais adiante, e em parte pelas notícias que vêm da Baía dos Escravos, sobre Daenerys libertar os cativos da região. O sacerdote vermelho Benerro prega em Volantis toda noite sobre a igualdade de todos os povos dentro do culto de R'hllor, e é ouvido por uma grande audiência de escravos e despossuídos. Tyrion e Varys estão seguindo para a imensa ponte cheia de lojas – como a ponte de Londres ou o Rialto em Veneza, na Idade Média –, com caminhos que se cruzam e coberturas em tons suaves, em busca do bordel mais próximo (5.3). Tyrion interrompe a caminhada para ouvir uma pregadora vermelha, uma mulher de aparência asiática, que está se dirigindo a uma multidão de escravos extasiados, invocando Dany como sua salvadora. O Deus Vermelho, ela declama, "ouve o rei como ouve o escravo. Ele ouve os Homens de Pedra em sua miséria". "Boa sorte em deter a contaminação de escamagris com preces", Tyrion ironiza, e Varys o tira dali apressado.

A viúva do cais, uma antiga escrava, mas atualmente um poder comercial influente na cidade e alguém que sente o pulso da população, percebe que Volantis ficaria vulnerável se Daenerys resolvesse estender sua campanha de libertação de escravos até lá. "Diga que estamos esperando. Diga para ela vir logo" (*DD*, 27), diz a viúva, cujo rosto marcado lembra onde suas tatuagens foram extirpadas quando ela conquistou a liberdade. Revoltas de escravos ocorreram de tempos em tempos no final da República Romana; ficaram conhecidas como Primeira, Segunda e Terceira Guerras Servis. As primeiras duas revoltas foram rapidamente abafadas, mas na Terceira Guerra Servil, que começou em 73 a.C. e envolveu o conhecido líder escravo Espártaco, a revolta começou entre os gladiadores, que já tinham acesso a armas. No início, os rebeldes tiveram considerável sucesso, invadindo a área rural ao sul de Roma. Sob a liderança de Espártaco, eles derrotaram as forças militares enviadas para combatê-los. No final do ano, setenta mil homens tinham se juntado ao exército de Espártaco; era provável que alguns deles quisessem escapar da jurisdição romana nos Alpes, enquanto outros estavam satisfeitos em permanecer no sul da Itália, atacando à vontade. Mas em 71 a.C, o renomado general Crasso derrotou as forças escravas no extremo sul da Itália. É provável que Espártaco tenha morrido no campo de batalha, enquanto seis mil escravos capturados foram crucificados, as cruzes erguidas em intervalos ao longo da Via Ápia, estrada que levava até a cidade de Roma. O poder da crucificação – como um modo chocante e horrendo de execução e como aviso público do destino que esperava aqueles que quisessem desafiar a instituição da escravidão – é aparente tanto em Astapori quanto nos Grandes Mestres de Meereen; as duas cidades usam essa punição para disciplinar sua população escrava e desafiar Daenerys.

Por que tigres e elefantes? São criaturas bastante exóticas da perspectiva westerosi. O povo medieval sabia pouco sobre tigres, embora a primeira menção a um desses animais em inglês tenha sido registrada no ano 1000, e diz, corretamente, que são animais ferozes. Mais relevante talvez seja o famoso elefante africano macho que o rei Henrique III da Inglaterra recebeu de seu cunhado, o rei Luís IX da França, em 1255. O animal tinha sido presenteado para o rei cruzado por emires do Egito, e pode ser que Luís tenha ficado feliz em passar o animal adiante para o outro monarca. O elefante foi dado para Henrique na França; assim, ele ficou com o problema de levar a criatura até a Inglaterra – ou, melhor, o xerife de Kent ficou com a missão. A passagem do elefante de Wissant, perto de Calais, até o outro lado do canal e subindo o rio até Londres custou mais de seis libras, segundo documentos do erário. O elefante foi acomodado no zoológico da Torre de Londres, em uma gaiola especialmente construída, e ali um número imenso de pessoas foi visitá-lo. Entre eles estava o cronista Matthew Paris, que não só desenhou o

33. Esboço de Matthew Paris do elefante do rei Henrique III.

elefante, mas também o descreveu como tendo dez anos de idade e três metros de altura, preto-acinzentado, sem pelos, mas com uma pele muito dura e áspera. Poderoso e robusto, o elefante usava a tromba para obter comida e água, e tinha, Matthew notou, olhos pequenos perto do alto da cabeça.[7]

O elefante, que provou ter uma manutenção bem cara, morreu em fevereiro de 1257; seus ossos, curiosamente, foram adquiridos pela Abadia de Westminster, com a permissão do rei. Se os cônegos da abadia simplesmente queriam o marfim das presas do elefante, ou se tinham algum outro uso para seus ossos, é questão de especulação. Volantis faz um uso considerável de elefantes como animais de tração, e também emprega os animais na guerra: uma quantidade deles é embarcada na Baía dos Escravos para o ataque a Meereen, embora o quão fácil seja controlar elefantes a bordo nas tempestades enfrentadas pela frota de Victarion Greyjoy, enquanto navegava para leste, ainda é uma questão em aberto.

Antes de deixarmos Volantis, devemos observar que o onipresente jogo de tabuleiro de Essos, o *cyvasse*, originou-se ali. O *cyvasse* é um jogo baseado em batalhas de estratégia, aparentemente uma versão do xadrez do Mundo Conhecido. O *cyvasse* pode ser mais simples do que o xadrez, embora uma partida parece durar o mesmo tempo. Tem dez tipos de peças: como nas primeiras formas de xadrez, há um rei e um elefante, mas também, e importante para a função metafórica do jogo na narrativa, um dragão, duas formas de cavaleiros (cavalo leve e pesado), o trabuco (uma catapulta com contrapeso) e a catapulta (um termo que inclui tanto o trabuco quanto manganelas), besteiros e lanceiros (duas peças que podem matar a distância) e a plebe – presumivelmente o equivalente aos peões. O dragão é a peça mais poderosa do tabuleiro, mas pode ser removida por catapultas ou trabucos; dragões podem remover elefantes. E, como no xadrez, o objetivo é "matar" o rei, o equivalente ao "xeque-mate". A habilidade de Tyrion no *cyvasse*, que só aparece quando ele está em Essos, é muito valiosa: isso o faz derrotar Ben Mulato Plumm e simboliza sua inteligência tática no "jogo dos tronos". Arianne Martell, ao contrário, é deixada com um conjunto de *cyvasse* quando é aprisionada por ordem do pai, mas nunca se incomoda em começar uma partida. Quando por fim tem uma audiência com o pai, Doran, de modo significativo, analisa o tabuleiro de *cyvasse*, e não é coincidência que na conversa resultante a visão estratégica que Doran tem do papel de Dorne no "jogo" seja finalmente revelada.

O *cyvasse* se espalhou de Essos até Westeros. "O jogo chamava-se *cyvasse*. Chegara a Vila Tabueira numa galé mercante proveniente de Volantis, e os órfãos tinham-no espalhado para cima e para baixo ao longo do Sangueverde. A corte dornesa era louca por ele", observa Sor Arys Oakheart, que não sentia entusiasmo pelo jogo (*FC*, 164). Sua incapacidade de pensar estrategicamente, uma habilidade que o *cyvasse* teria aprimorado, provará ser fatal. O *cyvasse* é uma recreação da corte – Margaery e suas primas adoram o jogo – e não é uma grande surpresa que Tyrion seja tão bom; ele deve ter aprendido, assim como aprendeu a falar alto valiriano, quando menino, como parte da educação aristocrática que recebeu em Rochedo Casterly.

O xadrez parece ter se originado no Afeganistão e na Índia ocidental nos séculos IV e V, e se espalhou rapidamente pela Pérsia. Essa forma inicial do jogo, conhecido como *chaturanga*, dividia as peças em quatro grupos: infantaria, cavalaria, elefantaria e carruagens. Essas peças evoluiriam para os modernos peão, cavaleiro, bispo e torre, respectivamente – a palavra em inglês para torre, *rook*, de fato preserva a palavra persa para carruagem, enquanto xadrez, xeque e xeque-mate derivam de *shah*, palavra persa para rei e "*shah mat!* [o rei está indefeso!]". *Fers*, um termo obsoleto em inglês para a rainha, é relacionado à palavra persa *vizier*, um conselheiro ou ministro, pois nas versões mais antigas do jogo essa poderosa peça era o braço direito do rei, em vez de sua esposa. Depois da invasão muçulmana na Pérsia, o jogo se espalhou rapidamente pelo mundo muçulmano e daí para a Europa, pela civilização moura na Espanha, subindo o rio Volga até a Rússia e Escandinávia, e pelos normandos até a Inglaterra. Embora as peças no jogo muçulmano fossem blocos de cores e tamanhos diferentes, em linha com a proibição islâmica de retratar criaturas vivas, elas logo ganharam formas representativas: o elefante (*al-fil*, em árabe) ficou conhecido como o conde, o cão, o conselheiro ou o bobo antes de finalmente se tornar o bispo nos séculos XII e XIII. O xadrez logo se tornou um passatempo muito apreciado. Moralistas condenavam o jogo; o monge Pedro Damião repreendeu o bispo de Florença em 1061 por seu hobby. O bispo devia estar ciente de seus efeitos malignos, o santo argumentou, e, de fato, o xadrez, como nenhum outro jogo, oferece ocasiões para trapaças e violência provocada se o resultado desagradava. Mesmo assim – e esse foi o contra-argumento do bispo – é um jogo de habilidade e promove a lógica, a paciência e o pensamento estratégico. Em seu *Disciplina clericalis*, escrito no século XII, o espanhol Petrus

Alfonsi observou que jogar xadrez era uma das sete habilidades chave que os cavaleiros deviam possuir. Petrus nasceu judeu na cidade de Huesca, na Andaluzia muçulmana, e fica claro por seus escritos que o xadrez já estava bem estabelecido como passatempo. Não era só o componente intelectual do jogo que o tornava uma habilidade útil para o homem bem-nascido; o xadrez também criava ocasião para que duas pessoas passassem longas horas com as cabeças inclinadas sobre um tabuleiro. Homens e mulheres podiam jogar juntos sem causar escândalo, permitindo que a intimidade se desenvolvesse; assim o jogo começou a ter conotações românticas. No poema memorial de Chaucer para Blanche, a esposa de John de Gaunt, o "Livro da duquesa", o poeta descreve como adormeceu e, em seu sonho, encontrou um homem todo vestido de negro. O sonhador descobre que esse homem amou há muito tempo e, por fim, conquistou o coração da "fada branca". O homem de negro descreve como a "falsa fortuna" jogou xadrez com ele e "com movimentos falsos / ela me roubou, e pegou minha rainha", com gritos de "xeque" e "mate". O poeta delicadamente interpõe-se à morte de Blanche como a culminação de um jogo de xadrez; tanto o amor quanto a vida poderiam ser percebidos por meio de metáforas derivadas do xadrez.[8]

Quando os homens jogam xadrez uns com os outros, conversas longas e particulares podem acontecer, conversas que não causavam comentários como aquelas ocorridas em uma câmara privada poderiam suscitar. Assim, Tyrion consegue muita informação relevante sobre o que está acontecendo em Essos a partir de seu jogo de *cyvasse* com o oficial da alfândega volantino Qavo Nogarys. O xadrez era tão popular que textos relacionados a problemas do xadrez, como as colunas sobre xadrez que encontramos em alguns jornais de hoje, começaram a aparecer no século XIII. Margarida de Anjou, rainha de Henrique VI, tinha um conjunto de xadrez vermelho e verde, feito de cristal e jaspe; as famosas peças de xadrez de Lewis, do século XII, esculpidas em marfim de morsa e dente de baleia e descobertas na ilha de Lewis, Escócia, testemunham a popularidade do jogo entre a aristocracia escandinava. E assim como o *al-fil* pode se metamorfosear no cão, no bobo ou no bispo, a torre no conjunto de Lewis é mostrada como um *berseker*, o famoso guerreiro nórdico que, nas sagas islandesas, despertava uma fúria incontrolável e raspava os escudos com os dentes antes da batalha.

O culto de R'hllor

Em que lugar de Essos a religião do Senhor da Luz se originou é um mistério, mas é claramente um culto muito importante em Volantis, pois o Templo de R'hllor naquela cidade é maior até do que o Grande Septo de Baelor em Porto Real. Benerro é chamado de Alto Sacerdote; ele é o patriarca de toda a religião ou é simplesmente o Alto Sacerdote no templo de Volantis? A religião é muito espalhada em Essos, nas Cidades Livres pelo menos; embora em Bravos, assim como em Vilavelha e, provavelmente, em Dorne, os templos sirvam aos adeptos da religião que estão passando em vez de sugerir que haja um número substancial de seguidores locais. A primeira vez que encontramos os seguidores do Senhor da Luz é em Pedra do Dragão, onde Melisandre de Asshai, a Mulher Vermelha, conseguiu converter Stannis e pelo menos parte de sua comitiva à nova religião. Esforços para difundir o culto a R'hllor mais amplamente em Westeros não parecem ter tido sucesso. Thoros de Myr tinha a missão de tentar converter Aerys, o Rei Louco; de modo surpreendente, dada a obsessão de Aerys com fogo, Thoros não conseguiu nada. Contudo, sua própria fé estava falhando nesse ponto de sua carreira: foi só quando os dragões eclodiram e o cometa vermelho foi visto no céu – um momento que coincide com nossa primeira visão de Melisandre e seu proselitismo –, que Thoros experimenta um ímpeto de fé e poder renovados. Ele forma a Irmandade sem Estandarte e consegue reviver Beric Dondarrion da morte várias vezes. A jornada espiritual de Thoros sugere que há uma interconexão cósmica entre os dragões e o poder do Senhor da Luz, pois Melisandre também sente um aumento nos seus próprios poderes. Stannis tem suas dúvidas de tempos em tempos:

> "Melisandre jura que me viu em suas chamas, enfrentando a escuridão com a Luminífera erguida bem alto. *Luminífera!* – Stannis soltou uma fungadela derrisória. – Cintila lindamente, admito, mas na Água Negra essa espada mágica não me serviu melhor do que qualquer aço banal" (*TE*, 549).

A religião de R'hllor venera uma única deidade toda poderosa imanente do fogo, contra quem ergue-se o Grande Outro, o princípio do mal cósmico. A religião podia então ser descrita como maniqueísta: acredita que há dois poderes equilibrados e quase iguais em ação no mundo (em contraste, digamos, ao Deus todo-poderoso cristão ou judeu, que permite o mal no mundo por motivos que não podem ser entendidos por mentes humanas limitadas). O pensamento religioso dos seguidores de R'hllor, na medida em que seu dogma fica claro, parece ser comparável com as crenças dos cátaros medievais e de seitas heréticas similares, que consideravam esse mundo como irremediavelmente caído e achavam que a salvação só poderia vir no próximo mundo. As almas humanas pertenciam ao mundo da luz, no paraíso, mas muitas foram capturadas pelo Deus Maligno, envoltas em carne e colocadas neste mundo a fim de sofrer. Os cátaros, que viviam em Languedoc, no sul da França, acreditavam que a vida era tão sem valor que não fazia sentido fazer sexo para procriar, pois isso só produzia mais habitantes neste mundo corrupto. A reencarnação também fazia parte da crença cátara; levar uma boa vida poderia quebrar o ciclo de reencarnação e permitir que a alma permanecesse no mundo da luz para sempre. Homens e mulheres eram considerados iguais no catarismo; enquanto o povo comum evitava carne e se recusava a participar das práticas religiosas católicas, a elite *perfecti* (os líderes espirituais da seita) levava vidas de grande ascetismo: evitando sexo e álcool e jejuando com frequência. Não podiam matar nenhum ser vivo nem fazer juramentos. Cátaros comuns recebiam um sacramento conhecido como *consolamentum* um pouco antes da morte, quando essa renúncia continuada era difícil de ser mantida, mas os *perfecti* praticavam esse ascetismo desafiador por décadas.

Os cátaros eram considerados uma ameaça no catolicismo medieval, tanto em termos de crença quando de sua indisponibilidade em participar dos rituais da igreja Católica. Sua recusa a fazer juramentos os colocava em conflito com a organização hierárquica do feudalismo; eles eram críticos da corrupção da igreja do nível mais alto ao mais baixo. Assim, a diferença cátara foi tomada como uma crítica meticulosa à igreja estabelecida, e foi respondida com violência. Arnaud Amaury, abade de Cister, tentou pregar o catolicismo ortodoxo aos cátaros – não teve efeito: a Cruzada contra eles foi formalmente declarada pelo papa Inocêncio III, em 1208. Arnaud Amaury foi designado o líder militar da Cruzada, juntamente com o conde de Leicester, Simon de Montfort. Uma perseguição horrenda se seguiu. Dizem que foi Arnaud quem falou as infames palavras antes do grande massacre em Béziers, em 1209, no qual mais de vinte mil pessoas foram mortas, "mate-os todos; pois Deus sabe quem são os seus". A Cruzada Albigense (como a campanha contra os cátaros ficou conhecida) e a Inquisição tiveram amplo sucesso em erradicar o catarismo de Languedoc; as ruínas dos grandes castelos cátaros ainda podem ser vistas, no alto de colinas ou em afloramentos de calcário por toda província. Em cidades como Albi, Béziers com seu castelo destruído e Carcassonne há uma forte sensação do tumulto da perseguição.

Os cátaros que não se retrataram foram queimados na fogueira depois de serem interrogados pela Inquisição; é dos documentos dos inquisidores que sabemos muito do que foi registrado sobre eles.

O culto a R'hllor também tem sido comparado com o zoroastrismo, uma religião dualista originada na Pérsia. Ela afirma que Ahura Mazda, o criador, é o bem, mas não é mais imanente no mundo. O bem vem dele, enquanto as forças do mal tentam destruir sua criação. No mundo, a bondade de Ahura Mazda está em conflito com o mal, encarnado por Ahriman; tais influências podem ser combatidas pela vida correta. O fogo é central no zoroastrismo como um elemento de pureza ritual; nas primeiras formas de religião, piras sagradas eram montadas no alto das colinas, e só mais tarde elas passaram para dentro de templos de fogo. Fogueiras sagradas são mantidas acesas eter-

34. Cátaros sendo expulsos de Carcassonne em 1209.

namente (na prática, as fogueiras mais antigas têm por volta de 250 anos), e os não crentes não podem ser admitidos nos locais em que elas estão.

Três fatores distinguem o culto ao Senhor da Luz tanto do catarismo quanto do zoroastrismo: primeiro, o proselitismo entusiasmado de Melisandre pela religião e, em certa extensão, dos outros sacerdotes de R'hllor que encontramos. Segundo, os chocantes sacrifícios humanos ao deus, seja como criminosos ou como vítimas. Terceiro, nenhuma das religiões do mundo real tem um conceito da figura de um messias. As atividades missionárias de Melisandre já provaram ter muito sucesso quando a conhecemos em Pedra do Dragão, então só podemos conjecturar como ela persuadiu Stannis e Selyse sobre a superioridade da religião do Senhor da Luz, em detrimento da Fé nos Sete. Naquela crucial cena de abertura (no início de "O Norte se lembra", 2.1), vemos o povo de Pedra do Dragão reunido na praia, queimando suas valiosas estátuas dos Sete. A conflagração me faz lembrar o filme cult *O homem de palha* - exceto que, pelo menos, nenhum humano está sendo incinerado. Cressen, o Meistre de Pedra do Dragão, corre entre os crentes, implorando que reconsiderem o que estão fazendo: abandonar a fé de seus ancestrais por esse culto novo. Stannis e Melisandre também insistem que o povo livre se converta, pelo menos nominalmente, ao culto do Senhor da Luz, a fim de atravessar a Muralha. "R'hllor era uma divindade ciumenta, sempre com fome. Então o novo deus devorou o cadáver do velho e lançou sombras gigantes de Stannis e Melisandre sobre a Muralha, negras contra o vermelho corado refletido no gelo" (*DD*, 124).[9]

Entre os anglo-saxões, os frísios e os irlandeses dos séculos IV a VII, um argumento muito parecido com o de Cressen foi usado contra a introdução do cristianismo. Fontes cristãs descrevem os pagãos como extremamente ansiosos sobre a perda de continuidade e conexão com seus antepassados. Essa ansiedade era agravada pela insistência cristã de que os não batizados estavam inevitavelmente condenados ao inferno, mesmo se nunca tivessem tido a chance de ouvir a pregação do Evangelho. Como relatado em um conto popular tardio, coletado no século XIX, o herói irlandês Oisín retornou de uma estada de trezentos anos no Outro Mundo e encontrou uma Irlanda que ele não mais reconhecia. Seu pai, Finn, o líder dos Fianna, um grupo de heróis fora da lei, e todos os seus amigos e parentes estavam mortos. Houve uma recompensa (de certa forma). Oisín vivera tempo o bastante para conhecer São Patrício, que agora fazia proselitismo na Irlanda, e podia ser batizado, se desejasse, e, desta forma, alcançaria a salvação. Embora outros heróis lendários irlandeses agarrariam a chance de serem batizados quando oferecida por santos celtas, Oisín recusou com veemência; o que era bom o bastante para seu pai e seus parentes era bom o bastante para ele, e ele preferia passar a eternidade onde eles estivessem, mesmo que fosse no inferno. Desmontando de seu cavalo, Oisín imediatamente sentiu o peso de sua idade real, definhou, caiu no chão e morreu.[10]

Para aqueles que se converteram ao cristianismo a partir das religiões politeístas da Escandinávia, das tribos germânicas e dos celtas, a nova fé oferecia algumas respostas para importantes questões metafísicas. O historiador cristão Beda, escrevendo no início do século VIII, descreve a reação de um dos conselheiros do rei Eduíno da Nortúmbria ao Evangelho, pregado na corte por São Paulinus por volta de 614:

> A vida atual do homem sobre a terra, ó rei, parece-me, em comparação com aquele tempo que é desconhecido para nós, como o rápido voo de um pardal pela casa na qual você se senta para jantar no inverno, com seus nobres e guerreiros, enquanto o fogo arde no meio, e o salão é aquecido, mas as tempestades de inverno de chuva ou neve rugem lá fora. O pardal, entrando por uma porta e imediatamente saindo pela outra, enquanto está dentro, está em segurança da tempestade de inverno, mas depois de um curto espaço de clima agradável, ele imediatamente sai de vista, passando do inverno para o inverno novamente. Então essa vida do homem aparece por um tempo, mas sobre o que vem a seguir ou o que veio antes não sabemos nada. Se, em vez disso, essa nova doutrina nos falar algo com mais certeza, parece justo que mereça ser seguida.[11]

O sumo sacerdote do rei, Coifi, é tão entusiasta da nova doutrina que imediatamente clama pela destruição dos ídolos e templos da religião antiga. Pegando emprestada uma lança do rei (pois sacerdotes eram proibidos de portar armas), ele monta em um garanhão (pois eles não podiam cavalgar nenhum cavalo, exceto uma égua). Coifi vai até o templo e joga a lança lá dentro. Assim, o templo é profanado, os ídolos são derrubados e todo o recinto é incendiado. Temos, é claro, que tratar o relato de Beda com cautela: ele escreve como um cristão convicto que não vê nada de bom no passado pagão e que suprime detalhes sobre seu costume e filosofia. Mesmo assim, os missionários que foram para a Inglaterra anglo-saxã encontraram surpreendentemente pouca oposição. Santo Agostinho de Cantuária chegou em Kent em 597; ali o rei foi facilmente persuadido a aceitar o batismo, pois sua rainha, Bertha, uma franca, já era cristã. O esforço missionário se espalhou de corte em corte, concentrando-se em conquistar o rei, a rainha e a nobreza, e desfrutando de muito sucesso. O papa Gregório Magno aconselhou uma abordagem bem suave, construindo igrejas nos mesmos lugares dos templos, apagando gradualmente os costumes antigos em vez de acabar com eles a fogo e espada. E a garantia do paraíso, um pós-vida glorioso aberto para todos que acreditavam e que eram batizados, era o atrativo. Embora os nascidos do ferro acreditem em uma espécie de Valhalla embaixo d'água, banqueteando-se nos salões do Deus Afogado, não é claro se mulheres, crianças e aqueles que morreram na cama em vez de com uma espada na mão também podem esperar esse destino, ainda mais que era necessário merecer uma eternidade de banquetes e lutas no próprio Valhalla.

A promessa de proteção de R'hllor contra a "noite que é escura e cheia de terrores", uma luta que só terminará quando Azor Ahai, com sua espada mágica *Luminífera* (uma alusão a Lúcifer, a Estrela da Manhã, mas também o anjo rebelde que se torna Satã na tradição cristã), retornar. A *Luminífera* foi forjada com grande dificuldade; como em outras tradições medievais, incluindo a forja da espada Gram, a arma que Sigurd, o Matador de Dragão nas lendas nórdicas, a espada é forjada duas vezes e quebra duas vezes antes que a forja final crie uma arma que possa cortar qualquer coisa.[12] Na lenda de Azor Ahai, a têmpera final da lâmina foi dada pelo herói ao mergulhar a espada no peito de sua amada esposa Nissa Nissa. Assim, a alma dela foi infundida no metal, dotando a espada de poderes sobrenaturais, e permitindo a Azor Ahai matar monstros, talvez até dragões: "Quando enfiou a espada pela barriga da criatura, o sangue do monstro começou a ferver. Fumaça e vapor saíram de sua boca, os olhos derreteram e escorreram pela sua face, e seu corpo explodiu em chamas"; assim Jon relata para Clydas, o intendente (*DD*, 130).

O sacrifício humano é, portanto, parte integral da história da origem do mais potente símbolo do messias, e é pouco surpreendente que o sacrifício seja enfatizado na versão que Melisandre tem do culto. Os sacrifícios em massa, queimando aqueles que não dobram o joelho ao Senhor da Luz ou a Stannis, lembram mais os excessos do catolicismo medieval do que os rituais de qualquer outra religião antiga. Os próprios cátaros, cujos ensinamentos estão parcialmente refletidos no culto a R'hllor, morreram em grande número nas fogueiras da Inquisição; a morte na fogueira, um jeito infalível de eliminar inimigos sem o risco de que seus túmulos se tornem lugar de peregrinação e veneração, era considerada um jeito efetivo de castigar os fiéis.

Se Azor Ahai e o "Príncipe que foi prometido" (um messias que aparece em antigas fontes proféticas da Antiga Valíria) são o mesmo ainda é algo que será visto. A profecia do Príncipe é bem conhecida por Meistre Aemon, e é importante para a ideia que os Targaryen têm de si mesmos, mas não está bem claro se os seguidores de R'hllor podem imaginar Azor Ahai surgindo entre os descendentes de Valíria.

Os sacerdotes vermelhos Benerro e Moqorro pensam que a ascensão de Daenerys e o retorno dos dragões são significativos, e Moqorro embarca para Meereen para investigar se Daenerys pode ser Azor Ahai renascido:

> "Da fumaça e do sal ela nascerá, para fazer um mundo novo. Ela é Azor Ahai retornado... e o triunfo dela sobre a escuridão trará um verão sem fim... a morte dobrará os joelhos, e aqueles que morrerem lutando pela causa dela renascerão" (*DD*, 249).

O mito do Príncipe e sua espada como aquele que pode vencer o Grande Outro (e, talvez por extensão, os Outros) pode ser crucial na escatologia do Mundo Conhecido, mas ninguém, fora Melisandre, parece contar com isso, seja como solução para a ameaça colocada pelos White Walkers/Outros conforme o inverno se aproxima, seja como uma apoteose que poderia mudar o Mundo Conhecido para sempre.

Como observamos com a Fé nos Sete e o culto dos deuses antigos, não está claro que qualquer religião no Mundo Conhecido tenha uma validade transcendente absoluta, que seus deuses de fato existam fora das mentes dos crentes. Podemos ser tentados a concordar com a lista cínica de Euron Greyjoy de "Deuses dos cavalos e deuses do fogo, deuses feitos de ouro com olhos de pedras preciosas, deuses esculpidos em madeira de cedro, deuses cinzelados em montanhas, deuses de ar vazio... conheço-os todos" (*FC*, 229). Mesmo assim, algo místico está claramente acontecendo com o Corvo de Três Olhos/Corvo, e com Thoros que conseguiu reviver tanto Beric Dondarrion quanto a Senhora Coração de Pedra por meio dos poderes de R'hllor. A única esperança de Jon Snow pode estar em Melisandre possuir os mesmos poderes de ressuscitação. Será que o Deus Vermelho só atua para aqueles que creem inequivocamente nele? Parece que, como os poderes dos Imortais de Qarth, o renascimento dos dragões reanimou as energias que o culto a R'hllor reúne. De fato, a neve que impede o avanço até Winterfell derrete depois que Stannis sacrifica sua filha, Shireen, a quem ele ama mais do que tudo, a R'hllor. Contudo, satisfazer a sede de sangue do deus tem pouca utilidade, dados os fatores humanos imprevisíveis: o horror dos mercenários de Stannis por seu ato, a deserção com seus cavalos para o lado dos Bolton e, acima de tudo, a resposta de Selyse, se combinam de formas que qualquer um que não é fanático poderia ter previsto.

Podemos fazer bem em ter algum ceticismo sobre Stannis e o Deus Vermelho. Stannis não é meu ideal (nem o dele, na verdade) de um herói mítico que pode destruir os poderes da Escuridão: só Melisandre parece convencida disso, e quando ela deixa o acampamento dele antes da batalha para voltar ao Castelo Negro, ela já pode ter revisto seus pontos de vista. O quanto ela realmente acredita e o quanto ela está satisfeita em manipular Stannis, Selyse e os outros westerosi adeptos ao culto é uma questão em aberto; suas mangas e bolsos estão, no final das contas, cheios de pós e poções que interagem com as chamas de suas fogueiras noturnas, "um truque para fazê-los ver a verdade", como ela diz para Selyse (4.7), e suas profecias tem o costume de se mostrarem erradas. Uma coisa é ver imagens nas chamas – assim como a interpretação de sonhos que discutiremos no próximo capítulo – e outra bem diferente é entender o que elas significam, como Melisandre descobre mais de uma vez. Faríamos bem em manter as considerações de Tyrion em mente: "Uma profecia é como uma mula semitreinada [...]. Parece que será útil, mas no momento em que você confia nela, ela o chuta na cabeça" (*DD*, 456).

Por tudo isso, Volantis é uma cidade em constante mudança; com uma eleição a caminho, o descontentamento crescente da vasta população escrava, as notícias incendiárias que se espalharam para oeste da doutrina de libertação de escravos de Daenerys, a ameaça que isso representa para os interesses dessa grande cidade mercantil, e o novo fervor com o qual a religião do Deus Vermelho está sendo pregada nas *piazzas*: tudo isso se junta para profetizar – apesar das dúvidas de Tyrion – problemas adiante. Há um cheiro estranho na cidade: "Estava no ar úmido e quente, rico, rançoso, penetrante. *Tem cheiro de peixe e flores, assim como de excrementos de elefante. Algo doce, algo terroso, algo morto e podre*" (*DD*, 304). Já é hora de deixar a cidade, deixar o oceano tempestuoso do litoral sul de Essos, e pegar os cavalos até um mar diferente: as planícies de relva dos dothraki.

35. *Daenerys, Nascida na Tormenta.*

CAPÍTULO 5

O Leste

Sor Jorah Mormont:
"Os dothraki têm duas coisas em abundância: pastagem e cavalos." (1.2)

Para evitar o caos da temporada de eleições em Volantis, vamos para leste, até o Mar Dothraki, aquela imensa estepe de pastagens percorrida pelos diferentes *khalasares* do povo dothraki. Bons cavalos, flexibilidade em relação ao que estamos preparados para comer e um suprimento de objetos preciosos para manter nossos anfitriões felizes – são itens cruciais para o sucesso de nossa viagem entre os senhores dos cavalos.

Os Dothraki

"Acho que eles têm mais cavalos e éguas do que todo o mundo",
Johannes de Piano Carpini (1254)[1]

Os ginetes de cabelos escuros e pele de cobre, organizados em grupos de guerreiros chamados *khalasares*, cada um com um *khal* como chefe, levam uma existência nômade. Eles vivem em *yurts* e comem principalmente carne: pato, cabrito e cachorro são oferecidos para Daenerys nos estágios iniciais de gravidez, quando ela fica cansada de carne de cavalo. Os dothraki são, é claro, ginetes impressionantes; armados com uma espada curva e com uma armadura leve que é basicamente um gibão de couro, eles confiam em sua velocidade, na quantidade de seus homens e na qualidade de suas montarias para ataques rápidos. "Para um homem no lombo de um cavalo, uma lâmina curva [*arakh*] é uma coisa boa, fácil de manejar", mas não é boa contra placas de aço, Sor Jorah nos conta (3.3). As habilidades de batalha dos dothraki são inigualáveis em Essos; o Mar Dothraki é cercado por cidades em ruínas, pilhadas pelos senhores dos cavalos, e a reputação deles aterroriza os que estão em seu caminho.

"Os dothraki não acreditam em dinheiro; a maior parte dos seus escravos foi dada como presente" (3.3), Jorah conta para Daenerys, embora a definição dele de "presente" seja bem imprecisa. A economia dos senhores dos cavalos é simples, baseada na pilhagem e no tributo – ou, mais adequadamente, no dinheiro de pagamento de proteção: "Os senhores dos cavalos vêm, damos presentes para eles, os senhores dos cavalos vão", explica o oficial de alfândega volantino, Qavo Nogarys (*DD*, 252). Há um grande mercado em Vaes Dothrak, pois a cidade está na rota das caravanas por todo o Mar Dothraki, uma que é usada por aqueles que preferem não navegar pelas ruínas de Valíria ou pagar as taxas alfandegária exorbitantes cobradas em Qarth. O comércio que ocorre ali é entre mercadores do oriente e do ocidente; os dothraki podem vir em busca de novidades, que trocam por suas pilhagens, mas não são comerciantes, exceto por seu envolvimento com o comércio de escravos. Nisso, as presas usuais deles são os pacatos lhazarenos, ou homens-ovelhas, que cuidam de seus rebanhos a leste das estepes e a quem os dothraki vendem nas cidades da Baía dos Escravos ou em Volantis. Os dothraki desprezam esse humilde povo pastoril: "Por acaso o cavalo cruza com a ovelha?", Mago pergunta (1.8), quando Daenerys fica horrorizada pelo custo humano da captura dos lhazarenos como escravos. Sua intervenção bem-intencionada, para salvar a *maegi* (curandeira ou feiticeira) Mirri Maz Duur de mais estupros repercute terrivelmente sobre ela; a discussão entre os membros do *khalasar* sobre a aparente indulgência de Drogo sobre os sentimentos humanitários de Daenerys leva indiretamente à morte do *khal* e à dissolução do *khalasar*.

Muito do que sabemos sobre os dothraki é compartilhado por Jorah Mormont, que viveu entre eles por muito tempo e fala dothraki fluentemente. Quando os encontramos pela primeira vez em Pentos, no casamento de

Drogo e Daenerys, eles parecem ser a epítome da selvageria, particularmente em contraste aos modos urbanos de Illyrio Mopatis. Bebidas em excesso, um banquete com carnes assadas, sexo em público, gritos, uivos no lugar de música e ostentação barulhenta e gritante: essas são as marcas da celebração dothraki. "Um casamento dothraki sem pelo menos três mortes é considerado um tédio", Jorah observa (1.1). E, de fato, a exibição da bravura da batalha leva a um desafio, um combate um contra um e morte para o perdedor. Bebida e avaliação pública da honra relativa tendem a causar violência em culturas guerreiras; o poema em inglês antigo chamado pelos editores de *As fortunas dos homens*, datado do fim do século X, imagina uma luta dessas em um salão do hidromel:

> De um homem raivoso, no banco de hidromel,
> Da borda da cerveja, o fio da espada ganha vida,
> O guerreiro já tomou vinho mais do que suficiente,
> Antes ele falava rápido demais;
> Outro deve, pela cerveja servida pela mão do copeiro,
> tornar-se muito excitado pelo hidromel; quando ele não conhece medida
> para sua boca ou seu humor, mas ele perde a vida de modo miserável,
> perdendo todo o favor do seu senhor, ele é privado da felicidade
> e os homens não mencionam que ele se matou,
> eles culpam abertamente o hidromel enlouquecedor que ele bebeu.[2]

A autoridade do *khal* sobre seu *khalasar* é determinada por sua riqueza e força; quando os outros guerreiros sentem que Drogo está falhando, eles rapidamente abandonam sua lealdade para com ele: "Um khal que não pode cavalgar não é um khal", Jorah adverte. "Aqui não é Westeros, onde os homens honram o sangue. Aqui eles honram a força; haverá luta depois que Drogo morrer", ele avisa Daenerys. "Seu menino será arrancado de seu peito e dado aos cães" (1.9). E, de fato, com a morte de Drogo, a maior parte do *khalasar* vai embora, deixando Daenerys com apenas alguns escravos como base de sua horda.

Apesar de toda barbárie aparente – pois os dothraki mal têm permissão para falar por si mesmos –, o idioma deles tem um rumo maravilhosamente metafórico. Drogo usa *kennings*, curtas frases metafóricas, para comunicar conceitos desconhecidos para seus seguidores. Assim, ele chama o mar de "água envenenada", pois os cavalos não podem bebê-la. Em Vaes Dothrak, a cidade governada pelas viúvas dos *khals* mortos, as *dosh khallen*, Daenerys se obriga a comer o coração cru de um cavalo, triunfantemente, convencendo até os céticos que o filho que está carregando poderia ser o profetizado "garanhão que monta o mundo". Drogo responde com um juramento maravilhosamente animado para sua *khaleesi*. Ele jura que invadirá Westeros e dará ao seu filho ainda não nascido "a cadeira de ferro". "Levarei meu khalasar para oeste, onde o mundo termina, e cavalgarei os cavalos de madeira pela água salgada negra (...). Eu matarei os homens com trajes de ferro e derrubarei suas casas de pedra"; essas palavras, "juro diante da Mãe das Montanhas enquanto as estrelas olham como testemunhas" (1.7).

Assim também o carinho que os dothraki demonstram uns para os outros ("sangue do meu sangue", "meu sol e estrelas", "lua da minha vida") têm uma poesia que sugere que não há empobrecimento na imaginação dessas pessoas que vivem tão intensamente no mundo natural. E, embora suas palavras sejam emprestadas da revelação cheia de ódio de Mirri Maz Duur de que Drogo – embora vivo e curado de seus ferimentos – perdeu sua mente, graças à magia negra de sangue dela, Daenerys faz uma bela despedida para o marido, dizendo a ele que se encontrarão novamente "quando sol se erguer no oeste e se por no leste, quando os mares secarem, quando as montanhas forem sopradas pelo vento como folhas" (1.10). As palavras de Daenerys, repetidas quando ela vê o marido e o filho novamente na Casa dos Imortais (2.10), ecoam os versos tradicionais da balada inglesa que expressa impossibilidade ou eternidade: "até o sol e a lua dançarem na floresta / e isso nunca será", ou como diz o poeta escocês Robert Burns, "até o mar secar, minha querida, e as rochas derreterem com o sol". No contexto do Mundo Conhecido, a ideia de que os mares possam secar e as montanhas serem sopradas com o vento parece menos uma impossibilidade e mais uma referência ao destino terrível de Valíria. Falaremos mais sobre isso em breve.

As crenças religiosas dothraki, sem surpresa alguma, centram-se em um Deus Cavalo: o Grande Garanhão. Eles acreditam que, na morte, um homem deve ser enterrado junto com seu cavalo, para que possa cavalgar com o feroz *khalasar* de seu deus no céu, nas estrelas:

> Quando um senhor dos cavalos morre, seu cavalo é morto com ele, para que possa montar orgulhoso nas terras da noite. Os corpos são queimados a céu

> aberto, e o *khal* ergue-se em sua montaria de chamas para ocupar o seu lugar entre as estrelas. Quanto mais ferozmente o homem tiver queimado em vida, mais brilhante sua estrela será na escuridão (*GT*, 565).

Aqueles que não são queimados não alcançarão o pós-vida; Drogo ameaça Mago com o tratamento mais desonroso quando vai matá-lo: "Não queimarei você, mas o deixarei no chão com besouros nos olhos e vermes nos pulmões" (1.8). A montanha sagrada, a Mãe das Montanhas, é um centro de culto perto da cidade de Vaes Dothrak, apontando para um papel específico para o feminino nessa sociedade intensamente patriarcal. De fato, as *dosh khaleen* têm poder real, de cura e profecia, e são elas quem identificam o filho de Daenerys, Rhaego, como "o garanhão que monta o mundo; o khal dos khals. Ele unirá o povo em um único khalasar, e todos os povos do mundo serão seu rebanho" (1.7).

Vaes Dothrak é um lugar sagrado, onde armas não podem ser carregadas nem sangue derramado, uma precaução necessária em uma cultura guerreira em um centro no qual muitos *khalasares* se reúnem. Na Islândia pré-cristã, o final do *Althing*, ou assembleia anual, era conhecido como *vapnatak*, ou "tomada das armas", e significava que os homens agora podiam usar armas novamente. O termo em inglês antigo "*wapentake*" se refere a uma área administrativa de terra, muito menor do que um condado; o termo provavelmente se originou no distrito eleitoral de uma assembleia local muito menor. Assim os dothraki legislam para garantir uma união pacífica dentro da cidade sagrada, um costume que Viserys, bêbado e desesperado, critica. Jorah o adverte de maneira muito específica: "Não os deixe ver que você está carregando uma espada em Vaes Dothrak; você conhece a lei" (1.6). E Drogo contorna a proibição do derramamento de sangue dando a Viserys sua coroa de ouro, do jeito mais horrível que se possa imaginar. Da mesma forma, entre os mongóis, não era costume derramar sangue de um nobre, mas, em vez disso, colocar bolsas sobre suas cabeças e afogá-los ou fazê-los serem atropelados por cavalos.

Os dothraki têm muito em comum com as tribos mongóis que foram unificadas por Temüjin (Chinghis ou Genghis Khan, o primeiro Grande Khan), que viveu entre 1162 e 1227. Ele fundou o que se tornaria o maior império de terras contíguas jamais visto, cruzando a Ásia e a Europa – do Oceano Pacífico ao Mar Cáspio – nos séculos XIII e XIV. Embora invadissem até a atual Polônia e Hungria, os mongóis não buscavam colonizar ou subjugar esses reinos; o limite ocidental do canato era a área do Mar Negro. Sabemos bastante sobre os mongóis, pois uma sucessão de viajantes ocidentais, em geral eclesiásticos, foi visitá-los em meados do século XIII e relatou suas experiências. Como Jorah, esses homens interpretavam o que viam para seus leitores e para os potentados (o Papa; o Sacro Imperador Romano) que os haviam enviado, e suas descrições ressoam com a visão dos dothraki que os westerosi têm. Mas, ao contrário dos senhores dos cavalos do Mundo Conhecido, que não parecem ser letrados, os mongóis também escreveram sua própria história, a então chamada *A história secreta dos mongóis*, que conta a ascensão de Temüjin da perspectiva de seus descendentes.

Um dos primeiros a visitar a *orda* (corte, embora a palavra nos dê a ideia moderna de horda) foi Johannes de Piano Carpini, que começou sua jornada em 1245, quando foi enviado pelo Papa Inocêncio IV até o novo Grande Khan, Güyüg. Johannes relata o quão extremo era o clima enquanto ele e seus companheiros viajavam para leste, partindo da cidade de Kiev, que tinha sido seriamente danificada, quase destruída pelos ataques mongóis. Johannes escreve sobre as tempestades de trovão e de areia, de um granizo tão intenso que 160 homens se afogaram quando ele derreteu, do calor escaldante e do frio selvagem, dos ventos uivantes e da falta de chuva. Ele descreve as dificuldades de viajar pelas montanhas e pelas pastagens intermináveis, as fogueiras feitas de estrume de gado e de cavalo, e observa o quão pouco os mongóis se lavam. Eles tampouco têm aldeias ou cidades, Johannes observa: em vez disso, vivem em tendas ou *yurts*. Os mongóis parecem ser um povo amistoso e amigável entre si (ainda que muito dado a bebedeiras, cheios de leite de égua fermentado, ou *kumiss*), e suas mulheres são castas. Como os dothraki, eles desprezam todas as outras nações. Têm muito interesse em receber presentes: a primeira pergunta em cada nova *orda* que Johannes chega é que presentes ele e seus companheiros trazem. Os homens raspam a cabeça como monges ocidentais, e tem longas tranças enroladas atrás das orelhas. Ficamos sabendo um pouco sobre suas crenças também: eles veneram a lua, a quem chamam de "Grande Imperador", e as mulheres desempenham um papel em certas cerimônias nas luas nova e cheia, quando homens e animais são purificados passando entre duas fogueiras. As mulheres ficam paradas dos dois lados, jogando água sobre os suplicantes e entoando cânticos. Impressionado pela disciplina e camaradagem deles – não há brigas ou

36. Escultura de Genghis Khan.

roubos –, Johannes não pode deixar de contrastar a consideração que eles têm uns pelos outros com sua predileção por matar membros de outros grupos étnicos e com a falta de respeito pelos grandes homens de outras nações: duques russos e o filho do rei da Georgia não recebem a deferência esperada por Johannes.[3]

Chegando primeiro na *orda* de Batu Khan, não muito a leste de Kiev, Johannes foi enviado mais adiante, até a Sira Orda, a corte do Grande Khan, bem perto da capital mongol de Karakorum, uma jornada que o levou pelo que agora é o Cazaquistão e o Uzbequistão, pela parte norte de Xinjiang, na China, e até a Mongólia. Johannes observa que viúvas tinham muita autoridade após as mortes de seus maridos e que a mãe do Imperador tinha o poder de "executar a justiça" na ausência do filho, um paralelo à autoridade das *dosh khaleen*:

> Pois é um costume entre os tártaros que as cortes de seus príncipes e nobres não sejam desfeitas (com sua morte), mas algumas mulheres são sempre apontadas para governá-los, e a mesma proporção de presentes é dada que seu senhor tinha o hábito (durante sua vida) de permitir que elas recebessem.

Na Sira Orda, Johannes ficou impressionado pela "imensa tenda de tecido branco fino [...] de tão grande quantidade que mais de dois mil homens podem ficar em pé lá dentro, e ao redor havia uma parede de tábuas montada, pintada com diversas imagens". Ali, o grupo testemunha a eleição de Güyüg como o novo Grande Khan, e é convidado a beber *humiss*.

Os europeus não conseguem encarar a bebida; por sorte, em vez disso, oferecem cerveja para eles. Johannes finalmente consegue entregar a carta do papa para o Khan e recebe cartas para levar de volta. O Grande Khan pensa em enviar alguns de seus homens de volta com Johannes, como embaixadores, mas os europeus ficam inquietos com essa ideia, temendo que os mongóis sejam mortos no caminho - o que traria a ira de Güyüg sobre eles e os criminosos - ou que se tornem espiões. Ou, de modo intrigante, "que eles, vendo as dissensões e guerras que ocorrem entre nós, fiquem mais encorajados a fazer uma guerra contra nós". Ver o ocidente através dos olhos de orientais - como constituída por uma população cristã que é mais honrada na transgressão do que na observância, onde a bebida, a blasfêmia, o roubo e o mau comportamento sexual são abundantes - é a base da autocrítica ansiosa entre alguns escritores medievais. O autor de *Viagens de Jean de Mandeville* relata o quão embaraçado fica quando o sultão da Babilônia revela que, segundo informações que recebe dos comerciantes de seu país que viajam por toda Europa para negociar, os cristãos preferem ir até a taverna do que à igreja, brigar e roubar, vender a honra de suas mulheres por uma pequena quantidade de prata e usar roupas ridículas e indecentes. O pobre Mandeville é confrontado pelos mensageiros do sultão, que falam francês fluente, e é obrigado a admitir tanto a verdade das afirmações deles quanto que os muçulmanos do reino do sultão são muito mais devotos e piedosos em sua abstinência de álcool, suas vestimentas modestas e sua assiduidade em relação à prática religiosa.[4] O que o povo de Essos pensa sobre Westeros (se é que pensam algo sobre Westeros) pode ser algo bem similar.

Uma descrição mais detalhada sobreviveu de Karakorum, a capital no canto nordeste da moderna Mongólia, murada pelo filho de Temüjin, Ögedei, em 1235, e mais tarde expandida por seu primo Mögke. William Ruysbroeck viajou até lá em 1253, levando cartas do rei Luís IX da França. William acrescenta uma grande quantidade de informações sobre os mongóis ao que já sabemos por Johannes. Ele dá uma forte noção do tamanho da *orda*: a esposa do chefe pode ter duzentas carroças de bens. No verão, as pessoas só bebem *kumiss*, ou "cosmos", como William chama o leite de égua fermentado. Ele lembra de sua primeira experiência com a bebida, bem no começo da expedição: "Naquela noite, o homem que nos guiava nos deu cosmos para beber, e ao provar aquilo fiquei suado de terror e surpresa, pois nunca tinha tomado nada assim. Pareceu-me, no entanto, muito palatável, como realmente é".[5]

William fica impressionado com a maneira como os mongóis comem todas as partes dos animais que criam, incluindo vacas, bois e camelos, assim como cavalos, às vezes secando a carne ao vento ou comendo-a crua e picada. As linguiças de cavalo são particularmente recomendadas. Leite de vaca e de égua é batido e fermentado, formando *kumiss* branco e preto e variedades de manteigas, queijo e coalhadas. Os mongóis se vestem com mais simplicidade do que os dothraki, com roupas feitas de couro ou pele e acolchoadas com algodão ou seda para dar calor e leveza. Duelos com frequência são travados, e nenhum homem tem permissão para interferir – assim como quando Drogo e Mago lutam um com o outro, ou nas lutas durante o casamento. William esperava levar o catolicismo à corte de Möngke e ficou desanimado ao descobrir que já fora precedido pelos nestorianos. Eles praticavam um tipo de cristianismo originado na Síria que se espalhou para leste, através da Ásia. Os problemas de William pioram por causa de seu intérprete, que não entende mongol tão bem quanto afirmava, e fica irritado ao ser enviado ainda mais para leste, de uma *orda* para outra até ele finalmente chega a Karakorum e à corte de Möngke. Ali, ele encontra companhia mais agradável – outros europeus que tinham ido negociar ou trabalhar lá, incluindo um sobrinho de um bispo inglês, uma mulher de Lorraine, que faz o jantar de Páscoa para William, e um ourives francês, que faz enfeites para as mulheres do Khan e altares para os cristãos nestorianos. Ele descobre que há uma curiosidade muito grande sobre sua terra natal entre os homens da corte de Möngke: "E eles começaram a nos questionar muito sobre o reino da França, se tínhamos ovelhas, gado e cavalos lá, e se não deveriam ir lá imediatamente e tomar tudo". Assim também Khal Drogo tem poucas dúvidas de que conseguirá a vitória sobre os westerosi, uma vez que coloca na cabeça a ideia de cruzar o Mar Estreito e embarcar em uma campanha de conquista. Möngke manda uma carta presunçosa de volta para Luís, pedindo que ele envie embaixadores formais para esclarecer se a França deseja paz ou guerra contra os mongóis. William guarda a correspondência consigo, e garante que seja entregue.

A história secreta dos mongóis foi escrita depois da morte de Temüjin, entre 1240 e 1260, provavelmente como uma crônica familiar.[6] Ela vai desde o nascimento de Genghis Khan e sua ascensão ao poder dentro de seu próprio clã, sua superação dos merquites e dos tártaros (um povo que falava túrquico), o recebimento do título Genghis Khan e o modo como unificou as diferentes tribos mongóis por meio de seu casamento com Börte, a mãe de seus filhos mais importantes, e por meio do juramento de fraternidade de sangue (*anda*) com vários líderes poderosos. Que um homem chame o outro de "sangue do meu sangue" não o impede de enganar o amigo quando a oportunidade aparece, é algo que tanto Genghis Khan quanto Drogo descobrem. *A história secreta* relata como presos do sexo masculino eram, em geral, mortos, em especial quando falhavam na "medida do pino". Se os homens fossem mais altos do que o pino na extremidade do eixo das rodas das carroças mongóis, eles eram executados; crianças e mulheres eram mantidas como escravas. Eles tinham que demonstrar sua lealdade permanecendo perto do *yurt*; pois, *A história secreta* adverte: "deixe seus escravos na sua porta. Se eles saírem, corte o fígado deles e jogue-os fora"; "Se eles deixarem sua porta, esmague seu coração e jogue-os fora".[7] Pescoço de carneiro era servido nos banquetes de casamento, pois esperava-se que o casamento fosse tão firme e durasse tanto quanto aquele prato que precisava ser muito mastigado; talvez essa cerimônia tenha inspirado a provação de Daenerys de comer um coração. Temüjin tem uma mãe temível, a quem dá muita autoridade executiva, o que vai de encontro à informação dada por Johannes de Piano Carpini. A religião mongol como praticada por Temüjin era xamânica, incorporando a adoração pelos ancestrais, embora os filhos do Grande Khan tenham se casado com esposas que trouxeram a prática do cristianismo nestoriano até a nobreza mongol. O arco e a flecha eram extremamente importantes, e os guerreiros eram capazes de disparar montados em um cavalo em pleno galope; flechas eram feitas de madeira afiada e endurecida no fogo. O conhecimento sobre armas de metal e como fabricá-las só foi adquirido durante as guerras com os chineses, no início do século. Aí também os mongóis descobriram as vantagens da placa de aço sobre os peitorais normais, e elmos feitos de couro cozido – talvez os trajes de couro dos dothraki sejam mais resistentes do que parecem.

Unificar os diferentes clãs e tribos do coração da Mongólia foi o objetivo de vida de Genghis Khan, e por meio da promoção estritamente pelo mérito e por ser um gênio da organização militar, ele uniu os três exércitos mongóis em uma força implacável. Se Khal Drogo tinha essa autoridade, apesar de nunca ter sido derrotado em batalha e, no fim, morrendo sem ter sua trança cortada, não é de todo claro. Nos livros, Drogo e Daenerys vão até Vaes Dothrak para que a herdeira Targaryen seja aclamada como *khaleesi* pelas *dosh khaleen*; essa jornada também permitiria a Drogo recrutar novos membros para seu *khalasar*, em preparação para sua campanha. Ele é o líder do maior *khalasar* da nação dothraki, com cerca de quarenta mil homens, e ele promete dez mil deles para apoiar a reivindicação de Viserys ao trono em troca da mão de Daenerys. Na época de sua morte, Drogo viajou mais para leste de Vaes Dothrak; seu ataque aos lhazarenos foi planejado para obter escravos suficientes para trocar pelos "cavalos de madeira" (navios de guerra) que levariam seu *khalasar* a Westeros.

Drogo teria tido sucesso em sua conquista, se tivesse vivido? Mesmo que, como ele promete após Daenerys sobreviver à tentativa de assassinato por um dos agentes de Robert, ele tivesse levado toda sua força pelo Mar Estreito, é uma questão controversa se seus "dothraki selvagens aos gritos" teriam derrotado os exércitos Lannister e Baratheon. É certo que os estrategistas de Porto Real estão relativamente despreocupados com a ameaça que os dothraki representam enquanto estão confinados a leste do Mar Estreito. Cersei não demora em desdenhar da ameaça: "Os dothraki [...] não têm disciplina, não têm armadura, não têm armas para cerco" (1.5). Ela está certa, embora nesta cena ela esteja mais interessada em marcar pontos em relação ao marido do que em demonstrar seu entendimento sobre fatos geopolíticos. E Robert destaca que, enquanto a família real se esconde em seus castelos, os dothraki matariam todos em Porto Real; a nobreza perderia todo o apoio do povo ao pensar em salvar apenas a si mesma. O *khalasar* um tanto lamentável de Daenerys, aquele que sobrevive ao ataque traiçoeiro dos magos de Qarth, não parece uma força de combate efetiva. O investimento de Dany nos Imaculados (todos os oito mil, mais os que estão em treinamento) vale muito a pena.

As cidades da Baía dos Escravos

Astapor, Yunkai e Meereen são todas remanescentes do Império Ghiscari, e todas dependem da economia escravagista. Astapor transforma seus escravos em eunucos, e depois em uma elite militar, os Imaculados; Yunkai se especializa em escravos sexuais, e Meereen usa escravos para quase todo tipo de trabalho dentro da cidade, e tem um animado mercado de escravos.

37. Santo Adalberto libera escravos eslavos.

Dominadas pelas estátuas guardiãs de harpias, com suas pirâmides e arenas de combate, essas antigas cidades do Império Ghiscari agora vivem das glórias passadas e da miséria presente de suas populações de escravos: "Nosso império já era antigo antes que os dragões se agitassem na Antiga Valíria", gaba-se Razdal mo Eraz, de Yunkai (3.7). Essas decadentes cidades-estados estão prontas para serem tomadas por Daenerys, assim que ela consegue a força implacável do exército de elite dos Imaculados. Assim como Volantis tem cinco escravos para cada homem ou mulher livres, as cidades da Baía dos Escravos são largamente povoadas por escravos, mantidos sob controle por uma pequena elite que governa por meio do terror. Há poucas alternativas econômicas disponíveis ali: as minas de cobre estão esgotadas e a derrubada dos imensos cedros na época do Império Ghiscari levou à desertificação e erosão do solo: "Depois que as árvores desapareceram, o solo cozinhou sob o sol escaldante e rachou em vários pedaços vermelhos" (*DD*, 179). As cidades são estéreis e improdutivas, como as harpias que as simbolizam. Pois as harpias – parte mulher, parte ave, agentes de punição de Zeus – são completamente improdutivas; em seu papel mais famoso, elas descem constantemente para arrancar a comida da mesa do desafortunado rei Fineu e sujar o que sobra, tornado tudo intragável. Assim também as cidades atacam seus vizinhos, destruindo seus recursos humanos e tornando a vida impossível.

Pode Daenerys vencer a batalha pelos corações e mentes e estabelecer um governo justo e democrático nas cidades cuja população ela libertou? Sobre esse aspecto, os dilemas liberais que ela encara, com seu poderio militar superior e, acima de tudo, com a ameaça crescente de seus dragões, nos fazem lembrar mais das mudanças da política e do poderio militar norte-americano no Oriente Médio do que dos tipos de experiências enfrentadas no mundo medieval. Apesar disso, os problemas das cidades encontram eco na Idade Média: primeiro, com as dificuldades enfrentadas pelas dinastias Angevina e Plantageneta na Inglaterra e na França, nos séculos após as conquistas normandas, e segundo, com o reino francês de Ultramar, de curta duração, o reino cruzado estabelecido na Terra Santa nos séculos XI e XII, como veremos mais adiante.

Depois do saque de Astapor pelos Imaculados, Daenerys deixa um Conselho de Três a cargo da cidade: um erudito, um curandeiro e um sacerdote. Não demora muito, no entanto, até que eles sejam depostos por um açougueiro populista chamado Cleon, que incita a população ao afirmar que estão tentando instituir a escravidão mais uma vez. Homônimo do violento estadista e demagogo ateniense que defendia o assassinato em massa e incitava a guerra contra os espartanos, Cleon logo começa a treinar novos Imaculados. Assim que Daenerys deixa a Cidade Amarela de Yunkai, os comerciantes de escravos (os autointitulados "Sábios Mestres") imediatamente se mobilizam, contratando companhias de mercenários e enviando mensagens para as Cidades Livres envolvidas com tráfico de humanos para informá-las dos danos que a Mãe dos Dragões pretende causar no comércio de escravos. Desta vez, Daenerys não tentou estabelecer um novo regime após a rendição da cidade. Contudo, é claro que ela só pode exercer autoridade sobre uma cidade por vez: aquela na qual ela, os dragões e os Imaculados estão presentes. Corajosa, Daenerys declara para Xaro Xhoan Daxos: "Se eles ousarem me atacar, desta vez porei a Cidade Amarela deles no chão" (*DD*, 188). Assim que Daenerys segue em frente, a velha ordem se reafirma e novos tipos de matança sectária e guerrilha surgem em resistência às mudanças que ela tenta implementar.

Manter a autoridade e o território na ausência do monarca é uma tarefa difícil. Os reis ingleses que se seguiram a Guilherme, o Conquistador estavam sempre tentando equilibrar a manutenção de seu governo na Inglaterra com as várias posses que tinham na França. Eles conseguiram reter, e até expandir, o território conquistado por Guilherme I: quando o Império Angevino alcançou sua distante fronteira, Henrique II governava da Irlanda até os Pirineus. Em 1154, os Plantagenetas tinham mais de metade da

França, embora não a governassem diretamente. Mas o poder crescente do rei da França, a morte de Ricardo I "Coração de Leão" em 1199, e, mais fundamentalmente, as dificuldades logísticas de manter um olhar atento em terras do outro lado do Canal da Mancha, tornaram impossível para o filho de Henrique, John, manter a maioria das províncias francesas. Ele perdeu a Normandia e Anjou para Felipe II da França, na guerra anglo-francesa de 1202-1214, mantendo apenas a Gasconha. Esforços ingleses durante a Guerra dos Cem Anos para recuperar as províncias perdidas não tiveram sucesso: no final, apenas Calais, tomada por Eduardo III em 1346, depois da Batalha de Crécy, permaneceu em mãos inglesas.

Se Daenerys tivesse representantes de confiança – e poder militar para apoiá-los –, a quem pudesse deixar a cargo das outras cidades, seu domínio na Baía dos Escravos teria sido muito mais efetivo, e a libertação dos escravos uma revolução permanente. Mas, como na coalizão de forças que encontramos no Iraque e Afeganistão em anos recentes, a menos que os invasores tenham sucesso em persuadir uma ampla parcela da população da necessidade da democracia e de uma mudança social radical, a imposição de um novo regime só pode ser mantida pela força militar. Uma vez que a força militar é retirada, antigas políticas tribais, novas coalizões sectárias e a interferência encoberta de poderes vizinhos derrubam os novos governos. Como Qavo, o volantino, observa para Tyrion:

> Essa criança arrogante tomou para si a tarefa de esmagar o tráfico de escravos, mas o tráfico nunca esteve confinado à Baía dos Escravos. Era parte do mar do comércio que se espalhou pelo mundo, e a rainha dragão tem turvado as águas (*DD*, 251).

Interferir com as forças do capitalismo e da globalização, interferir contra o mercado, são negócios perigosos, e a cidade de Meereen de Daenerys está pagando o preço.

Outro paralelo com a situação de Daenerys é o estabelecimento do Império Latino – algumas vezes conhecido como Ultramar ou "Além do Mar" – na Terra Sagrada, como resultado da Primeira Cruzada. Apesar da divisão entre seus líderes e das dificuldades em capturar duas das cidades melhor defendidas do Oriente Médio, os cruzados conseguiram, em 1099, tomar Antioquia e Jerusalém. Então, tendo cumprido seus votos, a maior parte dos europeus voltou para casa, deixando Godfrey de Bouillon no comando. Após sua morte inesperada no ano seguinte, o irmão de Godfrey, Balduíno, foi chamado a Jerusalém para assumir o título de rei. Balduíno e seus sucessores foram capazes de expandir seu território ao longo da costa mediterrânea, norte da Antioquia e sul e ao longo do vale do Jordão. Mas a leste estavam as cidades muçulmanas de Damasco e Aleppo; nenhuma outra expansão para o interior era possível, e assim o reino permaneceu como uma estreita faixa na costa, fortificada a leste pelos grandes castelos cruzados como o Krak des Chevaliers, na Síria. Em 1144, Edessa foi perdida para um ataque muçulmano; a Segunda Cruzada, parcialmente por causa de uma decisão tola de atacar Damasco, foi destruída, e o território norte do estado latino não pôde ser recuperado. Com a ascensão de Saladino, no final do século XII, o estado cruzado ficou cercado por uma força muçulmana unificada; a derrota do imperador bizantino pelos turcos seljúcidas significava que nenhuma ajuda poderia chegar aos cristãos orientais. Uma quase guerra civil eclodiu entre os senhores de Jerusalém, e assim, após a derrota definitiva dos cristãos por Saladino, nos Chifres de Hattin, em 1187, e a capitulação de Jerusalém e outras cidades latinas, quase todo o império desapareceu. A Terceira Cruzada estabeleceu um segundo reino, centrado em Acre, mas Jerusalém não pôde ser retomada. Depois disso, apesar das atividades de Luís IX da França, que passou quase quatro anos (1250-1254) na Terra Santa, o reino permaneceu um agrupamento fragmentado de cidades. Por quase um século, as cidades de Antioquia, Trípoli e Acre foram governadas por senhores ausentes, até que por fim caíram para os exércitos mamelucos do Egito e do Levante, em 1289 e 1291 respectivamente. Os mamelucos eram um exército de escravos originado na Crimeia e nas terras ao norte do Mar Negro; depois que os mongóis conquistaram esses territórios, servir às forças muçulmanas no sul (que também eram hostis aos mongóis) foi um passo importante para eles.

Foram os mamelucos que antes haviam detido as incursões mongóis mais ao sul do Oriente Médio, derrotando Hulagu Khan na Batalha de Ain Jalut, no sudeste da Galileia em 1260. Na Primeira Batalha de Homs, no ano seguinte, os mongóis serem completamente expulsos da Síria.

É tentador ver o confronto entre os mamelucos e os mongóis como um reflexo da lendária vitória dos Imaculados sobre os dothraki, na Batalha de Qohor, na qual três mil Imaculados encararam um *khalasar* de cinquenta

38. Mamelucos e mongóis na Terceira Batalha de Homs, 1299.

mil dothraki "gritões". Só seiscentos Imaculados sobreviveram à batalha, mas doze mil dothraki caíram. Os senhores dos cavalos derrotados cortaram suas tranças e as jogaram diante dos Imaculados para honrar a conquista do inimigo. Os mongóis derrotados, é quase certeza, não cortaram as tranças enroladas com tanto cuidado atrás das orelhas. Eles se retiraram para lamber as feridas, com a intenção de voltar assim que possível para vingar a derrota. Contudo, a divisão interna tinha começado a fraturar o Império Mongol em canatos separados; o primo de Hulagu, Berke Khan, líder da *Orda* Dourada, que se convertera ao islã, estava horrorizado em ver Hulagu lançar suas forças contra os locais sagrados do islã na Síria e na Palestina, derrubando o califado abássida, que governara o Oriente Próximo por quase quinhentos anos. Hulagu foi chamado de volta a Karakorum, a capital da Mongólia, antes da Batalha de Homs, porque Mörgke Khan, o Grande Khan reinante, tinha morrido, e Hulagu era um sucessor em potencial; quando ele pôde voltar para suas terras no Irã, Berke, agora aliado com os mamelucos, também muçulmanos, declarou guerra contra ele.

Assim como na Baía dos Escravos, os estados cruzados não conseguiram sobreviver depois que o apoio do ocidente acabou. A fundação original do estado dependeu da discórdia entre os líderes muçulmanos nos territórios vizinhos, e da confiança cultural da Primeira Cruzada e seus líderes. Mas com a mudança geopolítica causada em parte pelas incursões dos mongóis, e não menos pelo saque que os latinos fizeram em Constantinopla em 1204 – criando uma divisão entre o cristianismo ocidental e oriental que nunca mais foi superado –, e por fim derrubada pelas lutas internas entre os barões de Jerusalém, a nova política não pôde sobreviver.

Eunucos e os Imaculados

A criação de eunucos, seja pela castração ou pela remoção de toda a genitália ("pilar e pedras"), é relativamente comum em Essos; em Westeros, a castração é basicamente desconhecida, encontrada apenas em circunstâncias extremas. Então a castração que Ramsay Snow faz em Theon é registrada como uma tortura horrenda; castração como punição judicial não parece ser parte do sistema legal westerosi. Na Europa medieval, os homens podiam ser castrados por crimes sexuais: estupro e bestialidade. O grande pensador e eclesiástico do século XII, Pedro Abelardo foi (extrajudicialmente) castrado pelo caso que teve com sua talentosa aluna Heloísa, uma jovem que era sobrinha de Fulberto, o poderoso cônego da catedral de Notre-Dame, em Paris. Abelardo e Heloísa contraíram um casamento secreto depois que ela deu à luz o filho dele; quando Fulberto tornou isso público, Abelardo negou (pois o casamento teria posto um fim em suas promoções dentro da Igreja). Ele mandou Heloísa para um convento, para protegê-la da ira do tio, mas parece que essa foi uma manobra equivocada. Fulberto presumiu que Abelardo estava tentando repudiar a esposa, e pagou uma gangue de homens para invadir o alojamento do filósofo e castrá-lo. Abelardo escreveu sobre sua terrível experiência em sua *Historia Calamitatum* ("A história das minhas calamidades"):

> Violentamente exasperados, eles planejaram um complô contra mim e, uma noite, enquanto eu dormia desavisado em um quarto secreto em meus alojamentos, eles invadiram com a ajuda de um dos meus criados, a quem haviam subornado. Então tiveram sua vingança contra mim, com a punição mais cruel e mais vergonhosa, tanto que surpreendeu o mundo; eles cortaram as partes do meu corpo com as quais eu fiz o que lhe causara aquela dor. Depois de feito, eles fugiram imediatamente, mas dois deles foram capturados e sofreram a perda dos olhos e dos órgãos genitais.[8]

Abelardo tornou-se monge, desistindo de sua deslumbrante carreira na Igreja, mas continuou a escrever e a ensinar, resistindo às acusações de heresia feitas por seus inimigos. Ele morreu em 1142, com cerca de 63 anos.

Em Essos, os eunucos assumem várias funções. Varys, nascido em uma família escrava em Lys e castrado como parte de um ritual mágico em Myr, ascendeu até virar Mestre dos Sussurros. Como ele conta para Tyrion, de sua infância na penúria, roubando e se prostituindo nas ruas de Myr, ele aprendeu que "os conteúdos da carta de um homem são mais valiosos do que os conteúdos de sua bolsa" (3.4) e começou a comprar e vender informações. A rede de espiões e informantes de Varys, seus "passarinhos", são a base de seu poder: "Os pássaros cantam no oeste, os pássaros cantam no leste se alguém souber como escutar", ele diz para Tyrion quando aparece em Meereen para ajudar o Duende a manter aquela "grande cidade antiga, engasgada na violência, na corrupção e no engano" (5.10). Nisso, ele tem muito em comum com o Eunuco-Mor Negro da corte turco-otomana. Esse cargo (o Kizlar Agha) foi criado em 1594, e, depois, foi ocupado por vários eunucos negros de origem africana, em geral núbios do alto Egito ou do norte do Sudão.

39. *"Kisler Aga", eunuco-mor negro e primeiro guardião de Serraglio* (1763–79), por Francis Smith.

Eles supervisionavam os apartamentos imperiais e os aposentos das mulheres do palácio, o harém. O Eunuco-Mor Branco, ao contrário, supervisionava apenas os pajens do sexo masculino. A proximidade do Eunuco-Mor Negro não só do sultão, mas, mais importante, da Sultana Valide, a rainha-mãe, deixava-o mergulhado na política dinástica, apoiado por sua rede de espiões que era formada (principal, mas não exclusivamente) por outros eunucos negros. O Eunuco-Mor Negro era o terceiro em importância entre os oficiais do império, depois do Grão Vizir e da principal autoridade religiosa, o xeique do islã. Não é de admirar que Varys tenha um papel tão crucial no Pequeno Conselho e que ele se considere como tendo um papel importante como fazedor de reis. Assim como eunucos eram considerados mais leais e confiáveis porque não buscavam promover membros de sua família ou tramar em benefício de seus herdeiros, talvez possamos acreditar no altruísmo de Varys quando ele responde à pergunta de Ned, "Diga-me, Varys, a quem você realmente serve?", com "Ao reino, meu senhor. Alguém tem que fazer isso" (1.9).

O papel mais notável dos eunucos em Essos é como guerreiros: os Imaculados. Parece estranho castrar jovens que pretendem fazer carreira como combatentes; os níveis reduzidos de testosterona, alguém poderia afirmar, não levam à agressividade e potencial de morte das vítimas. Essa visão baseia-se parcialmente na nossa compreensão moderna dos efeitos dos hormônios sexuais, mas a noção de que os eunucos eram bons lutadores era comum tanto no final do período clássico quanto no início dos tempos medievais. Narses (que viveu por volta de 478-573), o general bizantino eunuco enviado pelo imperador Justiniano na campanha contra os godos na península itálica, era considerado por cronistas da época como eficiente e estrategista ("para um eunuco", eles acrescentavam com frequência): ele conquistou Roma e expulsou os ostrogodos da Itália. Mas o sucesso de Narses não foi causado pelo tipo de coragem implacável mostrada pelos Imaculados no campo de batalha, mas pelas habilidades logísticas e administrativas que demonstrou ao organizar exércitos, como ele organizara o serviço civil em sua cidade natal, Constantinopla. Ele não bebia em excesso ou se entregava à devassidão após a batalha, e garantia que seus homens também exercessem a autodisciplina, mas tão importante quanto isso era sua capacidade de garantir que os soldados fossem pagos a tempo e que suas refeições fossem entregues.[9]

Durante o reinado de Nicéforo II Focas de Bizâncio (963-9 d.C.), Pedro Focas era um dos principais generais e "abundava em força corporal e de espírito além das suspeitas ocultas das pessoas sobre ele", diz o cronista Leão, o Diácono. Quando os russos invadiram a Trácia, Pedro liderou sua legião contra eles e organizou seus homens para a batalha. O enorme líder russo, armado até os dentes e levando uma lança do tamanho de um tronco (ou pelo menos é o que diz a história), cavalgou diante de seus homens, desafiando os gregos para um combate singular. E Pedro,

> rapidamente esporou seu cavalo e brandiu sua lança com força, usando as duas mãos [...] jogando-a no cita [russo]. O golpe foi tão forte que dividiu o corpo do inimigo ao meio, a placa peitoral não fez diferença alguma, e o grande guerreiro caiu no chão sem uma palavra. Os citas ficaram tão surpresos que fugiram.[10]

Essa iniciativa nos faz recordar a tática de Daario Naharis (decididamente não castrado) no duelo com o campeão de Meereen, em "Quebradora de correntes" (4.3). Tal ousadia pessoal é, como os cronistas bizantinos gostam de deixar claro, ao mesmo tempo incomum e desnecessária nos eunucos. Já que os Imaculados são castrados aos cinco anos de idade, eles deveriam ter uma constituição física não musculosa, vozes finas e – como de fato possuem – tendência a engordar. Não é a força física que é a característica mais importante deles, mas sua disciplina e obediência. Sua capacidade de se manterem firmes, de trancar os escudos e não saírem de formação, de lutar com escudo e lança, é reminiscente das técnicas de luta dos legionários romanos; seu treinamento implacável, concebido para suprimir todas as emoções e senso de individualidade, tem mais em comum com o regime usado na antiga Esparta para criar soldados altamente treinados. Garotos espartanos bem-nascidos eram tirados de suas mães aos sete anos de idade e mandados para o acampamento militar. Ali recebiam pouca comida e roupas e eram encorajados a aprenderem a roubar sem serem pegos. Também aprendiam a ler e escrever, a fim de poderem ler mapas, cantar músicas patrióticas e, acima de tudo, faziam exercícios e praticavam suas habilidades. Ser divididos em grupos pequenos incutia a lealdade aos companheiros desde uma idade muito jovem; a expressão proverbial da mãe espartana ao presentear o filho com seu pesado escudo hoplita (o escudo comprido da infantaria) – "Retorne com ele ou nele [ou seja: morto]" – indica a importância central da elite militar na cultura espartana.

O comando dos Imaculados é o que mantém Daenerys no poder em Meereen; eles são uma força altamente eficaz nas condições particulares da Baía dos Escravos. Mas, como foi debatido por Jorah e Barristan, há uma discussão a ser feita sobre o quão efetivos eles seriam em Westeros, em particular por não usarem cavalos. "Há um animal em cada homem", diz Jorah, "e ele se agita quando alguém coloca uma espada em sua mão"; os Imaculados têm a disciplina que falta em outros soldados. "Os Imaculados são melhores, eles não estupram e matam inocentes", ele argumenta. Barristan não está convencido; ele acha que Daenerys só pode conquistar o Trono de Ferro se tiver apoio interno em Westeros, não tomando o Trono com um exército escravo, e ele contra-argumenta citando o exemplo de Rhaegar, o nobre irmão de Daenerys que comandou um grande exército formado pela nobreza westerosi. "Rhaegar lutou com coragem, Rhaegar lutou com nobreza, e Rhaegar morreu", replica Jorah (3.3). Se os Imaculados serão levados até Westeros e se Daenerys vai tomar o poder com ou sem a ajuda deles, ainda são acontecimentos que veremos no futuro.

Valíria e os Targaryen

A jornada marítima pela Baía dos Escravos nos leva por águas perigosas, passando pelo Mar Fumegante e pelas ruínas do grande império de Valíria. "A Condenação ainda reinava em Valíria" (*FC*, 379), observa o pirata, um dos homens de Victarion Greyjoy, quando a viagem para a Baía dos Escravos é discutida. Tyrion pondera sobre a Condenação enquanto o *Selaesori Qhoran* navega a uma distância segura da fumaça e do fogo que ainda arde no horizonte. "Um império construído com sangue e fogo. Os valirianos colheram a semente que plantaram" (*DD*, 384). Valíria era de fato uma força poderosa em Essos, subjugando tudo ao seu redor: destruiu o Império Ghiscari, seu rival e, como Roma fez com Cartago na Terceira Guerra Púnica (149-146 a.C.), arrasou seus campos e espalhou sal e enxofre na terra para que nada crescesse novamente. O poder de Valíria dependia de sua capacidade de criar e comandar dragões, que os valirianos usavam para espalhar terror dos céus sobre seus inimigos. Mas eles também tinham uma economia escravocrata; sob a grande cadeia de vulcões que se estendia pelo gargalo da península, a Catorze Chamas, escravos trabalhavam em condições péssimas, minerando ouro e outros metais valiosos. Talvez tenham sido a ganância e a desumanidade da economia de Valíria que levaram à reflexão de Tyrion, ou talvez a agressiva política estrangeira que destruiu Ghis e invadiu os roinares, fazendo este povo fugir para oeste, até Dorne. Em todos esses acontecimentos, o Domínio de Valíria, como o Império Romano, era o maior poder que o Mundo Conhecido já vira.

Quer dizer, até o dia da Condenação: a erupção do Vesúvio, no ano 79 d.C., o tsunami que pode ter destruído a civilização minoica, as erupções vulcânicas na Islândia, o Monte Santa Helena e o Krakatoa, tudo em um só. O cataclismo foi intenso; um tremor poderoso sob a terra, terremotos, erupções, o sol ficando negro: uma combinação da escatologia do Dia do Juízo Final cristão com o Ragnarök nórdico. Teria sido uma catástrofe ecológica, causada pelo sacrifício de escravos sem fim à cobiça valiriana pelos metais das minas das Catorze Chamas? Sua escavação cada vez mais profunda e o despertar de *wyrms* de fogo das profundezas podem ter sido fatores que contribuíram na desestabilização da terra. Seria um castigo pela arrogância enviado pelos deuses (mas por quais?), ou simplesmente um acontecimento sísmico natural? Naquele dia terrível, as Catorze Chamas entraram em erupção, lançando fogo e enxofre, pedras e cinzas no ar, e um poderoso tsunami varreu o Mar de Verão, engolindo tudo em seu caminho:

> cada colina em um raio de oitocentos quilômetros tinha se partido, enchendo o ar com cinzas, fumaça e fogo, chamas tão quentes e famintas que até os dragões no céu foram engolidos e consumidos. Grandes fendas se abriram na terra, engolindo palácios, templos, cidades inteiras. Lagos ferveram e se tornaram ácidos [...] e, no norte, o solo se fragmentou e desabou, e o mar feroz invadiu tudo. A cidade mais orgulhosa do mundo se foi em um instante (*DD*, 384).

Essa descrição é a base de um poema que Tyrion e Jorah recitam enquanto navegam entre as assombrosas ruínas de Valíria, com suas torres caídas e templos dilapidados, semelhantes a Angkor Wat (5.5). O poema fala de dois amantes que resolvem passar seus últimos momentos olhando um nos olhos do outro, enquanto o mundo inteiro é destruído atrás deles:

Eles se abraçaram e deram as costas para o final,
As colinas que se abriam e o negro que tomava os céus,
As chamas que se erguiam tão altas e quentes, que até os dragões arderam.

Originalmente composto, podemos supor, em alto valiriano, o poema devia ser aprendido por toda criança nobre em idade escolar, uma reconstrução imaginativa do horror que se abateu sobre a cidade. Pois ninguém de Valíria sobreviveu para contar a história da Condenação – assim como não houve testemunhas oculares da famosa destruição do lendário continente de Atlântida, aludida por Platão em dois diálogos: *Crítias* e *Timeu*, escritos em 360 a.C. Infelizmente, o *Crítias* é incompleto e acaba antes que o destino de Atlântida seja descrito, mas em *Timeu* descobrimos que "violentos terremotos e enchentes" tomaram conta da cidade, "e em um único dia e noite de desgraça [...] todos os homens, guerreiros em um corpo, afundaram na terra, e a ilha de Atlântida desapareceu da mesma maneira nas profundezas do mar". Platão acrescenta que, por esse motivo, "o mar naquelas partes é intransponível e impenetrável, porque há um banco de areia no caminho; e isso foi causado pelo afundamento da ilha". Claro que é mais fácil navegar em volta de um banco de areia do que desviar dos ventos ferozes e das águas ferventes do Mar Fumegante. No relato de Platão sobre Atlântida, é notável que, ao contrário dos valirianos, os atlantes eram, no início, um povo com muita cultura e grande virtude, sem usar nada de ouro ou luxo. Isso era porque seu ancestral era o deus Poseidon, e eles tinham a divindade correndo nas veias; mas conforme o tempo passou, o elemento divino ficou temperado pelo humano. A avareza e a injustiça tomaram conta deles, e Zeus determinou que a cidade servisse de exemplo.[11]

Também podemos pensar nas cidades bíblicas da planície, Sodoma e Gomorra, nas quais "o Senhor fez chover enxofre e fogo [...] e viu que a fumaça da terra subia como a de uma fornalha").[12] Deus estava zangado com o povo daquelas cidades por sua desobediência e pecado, tanto em questões sexuais quanto no fracasso em observar as leis do direito de hóspede. A destruição de Sodoma era mais poderosa na imaginação medieval do que a queda de Atlântida, já que os trabalhos de Platão não eram conhecidos por todos na época. Peregrinos da Terra Santa podiam visitar o lugar onde as cidades ficavam, contemplar o deserto ao redor do Mar Morto e experimentar as curiosas "maçãs de Sodoma", que pareciam frutas normais, mas tinham gosto de cinzas, mencionadas tanto por viajantes quanto pelo poeta inglês do século XIV, autor do poema *Pureza*. Ele descreve a queda de Sodoma em termos vívidos, com trovões, uma chuva de fogo e grossos flocos de enxofre, "uma fumaça com um cheiro horrível":

> Pois quando o Inferno ouviu os cães de caça do céu,
> Ele ficou feliz e se abriu rapidamente;
> Os grandes portões do abismo foram abertos
> De modo que toda a região se partiu em grandes fendas
> E falésias por todas as partes fendiam em pequenos aglomerados
> Como as folhas soltas de um livro que se desfaz
> O hálito de enxofre se misturava com tudo isso,
> Todas as cidades e seus subúrbios afundaram no inferno.[13]

O mais próximo que temos do relato de uma testemunha da Condenação é o relato de Plínio, o Jovem, da destruição de Pompeia no ano 79 d.C., em uma carta para seu amigo Cornélio Tácito, escrita alguns anos depois do acontecimento:

> As cinzas estavam sempre caindo, mais quentes e mais grossas conforme os barcos se aproximavam, seguidas por pedaços de pedra-pomes e rochas enegrecidas, queimadas e rachadas pelas chamas: então, de repente, eles estavam em águas rasas, e a costa estava bloqueada pelos destroços da montanha [...]. Enquanto isso, no monte Vesúvio, grossas camadas de fogo e chamas saltitantes ardiam em vários pontos, o brilho luminoso enfatizado pela escuridão da noite.

Em uma segunda carta, Plínio relata:

> Olhei ao redor: uma densa nuvem negra surgia atrás de nós, espalhando-se pela terra como uma inundação. "Vamos sair da estrada enquanto ainda conseguimos ver", eu falei. "Ou seremos derrubados e pisoteados no escuro pela multidão atrás de nós."
>
> [...] então a escuridão veio mais uma vez e as cinzas começaram a cair de novo, desta vez como uma chuva pesada. Levantávamos de tempos em tempos, e sacudíamos as cinzas, caso contrário teríamos sido enterrados e esma-

gados com o peso daquilo. Eu poderia me gabar de que nenhum gemido ou lamento de medo escapou de mim durante aqueles perigos, mas admito que consegui certo consolo para meu destino mortal, pois todo o mundo estava morrendo comigo e eu com ele.[14]

Os valirianos desapareceram completamente da face da terra, mas deixaram para trás vários legados: as estradas retas (como as estradas romanas) que conectam algumas das maiores cidades de Essos, "um caminho largo de pedra que seguia em linha reta como uma lança para o horizonte" (*DD*, 72), e suas cidades-filhas – agora as Cidades Livres que visitamos no capítulo anterior. E, é claro, o idioma, o alto valiriano, que funciona como o latim nas culturas de Westeros e Essos. Na verdade, o alto valiriano é um idioma morto, estudado por homens eruditos como os meistres e os filhos bem-educados da nobreza, como Tyrion:

> Ele aprendeu a ler em Alto Valiriano nos joelhos de seu meistre, embora o que se fale nas nove Cidades Livres... bem, não era exatamente um dialeto, mas nove dialetos em vias de se separar em nove línguas. Tyrion entendia algum bravosi e um punhado de myrishi (*DD*, 23).

As mulheres westerosi aparentemente não aprendem valiriano, assim como a maioria das garotas da Idade Média não aprendiam latim – a linhagem peculiar de Daenerys explica sua fluência na língua. Arya, como garota

40. *A destruição de Pompeia e Herculano.*

e, talvez, como nortenha, luta com a língua de Bravos derivada do valiriano. Não está claro se Meistre Luwin ensinou o idioma para seus irmãos: nem Jon nem Robb se encontram em situações nas quais podem precisar empregá-lo. Ao contrário do latim, o valiriano é escrito de um jeito diferente do idioma comum: em glifos, talvez como os hieróglifos egípcios. Isso deve tornar o acesso à literatura preservada em valiriano muito mais difícil; também parece que Valíria usava pergaminhos em vez de códices manuscritos, como os grandes livros que vemos Tyrion examinar em Westeros, e a maioria deles deve ter desaparecido na Condenação.

O baixo valiriano sobreviveu em diversas variantes pelas Cidades Livres; nas cidades da Baía dos Escravos, há uma forte mistura de palavras de origem ghiscari. Isso torna os dialetos da Baía dos Escravos muito distintos dos idiomas das Cidades Livres; os falantes de bravosi ou de pentoshi não conseguem entender o que é dito em Astapor ou Yunkai. O conhecimento de Tyrion de alto valiriano o ajuda a compreender o sentido dos idiomas falados pelas Cidades Livres, assim como uma familiaridade com o latim torna mais fácil entender as línguas descendentes dele: as línguas românicas do francês, espanhol e português, italiano e romeno. Daenerys foi criada falando valiriano, um remanescente da herança cultural Targaryen que a coloca em boa posição ao negociar em Astapor. Lembre-se dos insultos que Kraznys mo Nakloz lançou sobre ela, sem perceber que o valiriano é sua língua materna e que Daenerys entende cada coisa imunda que ele diz sobre ela. A infância itinerante de Daenerys lhe deu uma base em alguns dos idiomas das Cidades Livres também, assim como a versão do valiriano que sobreviveu em Pedra do Dragão, onde ela nasceu. Assim como ocorreram mudanças entre o latim clássico e o medieval, o valiriano também mudou nos quatrocentos anos que se passaram desde a Condenação, em especial por agora ser falado apenas por um pequeno grupo: a dinastia Targaryen. Daenerys deve ter uma facilidade natural para idiomas; ela aprende o dothraki rapidamente, e também sabe falar o idioma comum.

Os Targaryen foram os únicos sobreviventes da Condenação de Valíria. Advertidos por uma premonição profética do desastre doze anos antes do ocorrido, eles fugiram com seus dragões para Pedra do Dragão, na costa de Westeros. Foi dali que a invasão e a subjugação de Westeros foram lançadas. Pedra do Dragão é agora a sede de Stannis, para seu desgosto, como vimos no Capítulo 3. Os Targaryen são propensos a sonhos proféticos e enigmáticos, começando com o Daenys, a Sonhadora, filha donzela de Aenar Targaryen, que previu o cataclismo. Europeus medievais acreditavam que os sonhos tinham significado, que eram enviados por Deus (ou, para confundir, pelo diabo), a fim de transmitir conhecimento para quem sonhava. Alguns eram visões: uma figura de autoridade aparecia e falava diretamente com quem estava sonhando, avisando dos perigos que estavam por vir ou incentivando-o a tomar um curso determinado de ação. Outros eram conhecidos como ænigmatica: como o nome sugere, eram sonhos simbólicos, que exigiam habilidades de interpretação a fim de compreender seu sentido. A literatura clássica e a Bíblia trazem precursores desses sonhos significativos; José e Daniel construíram suas carreiras interpretando os sonhos para o Faraó e para Nabucodonosor. O sonho-visão se tornou um gênero literário importante em francês e inglês medievais, permitindo um rumo livre para a imaginação poética. Sonhos eram percebidos como algo impositivo – se alguém afirmava ter sonhado alguma coisa, ninguém podia desaprovar – e, com frequência, profético. Os sonhos de Daenerys, como suas visões na Casa dos Imortais, com frequência envolvem dragões e são quase sempre violentos ou de caráter sexual, mas em geral são tão codificados que nem ela nem o leitor conseguem interpretá-los prontamente.

Outra característica-chave dos Targaryen é seu costume em preservar a pureza da linhagem da dinastia por meio de casamentos incestuosos. Casamentos entre irmãos são comuns, mas casamentos entre tia e sobrinho, tio e sobrinha e primos também são possíveis. Essa consanguinidade significa que os Targaryen mantêm suas características físicas reconhecidas – o cabelo loiro prateado e os olhos cor de violeta –, mas seus filhos com frequência nascem enfermos e morrem jovens. Se sobrevivem até a idade adulta, muitos manifestam sinais de loucura. Tyrion contesta a defesa do incesto feito por Cersei – "Os Targaryen casam irmão e irmã há trezentos anos para manter a linhagem pura" – com o argumento: "Sim, eu sei. Metade dos Targaryen ficou louca. Como é o velho ditado? Cada vez que um Targaryen nasce, os deuses jogam cara ou coroa?" (2.7). O Rei Louco Aerys, com sua obsessão por fogo, foi apenas o último de uma série de monarcas, entre eles Aerion Chamaviva e o príncipe Daeron, que sofria de insanidade. Parece provável que instabilidade de Viserys seja produto de sua herança genética, embora as circunstâncias infelizes do "Rei Pedinte" devam ter ajudado em seu comportamento obsessivo, cruel e impetuoso: "Quem pode governar sem riqueza, medo ou amor?", ele pergunta para Jorah (1.6). É difícil lamentar quando, depois de um tempo, ele encontra seu destino: um que combina a punição de um pretendente à Coroa de Ferro da Eslovênia, que teve uma coroa em brasa colocada sobre as têmporas, com a tortura de ter prata derretida despejada nos olhos e ouvidos, o que supostamente aconteceu com Inalchuq, governante de Otrar (no atual Cazaquistão), por ordem de Ghengis Khan, em 1219. Mesmo assim, apesar do modo como ele maltrata a irmã, há algo que dá pena na infelicidade e no desespero de Viserys.

O incesto de Cersei e Jaime, o incesto dos gêmeos, é uma aberração pelas normas de Westeros, apesar da justificativa calorosa de Cersei de seu amor pelo irmão e da sugestão dúbia feita por Ellaria Sand, fazendo jogo duplo, de que tal amor não seria desaprovado em Dorne. Na literatura medieval, de vez em quando se imagina que crianças nobres se voltassem umas para as outras como parceiros sexuais. Irmãos com frequência dividem a cama, embora os moralistas advirtam que essa prática deva ser abandonada após os sete anos de idade; em particular quando a família está traumatizada por uma morte parental precoce e quando crianças bem-nascidas não são supervisionadas de perto, irmão e irmã podem se ligar um ao outro. Há um tipo de narcisismo no incesto de gêmeos; nem Cersei nem Jaime podem se relacionar realmente com um parceiro sexual fora da díade dos gêmeos. A lenda medieval reconhece um casal de gêmeos incestuosos, Signy e Sigmund, na *Saga dos Volsungos*, mas nela Sigmund é enganado a dormir com a irmã, que trocou de forma com uma feiticeira. Signy está desesperada para conceber um filho que será corajoso e implacável o bastante para se vingar de seu marido, o homem que assassinou o pai e todos os outros irmãos dela. Signy esconde o segredo da paternidade de Sinfjotli até o momento que a vingança se concretiza, quando Sigmund e seu sobrinho/filho queimam o marido dela em seu salão. Admitindo seu engodo, e sabendo que a vergonha do incesto é insustentável, Signy caminha para dentro das chamas para morrer com o odiado esposo.[15] O tratamento que Wagner dá para essa história, na ópera *Die Walküre* (A Valquíria, 1856), muda o ímpeto moral; irmão e irmã foram separados por muito tempo e sentem-se imediatamente atraídos um pelo outro. Embora percebam que são parentes sanguíneos, a paixão os leva até a consumação, uma união sexual que no fim causa a morte de ambos, mas que resulta no nascimento do herói Siegfried. Na lenda nórdica, Sinfjotli é ao mesmo tempo heroico e monstruoso: ele mata alegremente seus dois meios-irmãos quando parece que eles vão trair sua presença para o pai, mas torna-se um irmão leal para o filho legítimo de Sigmund, Helgi, e é levado por Odin para Valhalla, o salão dos heróis, quando morre.

Escritores medievais deploravam o incesto como um pecado terrível e não natural, mas não consideravam necessariamente que os filhos do incesto fossem monstruosos ou medonhos. Em vez disso, uma vez que os pais em geral tinham boa aparência e eram bem-nascidos, não era incomum que o filho de um incesto fosse bonito, heroico e talentoso. Roland, o sobrinho/filho do imperador Carlos Magno, e o herói irlandês Cú Chullain foram heróis memoráveis e produtos secretos de incestos; ambos morreram jovens, no entanto, e sem filhos sobreviventes, pois ninguém quer ser descendente de tais prodígios. Mordred, o filho de Artur, concebido com sua meia-irmã, a rainha de Orkney, é uma exceção; ele não é um cavaleiro particularmente eficiente, nem tem o carisma do pai, embora usurpe o trono e tente se casar com a esposa do pai, a rainha Guinevere. Sua traição não está conectada à sua origem incestuosa nas fontes medievais; em vez disso, sua usurpação é oportunista, uma vez que ele é deixado a cargo do reino e de sua rainha.

O sadismo e o comportamento errático de Joffrey são resultado de seu nascimento incestuoso? É difícil dizer; Tywin culpa a falta de cuidados maternos de Cersei pela natureza apavorante do neto, embora não saiba quem é o pai de Joffrey. Outros membros da família, como Sor Kevan Lannister, têm uma péssima opinião sobre a influência de Cersei sobre os filhos. Kevan está determinado a só servir como Mão do Rei se Cersei deixar Porto Real e voltar a viver em Rochedo Casterly. Mesmo assim, Myrcella e Tommen parecem ter escapado da mácula que arruinou o irmão; embora tenhamos visto pouco de Myrcella, o gentil Tommen ama seu gato, Sor Salto (Joffrey, ao contrário, era um assassino de gatinhos), e também adora Margaery. Ele será um bom rei se escapar da influência da mãe? Apenas o futuro dirá.

Qarth e o oriente mais distante

A última parte da nossa expedição por Essos nos leva pelo Deserto Vermelho, aquela imensa região desolada que quase mata Daenerys e o que restou de seu *khalasar*, na direção da misteriosa cidade de Qarth. Governada pelos Treze, e ainda sujeita à influência maligna dos estranhos magos de lábios azuis, Qarth é uma grande cidade portuária, que deve sua prosperidade às grandes guildas (a Antiga Guilda das Especiarias e a Irmandade Turmalina) e aos príncipes mercadores que negociam especiarias, açafrão, sedas e outras mercadorias exóticas do oriente mais além do Mar de Jade. Qarth fica no Estreito de Qarth, que conecta o Mar de Verão ao Mar de Jade, ocupando uma posição geográfica similar a Istambul ou, mais a leste, a Singapura.

> Qarth era um dos grandes portos do mundo, com longos cais abrigados que eram uma profusão de cores, sons e estranhos cheiros. Tabernas, armazéns e antros de jogo alinhavam-se ao longo das ruas, ao lado de bordéis baratos e aos templos de deuses peculiares. Batedores de carteira, assassinos, vendedores de feitiços e cambistas misturavam-se em todas as multidões. A margem era um grande mercado (*FR*, 565).

No programa de TV, Qarth lembra um pouco Petra, aquela "cidade rosa-avermelhada tão antiga quanto o tempo", mas com seus bazares movimentados e jardins de prazer formais assombrados por pavões, suas torres de paredes lisas sem entrada visível, também tem um ar de Marrakesh. O príncipe mercador Xaro Xhoan Daxos e o mago Pyat Pree são as figuras mais significativas de Qarth; Xaro reconhece o valor de Daenerys e de seus dragões e invoca um antigo direito de hóspede e juramento de sangue para trazê-la, juntamente com seu *khalasar* esfarrapado, para dentro das muralhas da cidade. E Pyat Pree vem observando o quanto o poder reduzido dos magos se tornou reenergizado desde que os dragões de Daenerys eclodiram dos ovos.

Não é fácil estabelecer paralelos claros entre os quarthenos - com suas peles brancas, sua confiança tanto no comércio quanto na magia e sua crença de que são o centro do mundo - e o passado medieval da Europa. Qarth, como a China, "O Reino do Meio", em seus primeiros contatos com o ocidente, considerava-se superior ao resto do mundo, e considera que cada território além de sua costa deveria reconhecer sua grandeza:

> Qarth é a maior cidade que já existiu ou existirá. É o centro do mundo, o portão entre o Norte e o Sul, a ponte entre o Leste e o Oeste, mais antiga do que a memória do homem, e tão magnífica que Saathos, o Sábio, arrancou os olhos depois de vê-la pela primeira vez, porque sabia que tudo o que veria daí para a frente pareceria miserável e feio (*FR*, 27).

Assim afirma Pyat Pree para Daenerys e, de fato, Qarth é maravilhosa, resplandecente de riquezas e objetos preciosos. Âmbar brilhante e vidro de dragão escuro de Asshai, cestos cheios de açafrão amarelo de Yi Ti, renda de Myr, anéis e correntes de prata, um zebralo (um tipo de cruzamento entre zebra e cavalo) de Jogos Nhai, um povo nômade que vive ao norte de Yi Ti e pratica deformação artificial craniana em seus filhos, por isso têm cabeças pontudas: tudo isso é levado em tributo para a Mãe dos Dragões. Assim como um cadáver embalsamado de um mago que, como a múmia, usada na medicina e na magia medievais, acreditava-se ter poderes extraordinários. Tudo estava disponível ali e tudo estava, aparentemente, à venda. Até mesmo a vida humana, pois é claro que Qarth é um grande participante do comércio de escravos, e é também a base dos Homens Pesarosos, uma seita de assassinos que sussurra suas desculpas enquanto mata suas vítimas.

No programa de TV, o Rei das Especiarias, cujo nome real, ele diz, é impronunciável, entra em negociação com Daenerys, como representante da Guilda das Especiarias. Xaro brinca que o avô do Rei das Especiarias era apenas um comerciante de pimenta humilde que se casou com alguém acima de sua posição, e o Rei das Especiarias concorda. "Ao contrário de você", ele diz para Daenerys, "eu não tenho ancestrais para serem exaltados; faço a vida pelo comércio e julgo que cada negociação tem seus méritos" (2.6). Embora não tenha ancestrais nobres, ele tem uma poderosa frota de navios que se recusa a emprestar ou arrendar para Daenerys, e fez uma fortuna ainda maior do que a do avô.

De fato, as especiarias estavam entre os produtos mais valiosos do comércio do período medieval. A Europa Ocidental nunca se cansava de pimenta, cravo, galanga, gengibre, noz-moscada, pimenta-da-Jamaica, canela e todos os outros ingredientes ricamente aromáticos que guardamos na despensa. Discute-se que a dieta europeia teria sido, de outro modo, insípida, ou que as especiarias eram necessárias para disfarçar o gosto da carne ou do peixe que já não estava tão fresco, mas é improvável que isso seja verdade. O povo medieval sabia como preservar a carne e o peixe por meio da desidratação e da salga, e comer qualquer coisa que já estivesse vencida era entendido como algo perigoso para a saúde. Mas está claro que o povo medieval adorava temperos, assim como amamos curry e pimenta. O Cozinheiro de Chaucer, que acompanha os homens da guilda e suas esposas no "Prólogo geral" dos *Contos da Cantuária* usa galanga nos pratos à base de frango, o autor nos conta, enquanto o hospitaleiro Franklin repreende seu cozinheiro se o molho dele não for "picante e penetrante". Também se pensava que as especiarias tinham valor medicinal; sua fermentação misturava-se com teorias sobre equilibrar os humores do corpo, e elas deixavam o hálito fresco. Absolon, o escriturário que quer conquistar a mulher do Carpinteiro, a adorável Alison, no "Conto do Moleiro", mastiga "cardamomo e alcaçuz" para perfumar o hálito, e se dirige a ela como sua "doce canela". Todos esses itens eram importados do leste, através do Oriente Médio, via portos mediterrâneos; não é de estranhar que os príncipes mercadores da Guilda das Especiarias de Qarth tenham navios do tamanho de palácios.[16]

Nossa permanência em Qarth apresenta algumas dificuldades, no entanto. Essa é a primeira cultura realmente oriental que encontramos nas séries, e o fato de não existir um personagem nativo com quem possamos compartilhar o ponto de vista, nenhum habitante local que possa fazer uma mediação com os qarthenos, torna a compreensão dessa cidade oriental cheia de maravilhas quase impossível. O crítico cultural Edward Said identificou a prática dos escritores ocidentais de considerar o oriente como desconhecido, exótico, inescrutável e sempre Outro, como "orientalismo", um modo de leitura que prestava pouca atenção na perspectiva do não europeu, que avaliava a cultura oriental de acordo com as normas ocidentais, e que era capaz de se maravilhar e de desprezar o leste ao mesmo tempo. Assim também, em nosso encontro com essas culturas orientais, descobrimos que os povos de Qarth, Asshai e Yi Ti permanecem desconhecidos. Somos apresentados, para nosso deleite, aos seus trajes exóticos, seus tesouros e modos luxuosos de vida. Sabemos que nenhum deles é de confiança, que eles pretendem explorar Dany e seus dragões tanto quanto ela pretende fazer uso deles. Astutos e inescrutáveis, operando de acordo com códigos morais que não são facilmente alinhados ao senso de certo e errado de Daenerys, os orientais combinam o amor pela beleza com uma crueldade terrível, um paradoxo que Xaro (ele mesmo um imigrante das Ilhas de Verão) justifica. A desigualdade social de Qarth deve ser medida em relação à sua realização estética e intelectual:

> A magnificência da Rainha das Cidades é construída sobre as costas dos *escravos*. Pergunte a si mesma, se todos os homens tivessem que escavar a terra por comida, como alguns levantariam os olhos para contemplar as estrelas? Se cada um de nós tivesse que arrebentar as costas para construir um

> casebre, quem levantaria os templos para glorificar os deuses? Para alguns homens serem grandes, outros devem ser escravizados (*DD*, 182).

Assim também nas cidades da Baía dos Escravos, particularmente em Meereen, as elites são traiçoeiras e indignas de confiança, enquanto os antigos escravos que chegaram ao poder em Astapor não são melhores do que aqueles que eram seus senhores. Os escravos de cama de Yunkai, com seu conhecimento sobre os sete suspiros de prazer, ecoam um estereótipo bem estabelecido do oriente como sexualizado. É notável que o único personagem de "ponto de vista" que se origina de Essos seja Areo Hotah, o capitão da guarda de Doran Martell em Dorne. Areo nasceu em Norvos e foi treinado pelos Sacerdotes Barbados, mas está há tanto tempo em Dorne que parece totalmente aculturado ao modo de vida dornês: embora se lembre da dificuldade em se adaptar à apimentada comida dornesa, ele não faz nenhuma outra comparação cultural.

Quanto mais a leste viajamos em Essos, menos informações temos e mais estranhas as culturas parecem. Melisandre, a Sacerdotisa Vermelha, vem de Asshai, e sua estranha alteridade, marcada pelos olhos vermelhos, pela capacidade de dar à luz sombras assassinas e sua devoção fanática pelo Senhor da Luz, talvez estejam relacionadas à sua origem. Quaithe, a umbromante mascarada que faz profecias para Daenerys em mais de uma ocasião, é uma das poucas outras pessoas de Asshai que encontramos; sua máscara com padrões hexagonais a liga a Melisandre, que usa um colar hexagonal de pedras vermelhas; hexágonos são significativos na cabala e tem uma conexão particular com o ato da criação. A cidade em si, tão perto das Terras das Sombras, é um lugar estranho e agonizante, construído em uma pedra escura e gordurosa ao toque, onde a luz parece vacilar e desaparecer, extinta pela obscuridade eterna. Para lá segue o rio Cinzas; peixes estranhos, cegos e deformados podem ser encontrados em suas águas, e magos e necromantes praticam suas artes livremente. Mesmo assim, apesar de uma sensação de ser um lugar moribundo e sinistro, as cidades vizinhas não têm escrúpulos em negociar com Asshai.

E esse é mais distante que podemos viajar ao longo da costa sul de Essos; Asshai não é um lugar para permanecermos. Vamos dar meia-volta em nosso barco e seguir novamente para oeste, na direção de Westeros, e deixar as terras das Sombras para trás. É hora de voltar para casa.

EPÍLOGO

Imaculados, cuidado! Muitos spoilers adiante!

E assim retornamos da costa mais oriental do Mundo Conhecido até a familiar Westeros. Mas, como sempre, Westeros é uma agitação só. Como Tyrion argumenta:

> Os Sete Reinos nunca estiveram mais propensos a serem conquistados do que agora. Um rei garoto ocupa o Trono de Ferro. O Norte está o caos, o Tridente é uma devastação, rebeldes mantêm Ponta Tempestade e Pedra do Dragão. Quando o inverno chegar, o reino estará faminto (*DD*, 245).

Há esperança para Westeros? Daenerys finalmente desistirá de acabar com o tráfico de escravos do oriente e da tarefa aparentemente impossível de impor seus valores aos rebeldes de Meereen? Será que ela é, como Benerro acredita, Azor Ahai renascido, "nascida da fumaça e do sal", aquela que salvará o Mundo Conhecido do caos político e cujos dragões poderão derrotar os White Walkers? Ou as terras ao norte da Muralha simplesmente serão abandonadas para eles? Bran, no fundo da Floresta Assombrada, aparentemente deixou de lado qualquer ideia de ter uma vida ativa em Westeros. Como muitos contemplativos medievais – eremitas ou anacoretas –, ele se retirou para a vida dos espíritos e, parece, aproveita o poder místico sob treinamento do Corvo de Três Olhos. Mas com que objetivo? E quanto a

Jon Snow? Uma vez que o mistério de sua linhagem seja resolvido, o garoto bastardo, que cresceu e se transformou em um homem impressionante, um Comandante da Patrulha da Noite com coragem política e sabedoria, será revelado com alguém que pode alcançar mais coisas nesse continente conturbado? Sua tarefa de garantir a fronteira setentrional dos Sete Reinos e sua visão humanitária em relação ao povo livre têm sido temas importantes no drama na Muralha, e essa tarefa ainda não está completa, apesar da conclusão da quinta temporada.

Ou há outra possibilidade? Considere o jovem cuja vida é ameaçada pelo usurpador que toma o trono que é seu por direito quando é uma criança muito pequena e que assassina suas irmãs na frente dele. Um escravo fiel, com ordem de matar o garotinho, fica atônito com os sinais de realeza manifestados nele. Então ele finge a morte do menino e o contrabandeia até o outro lado do mar. Ali ele é criado na pobreza, vivendo do negócio do pai de criação como pescador bem-sucedido. Quando cresce, o jovem trabalha como carregador. Sua sorte começa a mudar quando ele se casa; sua posição real é revelada à esposa, e juntos eles agem para recuperar o trono e depor o usurpador. Essa narrativa se relaciona não com grande parte da história do novo candidato ao Trono de Ferro que surge em *A Dança dos Dragões*, mas com o lendário Havelok, o Dinamarquês, o herói de um romance inglês do fim do século XIII, baseado em um predecessor escrito em francês anglo-normando. Havelok consegue recuperar o trono da Dinamarca, mas, já que sua esposa Goldeboru é a herdeira legítima da Inglaterra, ele volta para o reino dela, restaura os direitos da esposa e governa com ela ali, deixando seu aliado Ubbe a cargo de sua terra natal.

O triunfo do rei legítimo sobre o usurpador é uma narrativa poderosa na Europa medieval, e os paralelos com a história de Havelok são abundantes tanto nas lendas quanto nos contos populares. Como o pai adotivo de Havelok, Theon não consegue caçar Bran e Rickon, embora poupá-los acarrete a morte de dois órfãos no lugar deles. Aqueles que são encarregados da morte de crianças na mitologia ou no folclore raramente cumprem a tarefa. Em "A Branca de Neve", um cervo substitui a princesa; no mito de Édipo, o bebê é abandonado em vez de morto. O perjúrio de Theon tem limites, e a morte de seus irmãos juramentados ultrapassa esses limites. A aparência dos Targaryen – olhos púrpura e cabelo prateado – funciona como um tipo de "marca real"; no romance, essa marca é uma luz que sai da boca de Havelok, "como um raio de sol". Como Jon Connington, o pai adotivo de Havelok, Grim, foge com a criança pelos mares e o cria como se fosse seu próprio filho. Como ex-criado, Grim não consegue educar Havelok com as habilidades necessárias para um cavaleiro e futuro rei; mesmo assim, o jovem cresce forte, trabalhador, de boa aparência e gentil, com uma nobreza inata que se reflete nele.[17]

Havelok como um proto-Targaryen? Bem, é um paralelo interessante. Aqui está o que Varys tem a dizer sobre o jovem que acaba de levantar seu estandarte nas Terras da Tempestade no fim de *A Dança dos Dragões*:

> Aegon tem sido moldado para governar desde antes que pudesse andar. Foi treinado em armas, como convém a um cavaleiro, mas esse não foi o fim de sua educação. Ele lê e escreve, fala diversas línguas, estudou história, leis e poesia. Uma septã o instruiu nos mistérios da Fé desde que teve idade suficiente para entendê-los. Viveu com pescadores, trabalhou com as próprias mãos, nadou em rios, remendou redes e aprendeu a lavar as próprias roupas na necessidade. Ele consegue pescar, cozinhar e curar uma ferida, sabe como é sentir fome, ser caçado, sentir medo. Tommen tem sido ensinado que a realeza é o direito dele. Aegon sabe que a realeza é seu dever, que um rei deve colocar seu povo em primeiro lugar, e viver e governar para eles (*DD*, 811).

O que distingue *Havelok* de outros romances medievais é que o herói não esquece as lições aprendidas em uma juventude passada na pobreza. "Enquanto ele era pequeno, tinha que ficar totalmente nu", diz o poema. Ele descobre em primeira mão o que é ser um membro da classe trabalhadora, e uma vez que ascende ao trono recompensa generosamente o bom povo que o ajudou em seu caminho. Ele casa sua irmã adotiva Gunnild com o Conde de Chester, apesar de ela não ser nobre de nascença. Bertram, o cozinheiro do conde e antigo empregador de Havelok, se casa com outra das irmãs adotivas do rei e é feito Conde da Cornualha; ele recebe as terras do traiçoeiro intendente que impediu Goldeboru de assumir o trono assim que chegou à maioridade. Os dinamarqueses de Havelok não interessam ao poeta, pois a união do herói com a princesa inglesa ecoa a política real da conquista britânica pré-normanda, quando reis dinamarqueses governaram a Inglaterra. Que Havelok tenha reinado por sessenta anos e que ele e Goldeboru tiveram quinze filhos – "dos quais os filhos foram reis e as filhas todas rainhas" – sugere paz continuada e prosperidade, alianças fortes tanto interna quanto externamente e sucesso dinástico.

Quem deve ocupar o Trono de Ferro é a questão-chave da série. Os temas do bom governante (definido por Varys como "dever", não "direito"), de aprender a usar o poder, a administrar a justiça e de ganhar a batalha pelos corações e mentes têm sido centrais nas histórias da maior parte dos personagens de "ponto de vista". Assim também os temas relacionados a gênero e posição: masculinidade executada através de assassinatos e estupros; feminilidade como resistência às forças coercivas do patriarcado. O que vale uma vida, como ela deve ser vivida e o que faz um bom fim? Essas são questões para as quais algumas respostas podem ser encontradas na Casa do Preto e Branco. Liberdade e sujeição, conquista e comércio: essas e outras questões muito mais pertinentes foram levantadas durante nossa jornada.

No início de *Havelok*, antes da morte do pai de Goldeboru, a Inglaterra era governada com tanta justiça e efetividade que "um homem que ganhava cinquenta libras [...] ou mais de ouro em suas costas" podia viajar por todo o país sem ser incomodado ou roubado. Assim também, lembra um Liddle sem nome, que encontra Bran e seu grupo, "Quando havia um Stark em Winterfell, uma donzela podia percorrer a estrada do rei usando o vestido do dia de seu nome e nada sofrer, e os viajantes encontravam fogo, pão e sal em muitas estalagens e castros" (*TE*, 257). Uma era de ouro dessas realmente existiu para os camponeses em Westeros? E poderia voltar a existir? A restauração da dinastia Targaryen poderia conquistar paz duradoura? Um final no qual os Targaryen governam "felizes para sempre"? A oferta de lealdade de Tyrion a Daenerys, no programa de TV, é baseada no fato de ela ser, como Varys afirma, "a melhor última chance de construir um mundo melhor" (5.8). Daenerys parece estar formulando uma abordagem mais radical do que seu histórico em Meereen ou que a ideologia normal do reino poderia sugerir. Às dúvidas de Tyrion se alguma das Grandes Casas apoiaria a reivindicação dela, ela responde que as Casas são apenas "raios na roda. Uma está em cima, depois aquela outra está em cima [...] eu não vou parar a roda; vou quebrá-la". A roda que gira sem parar traz um candidato de uma ou de outra Casa para o alto do ciclo; mesmo assim, inevitavelmente, esse candidato – Renly, Joffrey, Robb, Balon Greyjoy – vai voltar para baixo, suas esperanças de ter o Trono de Ferro destruídas.

Esse padrão cíclico subjaz o pensamento medieval sobre a tragédia: a queda de um grande homem é baseada naquela primeira Queda, a de Adão do Jardim do Éden. E Daenerys se baseia aqui, penso eu, no poderoso conceito medieval da Roda da Fortuna. Impulsionada pela Fortuna, uma figura feminina caprichosa, a Roda gira constantemente, lançando os que estão na prosperidade nas profundezas, e erguendo os que estão em estado miserável: de esfarrapados a ricos, mas, inevitavelmente, de volta à morte. A afirmação de Daenerys de que ela pode quebrar o sistema parece ser extraordinária: muitos monarcas medievais esperavam poder colocar um calço sob a Roda, para impedir o giro, e todos acabaram se provando errados. A natureza cíclica da história do Mundo Conhecido e as fortunas das Casas westerosi são ecoadas pelas engrenagens e rodas giratórias, a ascensão e queda de figuras na sequência de abertura do programa de TV, como um dos meus alunos me apontou.[18] Será necessário algo absolutamente extraordinário - mais extraordinário do que dragões ou White Walkers - para quebrar essa sequência, para deter o padrão da história. E isso sugere que a história dos Sete Reinos - ao contrário da Terra Média de Tolkien - terá um fim só muito depois que terminarmos de ler suas crônicas.

O título de Martin para a série, *As Crônicas de Gelo e Fogo*, pode fazer alusão ao pequeno poema de Robert Frost, "Fogo e Gelo" (1920). Frost especula sobre que poder elementar causará o fim do mundo; ele rima "*desire* [desejo]" e "*fire* [fogo]", e alinha "*hate* [ódio]" com "*ice* [gelo]". Estaria a série se dirigindo para o Ragnarök, aquele choque apocalíptico entre os poderes do gelo, simbolizados pelos White Walkers/Outros, e os dragões, "fogo transformado em carne"? Podem os dragões, encarnando aquela primeira descoberta tecnológica que fez a cultura se separar da natureza, prevalecer sobre as forças cruas e sem entraves do planeta? Pode o sobrenatural, na forma de R'hllor, o Senhor da Luz, ou seus avatares, o Príncipe que foi Prometido ou Azor Ahai, triunfar sobre a Escuridão? Épico - o estabelecimento de uma nova política em Westeros, com uma continuação da história do Mundo Conhecido além do tempo abarcado pela série; burlesco - a resolução da narrativa por meio do formato clássico de um casamento (ou de múltiplos casamentos); messiânico - o renascimento de Azor Ahai e a espada de fogo Luminífera; apocalíptico - a destruição de tudo pelos poderes do inverno: todos são finais possíveis. Ainda faltam pelo menos duas temporadas para o programa de TV, que rapidamente diverge da narrativa dos livros; com mais dois livros no futuro, é difícil prever que final virá.

Assim – se é que serve de alguma coisa – é como profetizo o clímax dessas duas poderosas mitologias. Para o programa de TV, prevejo o triunfo do padrão narrativo do romance medieval: algo como o conto de Havelok. Prevejo um fim burlesco/épico: uma restauração Targaryen, um casamento com um herdeiro que tecnicamente é sobrinho de Daenerys, um grau limitado de reformas sociais em Westeros e a sugestão de que a nova ordem sobreviverá aos filhos e netos do casal. A restauração da fortuna da Casa Stark, retomando sua primazia no Norte, também seria alcançada. Mesmo então, não podemos deixar os White Walkers fora da equação; a ameaça urgente que eles representam para o Norte não pode ser negociada. Mesmo assim, não há vidro de dragão, aço valiriano ou mesmo dragões suficientes para erradicá-los ou neutralizá-los. O verão terá que chegar mais cedo e mandá-los de volta para o subsolo. Os livros dão mais espaço e mais credibilidade ao mitológico e ao mítico – não podemos nos esquecer da urgência da jornada de Bran para encontrar o Corvo de Três Olhos ou das profecias inerentes às tradições dos Targaryen e de R'hllor. Ambos os elementos anunciam o apocalipse e a renovação em uma escala mítica; o gelo e fogo do título da série vão se encontrar e extinguir um ao outro, e das cinzas e da água derretida, da fumaça e do sal, o novo messias, o herdeiro de Azor Ahai, vai se erguer. Quem será? Só o tempo nos dirá.

NOTAS

INTRODUÇÃO

1. Os panoto, de "Wonders of the East", traduzido por Andy Orchard em *Pride and Prodigies: Studies in the Monsters of the Beowulf-Manuscript* (Toronto: Toronto University Press, 2003), p. 197.
2. *The Travels of Sir John Mandeville.* Texto em inglês médio disponível em http://d.lib.rochester.edu/teams/publication/kohanski-and-benson-the-book--of-john-mandeville. Para uma tradução moderna, ver *The Travels of Sir John Mandeville*, tradução C. W. R. D. Moseley (Londres: Penguin, 1983).

CAPÍTULO 1: O CENTRO

1. Sir Thomas Malory, *Le Morte D'Arthur*, ed. Janet Cowen, 2 vol. (Londres: Penguin, 1986). Para a profecia de Merlin, ver I: 45–59. Para o "Conto de Sir Gareth", ver I: 231–302. On-line em edição mais antiga: http://quod.lib.umich.edu/c/cme/malorywks2.
2. *Beowulf*, minha tradução. Mas ver também *Beowulf*, traduzido por Seamus Heaney (Londres: Faber, 1999), ll. 371–5; 456–73; texto em inglês antigo em http://legacy.fordham.edu/ halsall/basis/beowulf-oe.asp.
3. Sobre "irmãos juramentados", ver Carolyne Larrington, *Brothers and Sisters in Medieval European Literature* (Woodbridge: Boydell e Brewer, 2015), pp. 217–27.
4. "Conto de Gamelyn", em *Robin Hood and other Outlaw Tales*, ed. Stephen Knight e Thomas Ohlgren (Kalamazoo, MI: Medieval Institute, 1997). Disponível on-line em http://d.lib.rochester.edu/teams/text/tale-of-gamelyn.
5. Citação de George R. R. Martin em http://artsbeat.blogs.nytimes.com/2014/05/02/george-r-r-martin-on-game-of-thrones-and-sexual-violence/?_php=true&_type=blogs&_r=3.

6. *The Book of Margery Kempe*, ed. Barry Windeatt (Harlow: Longman, 2000), pp. 231–2. Disponível on-line em Lynn Staley's edition: http://d.lib.rochester.edu/teams/text/staley-book-of-margery-kempe-book-i-part-i.
7. Para mais informações sobre Margarida de Anjou, ver Helen Maurer, *Margaret of Anjou: Queenship and Power in Late Medieval England* (Woodbridge: Boydell and Brewer, 2003).
8. Geoffrey Chaucer, "O conto do mercador", em *The Canterbury Tales, The Riverside Chaucer*, ed. Larry D. Benson (Oxford: Oxford University Press, 2008). Disponível on-line em http://sites.fas.harvard.edu/~chaucer/teachslf/mert-par.htm.
9. "Sir Gawain e o Carle de Carlisle", em *Sir Gawain: Eleven Romances and Tales*, ed. Thomas Hahn (Kalamazoo, MI: Medieval Institute, 1995). Disponível on-line em http://d.lib.rochester.edu/teams/text/hahn-sir-gawain-sir-gawain-and-the-carle-of-carlisle#49.
10. Geoffrey Chaucer, "O conto do escrivão", in *Riverside Chaucer*, ed. Benson. Disponível on-line em http://sites.fas.harvard.edu/~chaucer/teachslf/mlt-par.htm.
11. Chrétien de Troyes, Yvain, em *Arthurian Romances*, tradução W. W. Kibler e Carleton W. Carroll (Londres: Penguin, 1991). Disponível on-line em http://omacl.org/Yvain/part1.html (tradução W. Comfort).
12. Malory, *Le Morte D'Arthur*, ed. Cowen, II: pp. 373–89; 427–46.
13. *Njal's saga*, tradução Robert Cook (Londres: Penguin, 2001).
14. *Beowulf*, ll. 2020–69.
15. *Beowulf*, ll. 1455–64; 2677–87.
16. *Ragnars saga*, em *The Saga of the Volsungs, the Saga of Ragnar Lodbrog, Together with the Lay of Kraka*, tradução de Margaret Schlauch (Nova York: AMS Press, 1978); outra tradução feita por Chris van Dyke disponível para download em www.turbidwater.com/portfolio/downloads/RagnarsSaga.pdf.
17. *Konungs skuggsjá/The King's Mirror. The King's Mirror*, tradução L. M. Larsen (Nova York: American-Scandinavian Foundation, 1917), pp. 102–5. Disponível on-line em https://archive.org/details/kingsmirrorspecu00konuuoft.

CAPÍTULO 2: O NORTE

1. Snorri Sturluson, *Edda*, tradução Anthony Faulkes (Londres: Everyman, 1987); prisão de Fenrir, pp. 27–9. Tradução antiga disponível on-line em http://www.sacred-texts.com/neu/pre/.
2. *Egil's saga*, tradução Bernard Scudder (Londres: Penguin, 2004); uma tradução antiga disponível em http://sagadb.org/egils_saga.en.

3 *The Saga of the Volsungs*, ed. e trad. R. G. Finch (Londres: Nelson, 1965), pp. 10–12; disponível para donwload em http://vsnrweb-publications.org.uk/.

4. Para um conto típico de lobisomem, ver "Bisclavret", em *The Lais of Marie de France*, tradução Glyn S. Burgess e Keith Busby (Harmondsworth: Penguin, 1986), pp. 68–72. Tradução disponível para download em users.clas.ufl.edu/jshoaf/marie/bisclavret.pdf.
5. *Edda*, tradução Faulkes, mito do Hidromel da Poesia, pp. 61–4.
6. "Math, filho de Mathonwy", em *The Mabinogi and Other Medieval Welsh Tales*, tradução Patrick K. Ford (Los Angeles, CA e Berkeley, CA: UCLA Press, 1977), pp. 91–8. Disponível on-line em http://mabinogi.net/math.htm (tradução Will Parker).
7. *The Poetic Edda*, tradução Carolyne Larrington, 2ª ed. (Oxford: World's Classics, 2014), "Grimnir's Sayings", v. 20, p. 51.
8. *Hrafnsmál*; uma tradução antiga está disponível em http://www.sacred-texts.com/neu/onp/onp11.htm.
9. Para Hereward, o Vigilante, ver Peter Rex, *Hereward: The Last Englishman* (Stroud: Tempus, 2007).
10. Paul Kingsnorth, *The Wake* (Londres: Unbound Books, 2014).
11. Minha tradução. Para outra versão do verso de Rögnvald, ver *The Triumph Tree: Scotland's Earliest Poetry, 550–1350*, ed. Thomas Owen Clancy and Gilbert Markus (Edimburgo: Canongate, 1998), p. 190.
12. *Edda*, tradução Faulkes; sobre Ran, p. 95.
13. Para a história de Alvild, a Pirata, ver *Saxo Grammaticus, History of the Danes*, ed. Hilda Ellis-Davidson, tradução Peter Fisher (Cambridge: D. S. Brewer, 1998), p. 210.
14. Regras dos Cavaleiros Templários, disponível on-line em http://www.theknightstemplar.org/rules-from-1128.
15. *Beowulf*, ll. 3180–2.
16. Sobre a selvageria dos prussianos, ver Desmond Seward, *The Monks of War: the Military Religious Orders* (Londres: Penguin, 1995), p. 104.
17. Geoffrey Chaucer, "Prólogo geral", em *The Canterbury Tales, The Riverside Chaucer*, ed. Larry D. Benson (Oxford: Oxford University Press, 2008), ll. 53–5. Disponível on-line em http://sites.fas.harvard.edu/~chaucer/teachslf/gp-par.htm.
18. "Branwen, filha de Llyr", em *The Mabinogi*, tradução Ford, pp. 59–72. Disponível on-line em http://mabinogi.net/branwen.htm (tradução Will Parker).
19. *Grettir's saga*, tradução Jesse Byock (Oxford: World's Classics, 2009). Tradução mais antiga disponível on-line em http://sagadb.org/grettis_saga.en.

20. Sean T. Collins, "Game of Thrones Recap: Dawn of the Dead", 31 de maio de 2015. http://www.rollingstone.com/tv/recaps/game-of-thrones-recap-dawn-o-f-the-dead-20150531.
21. *Poetic Edda*, tradução Larrington, "Poema de Thrym", pp. 93–7.
22. *Poetic Edda*, tradução Larrington, "Ditos do Altíssimo", vv. 138–45, pp. 32–3.
23. Beda, *A History of the English Church and People*, tradução Leo Sherley-Price (Harmondsworth: Penguin, 1955), pp. 86–7; uma tradução mais antiga disponível para download em www.heroofcamelot.com/docs/Bede-Ecclesiastical--History.pdf.
24. *Edda*, tradução Faulkes; sobre o Fimbulvetr, pp. 52–3.

CAPÍTULO 3: O OESTE

1. *Saxo Grammaticus, History of the Danes*, ed. Hilda Ellis-Davidson, tradução Peter Fisher (Cambridge: D. S. Brewer, 1998), pp. 183–95; citação, p. 190.
2. Sörla þáttr; disponível em http://www.germanicmythology.com/FORNALDAR SAGAS/SORLATHATTURKERSHAW.html.
3. Entrevista da *Entertainment Weekly* com GRRM, "GRRM explains why there's violence against women on Game of Thrones", publicada em 03 de junho de 2015, em http:// www.ew.com/article/2015/06/03/george-rr-martin-thrones-violence-women?xid=IFT-Trending.
4. Asser, *Alfred the Great: Asser's Life of King Alfred and Other Contemporary Sources*, tradução Simon Keynes e Michael Lapidge (Londres: Penguin, 1983), pp. 70–3.
5. Geoffrey Chaucer, "O conto do jurista", em *The Canterbury Tales, The Riverside Chaucer*, ed. Larry D. Benson (Oxford: Oxford University Press, 2008), pp. 87–104. Disponível on-line em http://sites.fas.harvard.edu/~chaucer/teachslf/mlt-par.htm.
6. Para Jane Shore, ver Rosemary Horrox, "Elizabeth Shore", em *Oxford Dictionary of National Biography*, http://www.oxforddnb.com/view/article/25451?docPos=1, consultado em 16 de junho de 2015. Thomas More, *The History of King Richard III*, ed. R. S. Sylvester (New Haven, CT: Yale University Press, 1963). Vol. 2 da edição de Yale das obras completas de São Thomas More, ed. A. H. Thomas e I. D. Thornley, pp. 54–5. Obrigada a Larissa Tracy pela comparação.
7. Geoffrey Chaucer, "O conto do pároco", em *The Canterbury Tales, Riverside Chaucer*, ed. Benson, pp. 137–53. Citação, l. 880. Disponível on-line em http://sites.fas.harvard.edu/~chaucer/teachslf/clkt-par.htm.
8. Jean Joinville, "The Life of St Louis", em *Chronicles of the Crusades*, tradução M. R. B. Shaw (Harmondsworth: Penguin, 1963), p. 216.

9. Snorri Sturluson, *Heimskringla*, tradução Alison Finlay e Anthony Faulkes (Londres: Viking Society, 2011), pp. 18–19. Disponível para download em http://vsnrweb-publications.org.uk/.
10. Maurice Keen, *Chivalry* (New Haven, CT e Londres: Yale University Press, 1984), pp. 83–101.
11. Chrétien de Troyes, *Erec et Enide*, em *Arthurian Romances*, tradução W. W. Kibler e Carleton W. Carroll (Londres: Penguin, 1991). Disponível on-line em http://omacl.org/Erec/ (tradução W. Comfort).
12. Geoffrey Chaucer, "Prólogo geral", em *The Canterbury Tales, Riverside Chaucer*, ed. Benson, ll. 119–269; 623–714. Disponível on-line em http://sites.fas.harvard.edu/~chaucer/teachslf/gp-par.htm.
13. Ver http://www.westeros.org/Citadel/SSM/Entry/1185/ (tradução Charles Scott Moncrieff).
14. *The Song of Roland*, tradução Glyn Burgess (Londres: Penguin, 1990). Disponível on-line em http://www.orbilat.com/Languages/French/Texts/Period_02/1090-La_Chanson_de_Roland.htm.
15. Béroul, *The Romance of Tristan*, tradução Alan Fedrick (Londres: Penguin, 1970), pp. 73–5.
16. Robert Henryson, *The Testament of Cresseid* em *The Poems of Robert Henryson*, ed. Robert L. Kindrick (Kalamazoo, MI: Medieval Institute, 1997). Disponível on-line em http://d.lib.rochester.edu/teams/text/kindrick-poems-of-robert-henryson-testament-of-cresseid. Tradução: *The Testament of Cresseid and Seven Fables*, tradução Seamus Heaney (Londres: Faber, 2009).

CAPÍTULO 4: DO OUTRO LADO DO MAR ESTREITO

1. *The Book of Margery Kempe*, ed. Barry Windeatt (Harlow: Longman, 2000), pp. 155–75.
2. Geoffrey Chaucer, "Prólogo geral", em *The Canterbury Tales, The Riverside Chaucer*, ed. Larry D. Benson (Oxford: Oxford University Press, 2008), ll. 269–84.
3. Geoffrey Chaucer, "O conto do marinheiro", em *The Canterbury Tales, Riverside Chaucer*, ed. Benson, pp. 203–8. Citações, ll. 287–9; 266–8. Disponível on-line em http://sites.fas.harvard.edu/~chaucer/teachslf/shippar1.htm.
4. David Waines, *The Odyssey of Ibn Battuta: Uncommon Tales of a Medieval Adventurer* (Londres: I.B.Tauris, 2011), p. 181.
5. *The Travels of Sir John Mandeville*, tradução C. W. R. D. Moseley (Londres: Penguin, 1983), pp. 171–2.
6. *The Poetic Edda*, tradução Carolyne Larrington, 2ª ed. (Oxford: World's Classics, 2014), "A canção de Hamdir", pp. 230–4; "Poema de Atli", pp. 204–10.

7. Matthew Paris, *English History*, tradução J. A. Giles, 3 volumes (Londres: Bohn, 1854), III, p. 115.
8. Geoffrey Chaucer, "O livro da duquesa", em *Riverside Chaucer*, ed. Benson, pp. 330–46. Citação de ll. 653–4; 659–60. Edição mais antiga de W. W. Skeat disponível on-line em http://omacl.org/Duchess/.
9. "Então o novo deus devorou o cadáver do antigo", cf. Deuteronômio, 4:24: "Pois o Senhor, o seu Deus, é Deus zeloso". Obrigada a Mikayla Hunter por apontar isso.
10. "O retorno de Oisín", em Thomas Rolleston, *Myths and Legends of the Celtic Race* (London, 1911); http://www.sacred-texts.com/neu/celt/mlcr/index.htm.
11. Bede, *A History of the English Church and People*, tradução Leo Sherley-Price (Harmondsworth: Penguin, 1955); o pardal, pp. 124–6.
12. *The Saga of the Volsungs*, ed. e trad. R. G. Finch (Londres: Nelson, 1965); espada de Sigurd, pp. 26–7.

CAPÍTULO 5: O LESTE

1. Johannes de Piano Carpini, citado em "A viagem de Johannes de Piano Carpini", em *The Travels of Sir John Mandeville, with Three Narratives in Illustration of It*, ed. A. W. Pollard (1900; Nova York: Dover, 1964), pp. 213–60, aqui p. 216.
2. Minha tradução. Para outra, ver *The Fortunes of Men*, em *Poems of Wisdom and Learning in Old English*, ed. e trad. T. A. Shippey (Woodbridge e Totowa, NJ: Brewer / Rowman e Littlefield, 1976), pp. 58–63. Citado de ll. 48–56.

3 Johannes de Piano Carpini, *The Journey of Friar John of Pian de Carpine to the Court of Kuyuk Khan, 1245–1247*, citado em: https://depts.washington.edu/silkroad/texts/carpini.html. Citado de I: cap. xvii.

4. *The Travels of Sir John Mandeville*, tradução. C. W. R. D. Moseley (Londres: Penguin, 1983), pp. 107–8.
5. William Ruysbroeck, *William of Rubruck's Account of the Mongols*, citado em https://depts.washington.edu/silkroad/texts/rubruck.html. Citado da parte v.
6. *Secret History of the Mongols: The Life and Times of Chinggis Khan*, ed. e trad. Urgunge Onon (Abingdon: Routledge Curzon, 2001).
7. Ibid., pp. 115–16.
8. Peter Abelard, *Historia Calamitatum*, citado em http://legacy.fordham.edu/halsall/basis/abelard-histcal.asp (tradução Henry Adams Bellows).
9. Sobre Narses, ver Kathryn M. Ringrose, *The Perfect Servant* (Chicago, IL: University of Chicago Press, 2003), pp. 132–8.
10. Ibid., p. 138.

11. Diálogos de Platão: *The Critias*: http://classics.mit.edu/Plato/critias.html; *The Timaeus*: http://classics.mit.edu/Plato/timaeus.html. Aqui citado de Umberto Eco, *The Book of Legendary Lands*, tradução Alastair McEwen (Nova York: Rizzoli, 2013), p. 186; ver também pp. 205-6.
12. Genesis 19:24 e 19:28.
13. Minha tradução de ll. 961-8 de *Cleanness*. Para o texto em inglês arcaico, ver *The Poems of the Pearl-Manuscript*, ed. Malcolm Andrew e Ronald Waldron, 5ª ed. (Exeter: Exeter University Press, 2007).
14. Cartas de Plínio, citadas em http://www.eyewitnesstohistory.com/pompeii.htm (tradução Betty Radice).
15. *The Saga of the Volsungs*, ed. e trad. R. G. Finch (Londres: Nelson, 1965), pp. 9-14. Sobre incesto, ver Carolyne Larrington, *Brothers and Sisters in Medieval European Literature* (Woodbridge: Boydell and Brewer, 2015), pp. 155-80.
16. Chaucer, "Prólogo geral", em *The Canterbury Tales, in The Riverside Chaucer*, ed. Larry D. Benson (Oxford: Oxford University Press, 2008); sobre o Cozinheiro, ll. 379-87; sobre Franklin, ll. 351-2; "Conto do moleiro", ll. 3690, 3699.

EPÍLOGO

1. *Havelok the Dane*, em *Four Romances of England*, ed. Ronald B. Herzman, Graham Drake, Eve Salisbury (Kalamazoo, MI: Medieval Institute, 1997). Disponível on-line em http://d.lib.rochester.edu/teams/text/salisbury-four-romances-of-england-havelok-the-dane.
2. Obrigada a Harry Palmer.

LEITURAS COMPLEMENTARES

Grande Meistre Pycelle para Eddard Stark:
"Sinto que isso seria de pouco interesse para você,
meu senhor, um tomo tão pesado." (1.4)

Não deixe o Grande Meistre Pycelle impedi-lo de ler um pouco mais sobre o mundo medieval de *Game of Thrones*. Todos os livros listados nas Notas podem levá-lo a um mundo diferente: nosso próprio mundo, no longo período medieval, que vai de 500 a 1500 d.C. Muito do que foi detalhado é considerado literatura, mas há muita coisa recomendada entre livros de história também.

A série *The Oxford Very Short Introduction* inclui: *Medieval Britain* (2000), de John Gillingham e Ralph A. Griffiths; *Plague* (2012), de Paul Slack; *The Anglo-Saxon Age* (2000), de John Blair; *The Crusades* (2005), de Christopher Tyerman; *The Middle Ages* (2014), de Miri Rubin; *The Mongols* (2012), de Morris Rossabi; *The Norman Conquest* (2009), de George Garnett; e *The Vikings* (2005), de Julian Richards. Todos esses livros trazem ainda mais sugestões de leituras sobre cada tópico em particular.

Minha colega na área de história medieval, Hannah Skoda, tem um blog que vale a pena ser conferido (http://ideasnowandthen.blogspot.co.uk/), e ela também recomenda Maurice Keen, *The Penguin History of Medieval Europe* (Londres: Penguin, 1991), Robert Bartlett, *The Medieval World Complete* (Londres: Thames and Hudson, 2010), que é repleto de imagens fabulosas, e, menos sério, *The Time Traveller's Guide to Medieval England:*

A Handbook for Visitors to the Fourteenth Century, de Ian Mortimer (Londres: Vintage, 2009).

Para mais informações sobre as mulheres no período medieval, recomendo meu livro *Women and Writing in Medieval Europe* (1995), publicado pela Routledge, disponível em edição impressa e e-book. Meu último trabalho, *Brothers and Sisters in Medieval European Literature* (2015), trata dos gêmeos na Europa medieval e está prestes a ser publicado em e-book. Ele não fala de *Game of Thrones*, mas há muitos paralelos que podem ser traçados entre as histórias discutidas e a série.

A Penguin e a Oxford World's Classics oferecem traduções de textos literários medievais, desde romances de cavalaria franceses até poesia nórdica (minha tradução de *Poetic Edda* entre eles), passando pelo épico alemão *The Nibelungenlied* (2010), traduzido por Cyril Edwards, e pelo *Decameron* (2008), traduzido por Guido Waldman. O catálogo da The World's Classics, no qual é possível filtrar textos medievais, pode ser encontrado aqui: http:// ukcatalogue.oup.com/category/ academic/series/general/owc.do.

Há muitos sites de qualidade variada que tratam de assuntos medievais. Um bom exemplo é o Medieval News blog, que reúne notícias e links para histórias de todos os lugares: http://medievalnews.blogspot.co.uk/. E no arquivo da "BBC In Our Time", http://www.bbc.co.uk/programmes/articles/ 2Dw1c7rxs6DmyK0pMRwpMq1/in-our-time-archive, é possível encontrar um bom número de programas sobre temas medievais. Eu apareço em alguns deles – sobre a lenda arturiana, sobre as sagas islandesas e os mitos nórdicos e sobre Chaucer. Os programas medievais estão aqui: http://www. bbc.co.uk/programmes/p01hb3y1, enquanto os da "Idade das Trevas" estão aqui: http://www.bbc.co.uk/programmes/p01hb35l.

E, é claro, temos os valiosos sites e wikis sobre *Game of Thrones*/*Crônicas de Gelo e Fogo* que respondem qualquer questão que você possa ter sobre os livros e sobre o programa de TV: http://winteriscoming.net, http://awoiaf. westeros.org e http://gameofthrones.wikia.com.

Boa leitura!

Há um jeito melhor de concluir nossa exploração literária do que com uma citação de *Game of Thrones*? Como Varys diz para Tyrion, a respeito de *Uma história dos grandes cercos de Westeros*:

> *"Tema emocionante! Uma pena que o Arquimeistre Ch'Vyalthan não fosse um escritor melhor." (2.8)*

ÍNDICE REMISSIVO

Este livro foi composto com Minion Pro 11/15
e impresso em papel pólen soft 70 g/m^2
para a UBook Editora em setembro de 2018.